大唐李靖

卷一 龍遊在淵

齊克靖——著

目錄

代序　楔子

中國歷史上，真正「功成」而後能夠身退，得保天全的政治家只有三位：范蠡、張良、李靖。
中國歷史上，沒有打過敗仗的軍事家也只有三位：韓信、李靖、岳飛。
看看韓信、岳飛的下場！

李靖是我的偶像。神格的偶像。

李靖，字藥師，《舊唐書》說他「姿貌瓌偉」，《新唐書》說他「姿貌魁秀」。他不但允文允武、出將入相、智商情商超高、來自官二富二……而且英俊挺拔，是多家史筆競相記載、且經官方正式認可的曠世大帥哥一枚。

與李靖有關的傳奇之多，可謂洋洋大觀，猗歟盛哉，比如〈虬髯客傳〉、〈代天行雨〉、〈西

嶽獻書〉等等。這些傳奇述異，讓他在《封神榜》、《西遊記》中超脫俗世，位列仙班。

《大唐李靖·龍遊在淵》寫李靖的青年時期。這卷小說的脈絡，含括歷史與傳奇。歷史方面，除史書的全盤正面記載之外，特別著重兩《唐書》隱隱點出的李靖與李淵之間的「私怨」。史書向來「為尊者諱，為親者諱」，因為正史沒有說明這段恩怨，所以基本上可以認定，李淵是理虧的一方。小說將這私怨詮釋為，李淵對淑女的追求不敵李靖（李靖較李淵年輕五歲）。

傳奇方面，以〈虬髯客傳〉為重要脈絡。虬髯客影射李世民，這是不少人的共識。主要原因在於，李世民真的是「虬鬚」。「虬鬚」是往上翹的髭鬚，漢人中極少見。李世民至少有四分之三鮮卑血統，他的翹鬍子硬到「虬鬚上可掛一弓」。

〈虬髯客傳〉的主軸是，虬髯對紅拂那「發乎情，止乎禮」的喜愛。正史記載，李靖夫人去世之後，唐太宗給予的哀榮規格之高，初唐只有長孫皇后、平陽公主（李淵的嫡女、李世民的胞姊，曾經「親執金鼓」、「功參佐命」）超過她，此外沒有任何女性可以與她相比。

小說中的李靖夫人，自然便是〈虬髯客傳〉的紅拂。我為她設定的出身背景，是南朝皇裔。《隋書》（正史）記載，隋平陳後，楊素得隋文帝賜予「陳主妹及女伎十四人」。這「陳主妹」就是「破鏡重圓」中的樂昌公主，而「女伎十四人」也是遜陳的皇族、貴族女子。且看〈虬髯客傳〉紅拂出場：「一伎有殊色，執紅拂，立於前，獨目公（李靖）。」站在楊素跟前，旁若無人地盯著（曠世大帥哥）李靖直直地看，哪有絲毫貴族府邸執役人員那種低眉順目、謹小慎微的習氣？因此我認為，紅拂是與樂昌公主一同被賜給楊素的南朝皇裔。

〈虯髯客傳〉開宗明義云：「隋煬帝之幸江都，命司空楊素守西京。」楊素守西京（長安）是史實，但他是司徒，不是司空。隋煬帝曾三次幸江都，而楊素薨於大業二年，因此〈虯髯客傳〉的時間點，只可能在大業元年隋煬帝第一次幸江都時。當時李靖三十五歲，而紅拂則是「十八九佳麗人也」。李靖與夫人（正妻）的年齡如此懸殊，於是我為他設了一段傷心往事。李靖與李淵相爭的那位女子（紅拂的姊姊），死於逃亡途中。

小說中也有「茶」與「琴」等正統中華文化。其中「茶」是唐人茶道，遵循陸羽《茶經》記述的典範，與現代將茶葉置壺中，沖入熱水瀹出茶湯的茶道非常不同。南北朝時期的飲品，「酪漿」是北朝胡文化的代表，茶則是南朝漢文化的代表。李淵累世胡化，不通茶道；李靖則兼容胡漢，他以茶道贏得伊人芳心。

「琴」則是古琴，歷來是「琴棋書畫」四藝之首，乃是最正統的華夏樂器。古代文人必定學琴，周文王、孔子、諸葛亮、嵇康……他們彈的都是「琴」。李世民對於心儀的女子，從來不是「發乎情，止乎禮」的，為甚麼單單對於李靖夫人可以？我在小說中加入琴學，並以「琴為心聲」（這是事實）的特性，來詮釋這樣的情懷。

敬請進入李藥師的世界……

齊克靖　謹識

二〇一八年三月

第一回　秦淮河畔

唐代是中國歷史上最為輝煌鼎盛的時期，文華璀璨，武功豐隆，社會風氣健康蓬勃，讓千秋萬歲的後世子孫豔羨讚歎。

唐代的詩歌、古文、小說、樂曲無不照耀千古，其中尤以唐詩最為出類拔萃，傲視寰宇。

唐代詩人號稱「李杜」，最著名的「李杜」當是盛唐的李白與杜甫，其次即推晚唐的李商隱與杜牧。世稱「小杜」的杜牧有一首膾炙人口的七言絕句〈泊秦淮〉：

煙籠寒水月籠沙
夜泊秦淮近酒家
商女不知亡國恨
隔江猶唱後庭花

杜牧的時代，大唐國勢已由繁華的頂峰日益衰頹，然而人們過慣了承平安樂的日子，並沒有居安思危的警惕。當此水月朦朧的夜晚，杜牧乘船遊旅，偶然停泊在秦淮河畔，聽見左近的繁華酒樓裡，傳來陣陣歌舞昇平的靡靡之樂，不免想到譜〈玉樹後庭花〉的南朝亡國君主陳後主，頓時勾起詩人心中憂傷時勢的情懷，於是吟下這首傳唱百世的〈泊秦淮〉。

秦淮河畔是南方古都，魏晉南北朝時代，三國的東吳，其後的東晉，以及南朝的宋、齊、梁、陳等六個朝代都建都於此，當時稱為建業，又稱建康。這六個朝代均是偏安江左，以談玄論禪為時尚，以誇財鬥富為能事，以放誕淫佚為風雅，以權閥門第為高越，渾然忘卻北方尚有故國祖塋，半壁河山。如此紙醉金迷，笙歌達旦，浮華驕奢，粉飾太平，後世嘆之為「六朝金粉」。

那「隔江猶唱後庭花」的陳後主陳叔寶是南朝的末代皇帝。他的叔祖陳武帝陳霸先篡梁，建立陳國之初，本是新承喪亂之餘，不但國土殘破，文物損毀，儲積空乏，而且地方豪帥擁兵割據，叛亂時起，國內極不安定。幸而當時北方東有北齊、西有北周，相互交兵攻伐，無暇顧及南方，陳國才得以勉強立足於江南。

陳霸先之後，陳國的皇位經由陳叔寶的伯父、堂兄，輾轉傳至陳叔寶的父親陳宣帝陳頊。陳頊在位期間，北朝的北周伐滅北齊，統一北方。北周權相楊堅旋即篡宇文氏皇位，建立隋朝，是為隋文帝。楊堅一向有一統天下之志，他將平陳大任託付予大隋的名將韓擒虎、賀若弼。韓擒虎出鎮建康西北的廬州，賀若弼出鎮建康東北的廣陵，兩鎮隔江逼臨南朝邊界，距離陳國都城不過百餘里之遙，形成巨蟹雙螯之勢，對陳國虎視眈眈。

陳頊崩逝之後，陳叔寶嗣位。此時陳國的國勢已然朝不保夕，衰微不堪。陳叔寶工善詩文，風流浪漫，軍國大事既然艱辛困難，他索性將朝政一概置諸腦後，日常只與六宮粉黛、三五親信朝遊禁苑，暮饜旨酒。如今，陳叔寶正坐在那六朝金粉的建康城中，玉階珠簾的光昭殿內，精剖細膾的玳瑁席上。他興之所至，御筆親譜一闋〈玉樹後庭花〉，以記那「璧月夜夜滿，瓊樹朝朝新」的繁華綺麗。他即命樂師將那笙簧琴瑟，急管繁弦地高聲演奏；又命那玉貌絳唇，錦衣珠袖的宮人，隨樂聲翩翩起舞。他自己斜倚御座之上，肩頭有美人的素手輕搥脊背，耳邊有近臣的諛詞歌功頌德。

陳叔寶正自筵開五道，酒過三巡，看遍了嬌媚顏色，聽膩了承歡言語，心中頗覺煩悶之際，突然有內侍奔入，跪稟席前：「樂昌公主求見，現在殿外候旨。」

陳叔寶聞稟大喜，即刻命傳。原來樂昌公主是陳叔寶胞妹，才識明敏，姿容姣妍，人品冠絕當時，自幼便與陳叔寶極相投緣。然而，自從樂昌公主下嫁太子舍人徐德言，遷出宮禁之後，他兄妹便不似已往那般，可以日日相見。今日難得樂昌公主進宮，兄妹得以歡敘，陳叔寶自是喜不自勝。

但見樂昌公主身披羅衣，腰絏華裾，頭飾金翠，耳綴明珠，實乃榮曜秋菊，華茂春松。她微步輕盈地走進光昭殿來，裊裊婷婷地朝上行禮參見，真是髣髴兮若輕雲之蔽月，飄颻兮若流風之回雪。陳叔寶趕緊命宮人扶起樂昌公主，讓她坐在御座之旁。樂昌公主請安已畢，兄妹二人寒暄數語，陳叔寶便問：「御妹今日倒是清閒，得空過來看望為兄？」

樂昌公主道：「臣妹思念皇兄，無日不以皇兄為念。」

御座之旁，披紫綬的張貴妃奉上一樽醇酒，陳叔寶就著她手中淺啜一口，微微笑道：「御妹莫要取笑，這宮裡宮外，誰不知妳與駙馬鶼鰈情深？御妹為駙馬理妝添香之暇，與駙馬舉案齊眉之餘，偶或想起為兄，進宮一敘，為兄便已心滿意足啦。」

樂昌公主聽得有些靦腆，陪笑說道：「宮禁傳言，豈可當真？皇兄言重了。」

又有著翠裙的孔貴嬪夾來一箸鵝掌，送到皇帝口邊，陳叔寶就著她手吃了：「為兄身處禁中，與外間隔絕，所聽所聞，若不經由他人傳言，卻又如何知曉？」

樂昌公主道：「傳言有實有虛，卻須皇兄英明取捨，去蕪存菁，才是萬民之福。臣妹今日進宮，為的卻正是一樁傳言。」

再有罩朱帔的薛淑媛盛來一匙鶉羹，陳叔寶也喝了：「御妹自從遷出宮禁，在外間多見多聞，聽到的趣事必定也比為兄為多。閒來無事，正好說來解悶。」

樂昌公主道：「皇兄，臣妹這樁傳言，卻不是一件趣事。如今外間沸沸揚揚，都說『黃斑青驄馬，發自壽陽涘；來時冬氣末，去日春風始』①。皇兄天縱英明，此事想必已然上達天聽？」

陳叔寶換過一身坐姿，讓那搥背的江脩容過來搥腿：「為兄此刻卻是頭一回聽聞。這首歌謠聽來有趣，御妹可知其中說的究竟是些甚麼？」

樂昌公主正色道：「外間都說，黃斑為虎。如今隋將韓擒虎坐鎮廬州，他的坐騎，正是青驄馬。他若來犯，必從壽陽渡江。皇兄，臣妹只怕這樁傳言，要應在韓擒虎身上。」

陳叔寶聽樂昌公主說到軍國大事，不由得腦中一陣煩亂，心下幾番不悅。他將眉頭一皺，說道：「御妹，只怕妳也忒煞多心了。這傳言聽似歌謠，說的是『冬氣末』、『春風始』，或許只是天候節氣，未必便是韓擒虎。」

陳叔寶身邊的親信侍臣聽皇帝如此說，趕緊順著上意稟奏：「啟稟皇上，請恕外臣多言。臣倒是聽見過這歌謠，不過是無知幼童隨口哼唱，哪裡便說到韓擒虎身上？」

陳叔寶聞言精神一振，身子也坐直了：「你聽說過？你倒說說這歌謠究竟是甚麼涵義？」

那侍臣道：「臣遵旨。皇上請看，黃斑為虎，青驄為馬，這歌謠說的應是虎年與馬年之間。今年歲建戊申，生肖屬猴。前年乃是丙午馬年，再往前數四年，則是壬寅虎年。依臣愚見，這『黃斑青驄馬』之句，說的或是壬寅年與丙午年之間？」

陳叔寶聽得緩緩點頭。另一名侍臣趕緊接道：「啟稟皇上，依臣愚見，若在壬寅年與丙午年年之間，這歌謠的後半說的似是大江潮汛。大江往年潦漲，均在秋末冬初。惟有壬寅到丙午的五年之間，潮汛卻延遲至冬末才起，春初才落，正合這歌謠所謂『來時冬氣末，去日春風始』之言。」

這等無稽之談，倒是正中皇帝下懷。陳叔寶聽得龍顏大悅，對樂昌公主笑道：「御妹，妳可聽見了！秦淮潦漲，正是發自壽陽之濱。這歌謠說的乃是五年潮汛，並非韓擒虎。御妹，妳盡可寬心！」

那侍臣又道：「皇上聖明。韓擒虎進駐廬州已有七年，每年不過是在秋收時節縱兵劫掠糧食。

北狄胡虜地瘠民貧，志在財貨，未必有意渡江進犯我朝。」

陳叔寶開懷大笑：「說得好！想那韓擒虎，自在廬州當他的北朝總管，與我國有何干係？」他即命內侍斟酒，賞賜予那兩名侍臣。張貴妃、孔貴嬪等一干得寵後宮，也爭先恐後地過來向皇帝獻殷勤。

樂昌公主無奈，只得順著皇兄聖意，陪侍陳叔寶再說了一回話，才告退出來。她又往洪範宮拜見母親柳太后。柳太后見到女兒，十分歡喜，拉著樂昌公主噓寒問暖，又問駙馬近況，樂昌公主一一回稟，母女親熱無比。

柳太后又說：「前日間你六皇姊也帶著出岫、出塵來看過我啦。畢竟是女兒貼心，常想著我。」樂昌公主的六皇姊壽昌公主也是陳叔寶胞妹，才識姿容均不下於樂昌公主，下嫁駙馬張平仲，出岫、出塵都是壽昌公主之女。

樂昌公主聽說，趕緊問道：「六皇姊可好？兒臣適才朝見皇兄，卻沒聽皇兄提起六皇姊進宮之事。」

柳太后嘆道：「只因妳六皇姊並沒有去見妳皇兄。」樂昌公主見柳太后神情落寞，不敢多問。柳太后感傷片刻，方才接道：「妳六皇姊聽說妳皇兄有意改立張貴妃為后，心中不悅，不願去見妳皇兄。」

樂昌公主驚道：「皇兄意欲改立張貴妃為后？」

柳太后點點頭，嘆道：「可不是。若不是我這兒頂著，他早將妳皇嫂廢立啦！」

陳叔寶的皇后沈氏非但出身吳興世家，母親更是陳武帝陳霸先的女兒會稽公主。樂昌公主對這位幼時的表姊、現在的皇嫂一直甚為敬重，此時聽說皇兄竟有意廢立皇嫂，驚容未定，期期為沈皇后說話：「皇嫂秉性謙謹端靜，非但博聞強識，而且一向以孝著稱。母后，皇嫂之德，實足以母儀天下啊！」

柳太后道：「不錯，妳皇嫂曾數度上書，規勸妳皇兄親君子、遠小人，重國事、輕享用。」柳太后輕嘆一聲：「適才妳也見過妳皇兄了，這樣的話他如何聽得進？妳皇嫂自然是益發不稱帝心了。」

樂昌公主想起方才陛見的情景，低頭不語。柳太后又輕嘆一聲：「如今妳皇兄乃是一國之君，就算咱們都護著妳皇嫂，也不知能護到幾時。」她再嘆一聲：「皇兒，去看看妳皇嫂吧。」

樂昌公主匆匆拜別母后，前往柏梁殿參見沈皇后。柏梁殿乃是皇后正殿，然而沈皇后從來不得聖眷，這皇后正殿與陳叔寶所居的光昭殿相距既遠，聖駕也從不臨幸此處。如今柏梁殿早已年久失修，周遭雜草叢生。樂昌公主踏著蔓徑來到殿前，竟然找不著一名傳話的宮人太監，只好逕自步上大殿。只見殿內甚是晦暗，沈皇后埋首翻閱圖史書籍，身邊只有兩名年老宮人相伴。樂昌公主上前參見，心中沉痛難言，也不知該說些甚麼來安慰皇嫂。沈皇后卻不在意，只閑閑與樂昌公主談論道經釋典。

樂昌公主陪侍沈皇后閒談半日，又命自己的隨從為沈皇后清理正殿，點亮宮燈，方才告退出宮。她手中是明黃亮綠的三彩如意，周身是輕煙繚繞的蘭麝薰香，乘輿是龍駒嘶昂的金雕鳳輦；

前有捧巾櫛的內侍開道，後有荷長戟的武賁護駕，旁有舉鑾扇的使女隨從。她心中再有萬般委屈，也只得吞聲隱忍。

回到公主府中，駙馬徐德言已在廳中相候。見愛妻神情索然，便猜著三分因由，當即上前握住樂昌公主雙手，問道：「可是皇上不肯聽從妳的建言？」神情關懷備至。

樂昌公主面帶苦笑，神情落寞：「豈止是不肯聽從？竟連我說話的餘地也沒有！」她挽著夫婿手臂，相與步入內室，同時娓娓將陛見的本末說與夫婿知道。

徐德言聽罷，搖頭太息：「如此說來，局勢竟已是無可挽救！那韓擒虎、賀若弼進駐廬州、廣陵多年，遲遲不敢渡江，乃是因為隋室在北方受制於突厥，無暇南進。每逢我國秋收，他即遣兵劫掠，乃是廢我農時，欲使我國倉無積儲。如今突厥可汗新喪，內部動亂，已不足以牽制北朝。而我國，也已是兵無糧餉，馬無秣草。依我看，不出數月，那韓擒虎便要渡江南進啦！」他長聲喟嘆：「到那時，國破家亡，妳我不免離散，該當如何是好？」

樂昌公主垂淚道：「亡國妾婦，只有充入掖庭一途。如若果然，你我將再無相見之日。」說到此處，仰頭望著夫婿，淚如雨下：「充入掖庭！難道我陳樂昌竟能容那起北狄豪強侵犯？自是有死而已！」

徐德言心痛難言，將愛妻摟入懷中，顫聲說道：「妳若尋死，我又豈能獨活？然而公主千金之軀，怎可輕易言死？」他款款捧起愛妻螓首，輕輕為她拭淚，同時細細端詳愛妻面容：「我幼得家傳，粗通鑑人之術，卻知妳我均非夭折之相，情勢或許竟有轉機？」

樂昌公主哽咽道：「家國氣數如此，怎能再有轉機？」

徐德言道：「我所謂轉機，並非家國氣數，而是妳我夫妻的聚散離合。」他深深注視愛妻，緩緩說道：「妳眉長入鬢，高平舒秀，主聰明喜樂；妳眼形修長，睛如點漆，主一生近貴；妳眼神清朗，藏而不露，主福壽綿延。妳我這十年氣運，盡在眉眼印堂之間。妳眉眼毫無夭折破格徵兆，怎可輕言就死？」

樂昌公主道：「你說這十年氣運，盡在眉眼印堂之間，卻只讚我眉眼，不說印堂，可是劫難竟在印堂？」

徐德言嘆道：「可惜妳雙眉之間，懸針破印，二十八歲之年，只怕難免顛沛流離之苦。」

樂昌公主聞言心驚：「明年我正好二十八歲。」

徐德言長嘆一聲：「上蒼天意，非人力所能如何。」他握起樂昌公主雙手，只覺掌中柔膩的纖指冰涼輕顫。他將愛妻擁入自己胸前，語聲堅實：「雖說如此，妳我卻也不必太過驚惶。妳額角圓潤豐秀，印堂隱現紫氣，二十八歲之後，未嘗不能再創一片天地。」

樂昌公主聽說，沉默半晌，方才輕嘆一聲，悠悠說道：「大劫之後，就算不死，必定也是夫妻離散，永無相見之日，活著又有甚麼意趣？」

徐德言道：「妳我夫妻情緣未斷，此劫之後，或許天可憐見，竟能再續前緣？我往日讀書，偶然見到一則『鵲鏡』②異數，說到古時有夫妻即將離別，情深難捨，乃取一面銅鏡破為兩半，夫妻各執一半，以為日後相見的信物。其後妻子尋夫，妻子手中那半面銅鏡竟化為彩鵲，飛到另外那半面銅鏡之前，由是夫妻得以重聚。」他深情凝視愛妻，語調充滿希望：「他夫妻情深，感動蒼天，妳我難道便不能邀天之憐？」

樂昌公主聽得神往，點頭說道：「難怪如今銅鏡背上，多見鑄有彩鵲，原來竟有這樣的典故！如此我倆不妨也破鏡為盟，各執其半，以為日後相見的信物！」

徐德言當即取過一面銅鏡，抽出長劍一揮，銅鏡便破為兩半。他將一半交予樂昌公主：「大劫之後，妳在中秋月圓之日，託人到市上販售這半面銅鏡。我若僥倖留得性命，必到長安市上買鏡。若得上蒼垂憐，妳我或許真有再見之日。」

樂昌公主忍淚接過半面銅鏡，但見銅鏡背上所鑄的彩鵲正在自己手中，長曳的尾翎卻已被從中截斷，淚水禁不住又簌簌落下。徐德言溫情愛撫，柔聲安慰。當下夫妻二人誠心祝禱，各自珍重收藏半面銅鏡。往後彼此心中有所依託，也就不再多提那亡國悲語。

第二回　盤龍山巔

就在徐德言、樂昌公主夫妻日夜憂心韓擒虎、賀若弼強敵壓境的同時，江北隋帝國的君臣上下，卻日夜盼望廬州、廣陵的隋室大軍早日旗開得勝，攻取陳國，一統天下。

自古分久必合，合久必分。漢末三國鼎立，曹魏才併滅蜀漢，司馬氏便篡魏稱晉，再滅江東孫吳。中土戰亂分裂九十餘年之後，又告統一。然而晉室君臣耽於淫佚，奢侈腐敗，尚功利而無操守，重現實而乏理想，不久即因八王之亂的內憂招致五胡亂華的外患。晉室被迫東遷江左，五胡十六國先後在中原建立。

五胡鏖兵一百三十餘年之後，鮮卑拓跋氏的北魏統一北方，與南朝形成對峙之勢。其後北魏分裂為東魏、西魏，旋即漢人高氏篡東魏稱北齊，鮮卑宇文氏代西魏建北周。爾後北周併滅北齊，再度統一北方，不旋踵卻又為隋文帝楊堅所篡。

胡族尚武，北朝的武風雖然一向遠盛於南朝，然而北朝在北方尚與強鄰突厥相對峙，因此始

終無法放手南進。如今突厥可汗新喪，皇位懸虛，內部不靖。隋帝國在北方既不再有後顧之憂，便得以傾全力經營南朝。晉室東遷以來，中土南北分裂已逾兩百七十年之久，至此統一有望，怎不令人歡欣雀躍？

這日天朗氣清，惠風和暢，薊州盤龍山①的蒼松蔭下，青石徑上，一名白衣秀士正沿著山腰的迂迴鳥道盤桓踟躕，似乎已渾然陶醉在這春風豔陽之中。他年未弱冠，卻已是英姿颯爽，器宇軒昂；兼之儀容偉岸，風采俊逸，襯著白衣飄飄，直如神仙臨凡。他，正是韓擒虎的外甥李藥師。

盤龍山是燕山餘脈，有「遼海第一山」之稱，歷來是覽風掠景的勝地。此山有五峰、八石，以及所謂「上盤之松、中盤之石、下盤之水」的三盤勝境，景色絢麗多姿，變幻無方。李藥師如今正在這五峰中西峰的半山腰上，仰觀宇宙之大，俯察品類之盛，口中輕聲沉吟曹子建〈臨觀賦〉中的名句：

登高墉兮望四澤
臨長流兮送遠客
春風暢兮氣通靈
草含幹兮木交莖
丘陵崛兮松柏青

李藥師正自游目騁懷，極視聽之娛，卻聽見身後有步履人聲。他側身看時，但見兩名漢子正快步登山。他兩人邊走邊談，語音中已頗有喘吁之氣。

「你說，這山上真有『懸空石』？」

「我還騙你不成？當年哪，關公和張飛就在這山裡頭下棋，山頂上突然掉下來像小屋子那麼大的石頭。關公把手裡棋子往上一擲，把那大石頭托住，就成了現在這『懸空石』啦！」

二人大步而行，已趕過李藥師。適才說話那人喘息片刻，繼續說道：「張飛看見關公用棋子托住大石頭，心中大讚，便高聲喝采。沒想到喝聲竟把另一塊大石頭震成兩半。所以那『懸空石』的旁邊，還有『喝斷石』！」

李藥師聽那人說關、張竟有閒情逸致端坐下棋，心中難免覺得可笑。然而天下名勝古蹟，傳言附會，又哪能都從歷史上尋求考證？聽說山上有「懸空石」、「喝斷石」，想那必是此山「中盤之石」的八石勝景，好奇心起，便想一探究竟，於是遙遙尾隨那兩人上山。

來到山上，果然看見一方數尋長的巨石，高懸在百丈高的峭壁之上，若由下方仰視，直如無所依倚，道地便是「懸空石」！李藥師禁不住一聲喝采，卻趕緊掩口噤聲，心下竟是擔憂，喝聲或許真會震斷某塊山石，甚或將那「懸空石」震落下來。再看東崖兩壁，直如刀削斧劈，果真似在盤古開天闢地之時，遭巨響震將開來，堪堪便是「喝斷石」。登時只覺造物之神奇，實出乎意想之外！他讚歎半晌，太息須臾，隨目光所及，卻望見西峰頂上萬頃松濤。想那「上盤之松」原是盤山勝境，豈可不前往一觀？

李藥師來到西峰山巔，只見北面全是夭矯巨松，如盤如踞，霜皮溜雨數十圍的古木迤邐數里，森森濃蔭遮蔽天日。南方卻是絕崖。他且不往松林中去，卻先踱向絕崖之涯，居高臨下，遊目四顧。西望燕山，鬱鬱蒼蒼，峰巒綿亙數千里；東眺遼海，渺渺茫茫，碧波蕩漾幾萬頃。眼下好一個澄明天地，如畫江山！

李藥師正自登高四顧，臨薊川之長流，望眾果之滋榮；仰春風之和穆，聽百鳥之悲鳴；不想突然聽見百鳥悲鳴聲中，隱隱竟夾雜著喃喃梵唱。他心神一凜，用心傾聽，卻又只聽得啁啾鳥聲，以及森森濃蔭間傳來的蔌蔌松濤。他心想，將松濤聽成梵唱，也是玄機，當下胸懷更為怡然開闊，信步便朝那松林行去。

那蔌蔌松濤，本似大塊噫氣，輕聲劃空而過。朝松林行去數丈，那風聲卻愈衍愈盛，漸如萬籟唱和。來到松林之前，那風聲已如萬竅怒呺，彷彿大木百圍之竅穴，叱者、吸者、叫者、譹者，前者高亢如小弦切切，後者低沉如大弦嘈嘈。李藥師一身白衣，也被那松風吹得巾梢飄颻，幅帶翾翻。及至進入松林，那風聲卻嗡然隱退，巾梢幅帶也悄然飄落，不再飄颻翾翻。似乎那蔽天濃蔭，竟將濤聲飆風辟於林外一般！然而，就在李藥師耳中風聲迴響尚未完全退卻之際，他竟又聽見喃喃梵唱。

此時喃喃梵唱，雖然仍是隱隱約約，卻已甚為真切，絕對不是誤聽松濤。李藥師側耳傾聽，誰知不聽猶可，一聽之下不免大為詫異。那喃喃之音，聲韻明明是梵唱，詞語卻並非南無佛號，竟然是漢高帝〈大風歌〉。

〈大風歌〉本該是浩氣干雲，意興風發，滿負「以天下為己任」的雄心壯志；然而入了梵音，卻顯得軟弱無力，變成一無可取。李藥師聽得心胸滯澀，忍不住便拔出身邊佩劍，一邊高唱大風之歌，一邊縱劍而舞。歌曰：

大風起兮雲飛揚
威加海內兮歸故鄉
安得猛士兮守四方

李藥師一舞三闋，愈舞愈是慷慨激昂，直舞得天地為之變色，山川為之動容。舞罷三闋，他意猶未盡，便依〈大風歌〉曲牌，自己又成一闋。歌曰②：

陟崇崗兮望四圍
掣霓閃照兮斷虹飛
嗟嗟三軍兮唱凱歸

李藥師盼望舅父韓擒虎早日得勝北歸，自然而然便將這番心思譜入歌曲之中。他邊唱邊舞，舞罷三闋，再舞三闋。直至盡興，方才收起長劍，定下心神，緩緩循著梵唱聲音，順著松林間次望去。

但見遠方夭矯巨松之間，犖确青石之上，結跏趺坐一位極老的老僧，旁立一位中年僧人。李藥師正自驚訝如此遙遠的梵唱，竟能傳到自己耳中，卻只聽得那老僧已開口問道：「檀樾聽見〈大風歌〉？」那老僧聲音並不洪亮，但與李藥師相距百尺之遙，語句傳入耳中竟是字字鏗鏘。

李藥師見長者動問，連忙快步上前施禮，恭敬應道：「晚輩聽見大和尚唱漢高帝〈大風歌〉，情不自禁，縱劍歌舞，原不敢有擾大和尚清修，尚請大和尚諒鑑。」

那老僧形容枯槁，脊背痀僂，實在已是極老，趺坐松蔭之下，靜寂有若磐石。錯非他開口說話，直無法確知他是否還在世上。他原是雙目垂簾，此時抬眼朝李藥師望去，卻是炯炯有神：「不，老衲唸的是《楞伽經》，出家人不唱〈大風歌〉。」

李藥師心下驚訝：「大和尚唱的不是〈大風歌〉？」

那老僧道：「不錯。老衲唸的是《楞伽經》，檀樾聽的是〈大風歌〉。」老僧語音稍頓，輕唸一聲佛號，緩緩說道：「看檀樾適才劍道，與老衲一位故人竟是十分神似。檀樾可識得華陽子？」

李藥師更是心驚，敬謹答道：「華陽子正是家師祖，原來大和尚與家師祖有舊，不知可否敢請賜知法號？晚輩也好回稟家師。」李藥師家學淵源，師承博雅，亦曾師事華陽一脈。

那老僧微笑道：「見到尊師，便說洛陽故人神光問候。」

李藥師當即倒身下拜，重行參見之禮：「晚輩三原李藥師，參見神光大師。」

神光大師巍巍欠身：「檀樾少禮，請坐。」

李藥師見神光座石下首，另有一方青石。他先朝神光身旁的中年僧人躬身，相互致意，才過去盤膝坐在青石之上。神光說道：「老衲適才見檀樾舞〈大風歌〉，知道檀樾已深得師門真傳，可喜可賀。」

李藥師道：「不敢。」沉默片刻，終究忍不住，問道：「晚輩愚昧，敢請問大師，何以大師唸的是《楞伽經》，晚輩聽的卻是〈大風歌〉？」

神光微微一笑：「這《楞伽經》③乃是禪宗瑰寶，旨在明心見性，直指人心，所以入耳隨念。檀樾聽見的乃是自己的『心齋』，並非老衲所唱。」

李藥師聽見「心齋」二字，心中一動。原來「心齋」乃是道家修行的過程，能持「心齋」，方能達到《莊子》所謂「坐忘」的境界。華陽子宗道家，自然已將這些道理授予門人弟子。只是，這神光大師乃是佛門前輩，怎地也說起「心齋」？

他心中方自琢磨，只聽得神光又道：「儒、道、釋三家之學，本相貫通，若是強分派別，未免畫地自限。《莊子》所謂『心齋』、『坐忘』，在我佛門便是《金剛經》所謂『無我相、無人相、無眾生相、無壽者相』。老衲能與尊師祖交遊，正因彼此心中沒有門戶之見。」

華陽子雖宗道家，但他兼通釋、孔之學，也常告誡門人不可妄言門派之別。此時李藥師聽神光之言，但覺深合己意，當下躬身：「多承大師訓誨，晚輩深受教益。」

神光笑道：「檀樾不必忒謙。老衲《楞伽經》出口，檀樾〈大風歌〉入耳，足見檀樾以天下為己任，壯志不減沛公當年！」

此言一出，李藥師大驚失色。「沛公」即是漢高帝劉邦，「壯志不減沛公」，豈非直言他有天下之志？好在當時四下並無他人，李藥師正覺心中無主，不知該當如何應對之時，神光已右手一抬，說道：「檀樾不必多心，老衲並無他意。」

神光舉手之時，袍袖飄動，李藥師才陡然發現他左袖空空。原來神光並無左臂，只有右臂。李藥師此時更是震驚，暗道：「這神光大師果然已臻『坐忘』境界，他已忘卻自己僅有一臂，所以我初見他之時，也未曾注意他僅有一臂。」

只聽神光又道：「老衲尚有一事，想請檀樾鼎力相助。」

李藥師知那神光已入「坐忘」玄境，心中對他益發尊敬，聽他言語謙遜，趕緊應道：「晚輩不敢。大師有何吩咐，但請示下，只要晚輩能力所及，定當全力以赴。」

神光微笑道：「好說。老衲此事，正與檀樾劍道有關，也與《楞伽經》有關。」他輕唸一聲佛號，繼續說道：「檀樾當知東土禪宗初祖菩提達摩禪師？」

李藥師應道：「是。」菩提達摩是南天竺僧人，曾修禪於登封少林寺，面壁而坐，終日默然，達九年之久。他在華夏中土宣揚佛法禪學，被尊為西天禪宗第二十八祖，東土禪宗初祖。

神光點頭道：「這部《楞伽經》正是達摩老祖所遺。達摩老祖圓寂之後，弟子在他身側見到一卷經文，便是這部《楞伽經》。此經雖然經文寥寥，義理卻極深奧，諸弟子苦讀鑽研，久而不可得解。檀樾請想，達摩老祖面壁九年，涅槃之後，在石壁之畔僅僅遺留一卷《楞伽經》，此經必定非同小可。於是諸弟子遍歷名山大川，訪尋前輩高僧，求解經文妙諦。歷時四十載，竟然未能彰解此經祕義。」

李藥師恭謹稱是，心道：「這《楞伽經》竟是如此深奧，窮多位高僧四十年之力，仍然無法彰解經文祕義。」

只聽神光語音稍頓，沉聲唸了一聲佛號：「其後，北周武帝禁滅佛、道二教。」

神光身旁那名中年僧人一直合十靜立，未曾出聲，此時也唸了一句「阿彌陀佛」。李藥師雖曾親身經歷北周武帝滅教之事，然他當時不過五、六歲年紀，並不能體會此事對社會所造成的衝擊。他只聽長輩提起，當時佛、道二教靡費過甚，助長頹廢、淫亂的風氣，又以超渡冤魂之法為嗜殺的豪強贖罪，是以遭到禁斷，經像皆毀，沙門、道士勒令還俗，佛寺、道觀及其財貨均被籍沒。

神光繼續說道：「此事雖是我教大劫，《楞伽經》祕奧倒也因此而得到闡發，實是我佛緣法。滅教之令既下，當時諸弟子競相南奔，老衲也渡江去到南朝。一路西行蜀地，來到峨嵋。我佛慈悲，竟爾得晤梵僧般剌密諦大師。老衲聽密諦大師講談佛理，大為欽佩，便取出《楞伽經》向大師討教。幸得大師啟發，苦思七七四十九日，方才勉強貫通《楞伽經》祕義。」

那中年僧人再唸一聲：「阿彌陀佛。」

神光又道：「當時老衲自謂已然得道，喜樂無比。然而，這十二年來，老衲卻逐漸領悟，在此《楞伽經》中，除卻禪宗佛學，另有絕妙武學。」他又唸一聲佛號，繼續說道：「檀樾當知，身健則心靈，心靈則易悟。所以我教禪宗佛學往往佐以武學，以俾相得益彰。」說到此處，神光雙目竟似當真射出神光，朝李藥師深深注視：「據老衲所知，尊師之道，也是如此？」李藥師出生時，華陽子已去世。神光依李藥師年齡判斷，知他並未親炙華陽子。

李藥師躬身應道：「是。」心道：「原來神光大師要談武學。」果然聽見神光說道：「老衲年紀大啦，不如年輕人身健心靈。」說著朝那中年僧人一指：「老衲這小徒璨了，自幼勤參佛法，然於武學一道，卻是無緣。今日難得與檀樾在此相晤，老衲想請檀樾一同參研《楞伽經》武學，不知檀樾意下如何？」

李藥師敬謹答道：「不敢。晚輩若是有幸承大師教誨，得窺《楞伽經》妙諦，實是無上緣法。」心道：「原來這中年僧人法名璨了，是神光大師的徒弟。」

神光神色歡愉，說道：「如此甚好。老衲下處就在前方，便請檀樾移駕。」當下璨了扶持神光起身，三人一同朝松林北方而去。

松林北方是下坡山路，李藥師隨在二僧身後，沿小徑蹭蹬而行。不久便見山谷之間隱藏一座破落小廟，斷垣殘壁，看來竟是北周武帝滅佛之前的遺物，那便是神光師徒現今駐錫之處了。李藥師隨二僧進入小廟，璨了取出一卷經書，奉予神光。神光接過經書，與李藥師一同翻閱，說道：「這便是達摩老祖遺下的《楞伽經》。」

李藥師見那經書薄薄一卷，冊頁隱隱泛黃，已然甚為陳舊。經上全是梵文，李藥師一字不識，神光便逐句翻譯，緩緩唸了出來。李藥師雖從華陽門下受業，於道學、儒學之外，略知佛學大要。但於禪宗精義，至此才初窺妙諦。釋家與道家原有相通之處，李藥師只將《楞伽經》中的佛門用語，暗自在心中與慣常習用的道家語彙交相比對，便大略知曉經文概要。至於《楞伽經》中博大精深的經義，要待他來日歷練人生，才能有更深的體悟。

神光知道只唸一遍經文，李藥師尚無法心領神會，於是再唸第二遍，同時詳加解說。李藥師悟性原本極高，但這《楞伽經》，遺在達摩老祖法身之旁，經禪宗高僧四十年苦思深慮，若是未得梵僧般剌密諦啟發，仍然無法得解。李藥師以一介禪學外道，年紀又輕，哪能在片刻之間便得悟大道？然而他所邂逅的神光大師，非但是佛門禪宗的不世奇才，學佛之前又曾習孔、老之學，尤精玄理。神光盡心盡力，將經文用李藥師可以理解的言語詳加解說，李藥師才逐漸進入情況。

此時距三人進入小廟，相對趺坐蒲團之上，已歷一晝夜有餘。李藥師全心全意聽神光說法，早已神遊物外，不知時光之既逝，何況外界的晝夜晨昏？璨了在旁邊看神光大師竭盡心力地說法，幾次想勸師父歇息，都被神光以眼神示意，命他不可造次。

此時神光解說《楞伽經》，再度說到「我相」、「人相」、「心無所往」等等慧法。李藥師突然說道：「適才大師曾說，『無我相，無人相』便是『坐忘』。『坐忘』乃是『離形去知，同於大通』，到這境界便是『形如槁木，心如死灰』，一片虛空，無物我，無彼此，自然也沒有是非利害了。」

李藥師所說的「離形去知，同於大通」，是《莊子．大宗師》中的言語；而「形如槁木，心如死灰」，則出於《莊子．齊物論》。他想通了《楞伽經》與《莊子》的對照，至此才將佛、道玄妙，真正融會於心中。神光大師微微頷首，靜靜讓他想下去、說下去。李藥師此時一念渾渾、一靈炯炯、一機勃勃，只覺胸腑渣滓滌清，通體潔淨無比，心如活潑之泉，體似峻峋之石。他頓時體會「離形」、「去知」的暢境，脫口而出：「如今方才明白『清虛日來，滓穢日去』之妙。所謂『為學日益，為道日損』，大約便是此意？」

神光仍是微笑點頭。「為學日益，為道日損」是《老子》之語，其意是說，為學，求知欲就會一天天增加；為道，求知欲就會一天天減少。其實萬事萬物的總則，都存在於心中，如果能夠內觀返照，自然便能明瞭領悟。反之，如果因求知欲所牽而多學多看，反而容易愈來愈迷惑。此時李藥師又接著說：「『損之又損，以至於無為』，這是要將物欲、知欲，以至於周身精力真氣，全然損去散去。」

神光一聽此言，大為激動，他原已有多次尋思至此，但都覺得此舉太不可思議，便沒有再往下想。此時李藥師竟也朝這方向想去，而且聽他口氣，似乎並不覺得此舉有甚麼不可思議之處。神光生怕打斷李藥師思緒，強忍心中激動，只淡淡說道：「損去精力，散去真氣，那便如何？」

李藥師對眼前事物，早已視而不見，聽得神光之言，只是自然反應：「那也無甚如何，不過是『無為而無不為』！所謂『取天下常以無事，及其有事，不足以取天下』。」

此話聽在神光耳中，直如轟然巨響。他每常想到「損去精力，散去真氣」，便覺那是禪學妙境，與武學背道而馳。總以為自己一心修禪，下意識覺得武學是末道，所以雖然想參武學，心思卻總是自然而然便回到禪學大道。每到此處他便全心修禪，將武學擱置一旁。他從沒有想過，「損去精力，散去真氣」，在李藥師看來，「那也無甚如何」！何況他還說「取天下常以無事，及其有事，不足以取天下」，那明明便是說，將精力、真氣完全損去、散去之後，方能修習天下無雙的絕學；否則體中濁氣充塞，便不能虛心靈悟。神光尋思及此，說道：「老衲今日得檀樾點醒，如今才知，原來達摩老祖所謂『淨智妙圓，體自空寂』，非但是禪學，也是武學。」

其實李藥師此時，心緒早已恍兮惚兮，窈兮冥兮，所言所道完全不假思索，只是針對神光所問，自然的回響而已。他就好似一泓清澈的池水，將神光的問語忠實地反映出來，讓神光自己見到。如此，他老少二人看似一問一答，其實竟是神光自問自答。璨了在旁邊，便將他二人的言語，就便鈔錄在那本《楞伽經》的經文夾縫之間，便如讀書之人的眉批一般。

此時神光又問：「若是全然損去精力，散去真氣，心胸之中空虛無物，便能重新接受全然不同於已往的天道？」

李藥師答道：「果真能夠如此，那豈不將人身內外如滌心洗髓一般，將色身清洗一過，重新作人？」此時他進入禪學妙境，自然而然也用上「色身」這等釋家禪語。

神光右掌朝膝上一擊：「照啊！這正是滌心洗髓之學，可以讓人變換過一身全新筋骨，何不將此武學名之為《易筋經》④？」

李藥師愕然應道：「《易筋經》？」

他三人有問、有答、有記，那紅日與清月也相互交替幾番。待得機鋒告一段落，已是第三日午後。李藥師回過神來，但見神光神色之間雖然甚是平安喜樂，卻也疲憊已極。他知神光亟須歇息，便即告辭道別。神光也不相留，只命璨了送他出廟。李藥師此時對於三日三夜以來所問所答的言語，雖然無法清晰記憶，而那禪學哲理，卻已多有靈悟。他本已通學儒、道二家，如今又入釋家殿堂，終於逐漸將三家大道融會貫通，日後成為不世出的奇才、智者。然而此時李藥師並不知道自己已初窺大道，只覺獲益良多，於是對神光恭恭敬敬地以師禮拜了四拜，又與璨了行禮為別，方才出廟下山。

第三回　趙郡府衙

李藥師下得盤龍山，只覺腦中似若澎湃洶湧，又似空無一物。當時無暇思索行止，恍恍惚惚便直往趙郡家中而去。他本籍京兆三原人氏，只因父親李詮官拜趙郡太守①，家眷隨職遊宦，便也住在趙郡。趙郡與薊州不過數百里之遙，一路又都是綠野平疇，他策馬而行，邊走邊回憶這三日三夜的所聽所聞，不知不覺便到家了。

李藥師回到家中，先拜見母親韓氏夫人。韓氏夫人一見到他，便拉著他手說道：「我的兒，你可回來了！這幾日你上哪兒去了？你爹爹到處找你。」

李藥師性喜遊山玩水，這些日子恰逢師父玄中子閉關，家中又沒有要緊大事，他便四處遊歷，瀏覽名山大川。他父母深明仁者樂山、智者樂水之理，知道在山水之間，自能培養浩然之氣，所以向來不強命他兄弟侷促於府衙家中。李藥師行次，他兄弟三人，長兄李藥王已膺軍職，此時正隨舅舅韓擒虎在廬州軍中；三弟李客師與他一般，隨父親遊宦趙郡，卻也日常縱情於山水之間，不常在家。李藥師聽母親說父親急著找他，知道必有要緊大事，便先探母親口風。

韓氏夫人說道：「你爹爹的事，我也不很清楚。好像是有一名返鄉尋親的年輕人，發現祖產被人侵占，說是認識你，你讓他來找你爹爹，可是有的？」

李藥師笑道：「那是李迪波大哥。娘，孩兒在清河道上偶遇李大哥，甚是投緣，相談之下，聽他說起祖產被占之事。孩兒想他那祖產正好在爹爹治下，爹爹為他平反，應是易事，便要他來見爹爹。」

韓氏夫人卻道：「聽你爹爹口氣，此事似乎並非如此簡單。」

李藥師不解：「此中難道另有枝節？」

韓氏夫人道：「我也不很清楚。不過你爹爹既然急著找你，必定有事。他現下正在前院，你去見了爹爹，看他怎麼說吧。」

李藥師於是辭別母親，來到前院。前院是外署與內邸交接之處，他父親李詮正在書齋中與數名門客、記室談古論今。李藥師進來見過父親，又與眾客見禮。眾客見他到來，自然各有客套言語。他見父親不問李迪波之事，便也不提，只站在父親身後。眾客見他如此，便知他父子之間有事要談。於是再寒暄片刻，便即告退。

李詮待眾客辭出，便問兒子：「你對那李迪波知道多少？」

李藥師答道：「孩兒月前在清河道上偶遇李迪波大哥，見他談吐不俗，便與他同行數日，交了朋友。」

李詮「嗯」了一聲，示意兒子繼續說下去。李藥師說道：「我倆甚是投緣，無所不談。孩兒知道李大哥是趙郡人氏，自幼離家在外，這次是頭一回返鄉。李大哥甚是博聞，也曾有過數樁奇遇。其中最有趣的一件，是他求偶的經過。」

李詮問道：「他是怎麼說的？」

李藥師答道：「李大哥的夫人才貌非凡，在閨中時，便有諸多慕名求親之人。李大嫂的父親為要選擇賢婿，在前廳照壁上畫了兩屏孔雀，每有求親少年前來，便給兩支羽箭，說是如果射中孔雀眼睛，就許以婚事。試射的少年不下數十人，都未能射中。及至李大哥，他輕發兩箭，分別正中孔雀雙眼，於是便求得佳偶啦！爹爹，這『雀屏中選』②的經過如此精采，日後必能流傳百世，成為典故。」

李藥師說來甚是興奮，李詮的臉色卻愈聽愈是凝重。聽他說到此處，李詮沉聲說道：「孩子，你好糊塗！」

李藥師茫然不解，忙問：「爹爹，可是孩兒做錯了甚麼？」

李詮道：「你可知你那李大嫂母家，是何方人士？」

李藥師道：「孩兒不知。」

李詮道：「我告訴你吧，她家系出鮮卑，原姓紇豆陵氏。北魏孝文帝施行漢化，敕令鮮卑世族改胡姓為漢姓，紇豆陵氏便改姓竇氏。你那李大嫂的父親，正是京兆家世，姓竇名毅。」

李藥師聽到此處，情不自禁地說道：「前朝駙馬都尉竇毅，尚北周武帝的皇姊襄陽長公主？

那是權貴高門了！沒想到李大嫂的母親竟是前朝皇族。殊不知權貴高門，前朝皇族，竟以這等方式擇婿！」

李詮道：「若知他家原是鮮卑國姓，便也不足為奇了。」

李藥師道：「李大哥能與鮮卑國姓聯姻，他自己的家世，必也非比尋常，孩兒卻沒有聽他提起。」

原來魏晉南北朝，是中國歷史上最重門第的時代。南朝的「僑姓」與「吳姓」，北朝的「國姓」與「郡姓」，幾乎把持社會上全部的政治權力與經濟利益。世族與不同階級的門第通婚，是駭人聽聞的大事。時當隋初，社會階級的區隔雖已不似南北朝時期嚴峻，然而注重門第的風氣依然存在。所以李藥師一聽竇氏家世，立即斷定李迪波必也出身高第。

李詮道：「李迪波不提家世，或許有意隱諱。孩子，你可知當今唐國公一系？」

李藥師雖不明白父親何以突然提起唐國公，但仍恭謹回答：「孩兒知道。唐國公與咱們同姓，聽說同出於隴西一族。他家是西魏的八大柱國之一，前朝北周、乃至本朝仍襲唐國公爵位。」隋文帝楊堅篡北周宇文氏皇位，建立隋朝，曾得北周朝中世族大力支持。所以前朝顯貴，比如李氏一族，在隋朝仍有權勢。

李詮點頭道：「你可知現在的唐國公是誰？」

李藥師答道：「唐國公李淵，是當今獨孤皇后的甥兒。孩兒聽說他七歲喪父，在前朝便已襲爵。我朝建國之後，他仍領唐國公封號。獨孤皇后憐他幼失恃怙，對他特見親愛。」

李詮點點頭：「不錯，唐國公的母親與當今皇后是嫡親姊妹，同是鮮卑國姓，所以那唐國公也有一半鮮卑血統。孩子，你可知唐國公的名諱，如果以鮮卑語發音，如何唸法？」

當時非但獨孤皇后系出鮮卑，前朝北周的皇室宇文氏也是鮮卑一族，所以高門權貴，無不競學鮮卑語。李藥師出身世族，多少也知道一些鮮卑語，當下不假思索，答道：「鮮卑語的『淵』字，可以讀作『德波』，也可以唸成『迪博』，或是……」

他突然說不下去了，目瞪口呆地望著父親。李詮緩緩點頭：「不錯，你那李迪波大哥，正是當今的唐國公李淵。而且他所謂的祖產，竟是一片祖墳。」李詮話聲一頓，注視李藥師：「如今，你可承認糊塗？」

李藥師不相信：「爹爹，唐國公與咱們同樣出身隴西李氏，在趙郡怎會有祖墳？[3]」

李詮嘆道：「孩子，這正是爹爹急著找你的原因。你想，我家系出隴西，遷到京兆三原不過數代，與隴西老家並沒有失去聯絡。隴西李氏，定著五房，一曰成紀，二曰武陽，三曰姑臧，四曰敦煌，五曰丹陽，咱們是丹陽房嫡裔。隴西族譜上，可沒有唐國公一家啊！」

李藥師愈聽愈不明白，但他隱隱知道父親要告訴他的，必是驚天大事，所以心中雖是怦怦亂跳，卻強自壓抑，靜聽父親說話。只見父親將書齋巡視一周，確定並無他人，方才低聲說道：「孩子，爹爹來到趙郡不久，就發現唐國公家裡的事啦。他家自稱出身隴西李氏，在趙郡卻有祖塋，豈不矛盾？爹爹對於此事，已經注意很久啦！」

李藥師驚道：「冒充世族？爹爹，趙郡李氏名望雖不如我隴西李氏，畢竟也並非寒門。那唐國公為何要冒充我隴西李氏？」

李詮搖頭道：「其中因由，爹爹也不清楚，只能臆測。唐國公在北周時期，並不姓李，你可知道？」

李藥師答道：「孩兒知道，當時他家姓大野氏。唐國公既貴為西魏八大柱國之一，自然必須是胡族或是胡姓。當今皇室在北周世襲隋國公，當時以普六茹為姓氏，到北周後期才改回為楊氏。唐國公似乎也在同時改大野氏為李氏。」

北魏孝文帝厲行漢化，造成胡族不滿，衍生六鎮之變，致使魏分東西。西魏、北周則兼容胡漢，文化上奉其所領的關中為華夏文明的中心，武備上則實行府兵制，恢復胡族尚武精神。這樣兼容胡漢、並重文武的政策，終於成就北朝的統一，進而有能力經營南朝。當時府兵地位崇高，必須出身京畿附近中等以上家境，胡族或胡姓的健男，才能榮膺府兵身分。柱國是府兵統帥，自然必須是胡族或是胡姓。隋室楊氏在北周曾得賜姓普六茹氏，當時人人皆知，此事也並非不可談論的皇室隱私。

李詮深深注視兒子，微笑道：「不錯。人人皆知今上棄胡姓普六茹氏，『改回』漢姓楊氏。說到唐國公，卻說『改大野氏為李氏』，而不說『改回』李氏。」

李藥師愈聽愈是心驚，惶然望著父親：「爹爹，您是說……」

李詮道：「我說過，我只能臆測，這只是一種可能。北魏孝文帝改胡姓為漢姓，西魏、北周則不但詔漢姓胡人改回胡姓，更賜漢人胡姓，而且更改郡望，自撰譜錄。從此胡漢世系，雜糅莫辨。」這部分李藥師自是清楚。

李詮繼續說道：「想這趙郡，當初是春秋趙國所置，秦代改為邯鄲郡，漢代與鉅鹿郡、常山郡同屬趙國。孩子，你想想，唐國公口口聲聲自稱是西涼武昭王李暠的七代孫，可在鉅鹿，卻有他高祖李熙、曾祖李天賜的族葬墳塋。」

此時李藥師心神已定，說道：「是，邯鄲、鉅鹿、常山三郡，多有趙郡李氏聚居。唐國公有祖塋在鉅鹿，當屬趙郡李氏。不過爹爹，孩兒卻不明白，來到本朝，依舊冒充我隴西李氏，究竟有甚麼益處？」

李詮微笑道：「孩子，你問到重點啦。你可知道，何以南朝宋、齊、梁、陳四代立國，國勢都不能強盛，國祚也不能長久？」

李藥師答道：「孩兒曾聽師父說過，南朝四代國主，宋主劉裕出身『田舍翁』；齊主蕭道成與梁主蕭衍雖同為蘭陵望族，但較之王、謝諸大姓，猶為寒素；陳主陳霸先則出身小吏。他們建國，並不能得到南朝世族輸誠擁戴，所以國勢都不能強盛，國祚也不能長久。」

李詮點頭道：「你師父說得不錯。如此你也應當知道，同族之中也分高下？」

魏晉以來，社會上最重門第。南朝門第以瑯琊王氏、陳郡謝氏為極品，其次是陳郡袁氏、蘭陵蕭氏。這四姓都是「僑姓」，地位高於「吳姓」的朱、張、顧、陸。當時不要說「吳姓」無法與「僑姓」相提並論，甚至同族之中也分高下。比如王氏就有烏衣王氏與清溪王氏之別。中唐詩人劉禹錫有一首七言絕句〈烏衣巷〉：

朱雀橋邊野草花
烏衣巷口夕陽斜
舊時王謝堂前燕
飛入尋常百姓家

南朝王、謝名門子弟都愛穿著烏衣，家族宅邸座落的巷道便稱為「烏衣巷」。朱雀橋鄰近烏衣巷，當時豪門高第麇集於此，就連在此築巢的燕子，身價似乎也高人一等。

李詮見李藥師點頭稱是，便微笑道：「你所知者，大抵瑯琊王氏烏衣、清溪之別，或許不知，趙郡李氏也有高下之分？」他向專心聆聽的兒子看了一眼，繼續說道：「趙郡李氏的顯望都在常山，在鉅鹿的不是微末族人，便是改為漢姓攀依世族的胡人啊。」

李藥師輕「啊」了一聲。

此時李詮臉色轉為凝重，說道：「今時今世，在上位者若要國勢強盛，國祚長久，就得有個名門作為出身背景。趙郡李氏與我隴西李氏，雖然同屬『五姓七望』④，但仍不如我隴西李氏。何況，還並不是趙郡的常山顯望？」

李藥師聽出父親話中有話，怔怔望著父親。李詮緩緩說道：「當年西魏八大柱國，各統領二大將軍。唐國公乃八大柱國之一，而隋國公只位列大將軍。至前朝北周，隋國公雖得晉封上柱國，地位卻仍不如八大柱國。然而如今，卻是君臣定分。」此時他語音稍頓，直直看著兒子：「你那李大哥的岳母襄陽長公主如果今日尚在，不知會作何感想？」

李藥師聽到此處，禁不住「啊」地叫出聲來。他知道楊堅是北周宣帝皇后楊氏的父親，他在建立隋朝之前，曾以外戚身分任北周大丞相，專軍政大權於一身。當時忠於宇文氏的朝臣曾舉兵討伐楊堅，事敗之後楊堅不但將異己全數屠戮，而且除了自己的皇后女兒之外，盡殺北周皇室王孫妃主，襄陽長公主便是死於此難。李藥師知道爹爹此時說的雖是襄陽長公主，實際上問的卻是身為襄陽長公主之女的李大嫂⑤會作何感想？她的夫婿唐國公李大哥又會作何感想？

只聽得李詮又道：「我不敢說唐國公究竟有甚麼心思，但是我很清楚，你那李迪波大哥不希望你知道他就是唐國公。他家祖產之事，我已秉公處理。不過，我處理的是李迪波家裡的祖產，不是唐國公家裡的祖產。」他深深凝視李藥師：「孩子，此中關節，你可明白？」

李藥師正顏躬身：「是，爹爹，孩兒明白。」

李詮點點頭，又道：「咱們早晚要回長安。你到京裡，難免遇見唐國公。屆時該當如何應對，你心裡可有計較？」

李藥師答道：「孩兒在清河道上結識了一位李迪波大哥，他是趙郡人氏。皇室懿親唐國公是隴西人氏，我隴西李氏能有唐國公這樣的人物，孩兒與有榮焉。」他眼現慧黠，含笑說道：「他二人或許生得極為相像，孔老夫子不也曾被匡人誤認為是楊虎嗎？」

李詮拍拍兒子背膀，含笑點頭。李藥師此次回到家裡，原本興致勃勃，想告訴父親在盤龍山上的奇遇。然而李迪波祖墳事件已為父親招惹不少麻煩，他一時也不敢提與神光、璨了談經之事。當下只陪侍父親閒話家常，直到家人傳晚膳，才隨父親走回內院。

第四回　天挂石窟

李藥師自從得知李迪波就是唐國公李淵之後，心情十分悵惘。只覺自己真心待人，換來的卻是一番假意。他往常喜愛覽風掠景的興致因此也減了九分，這些日子只在家中，靜靜復習師父交代的功課。他師父玄中子循例只在春分與秋分前後開館授徒，其餘時日均是閉關靜修。如今師父即將開館，李藥師便整理書篋，辭別父母，先往師父近年居停的天挂山中靜候師父出關。

天挂山在趙郡西方數十里處，山勢峻秀，高聳入雲。其山南坡緩和，北坡卻是百丈深崖。李藥師來到山中，但見諸峰奇姿異態，或直插入雲，或絕壁天塹。山間古木虬藤，春花爛漫，瀑流乘空，景致絕勝。他登時心胸一暢，暗想：「就是曹子建那等人物，有時也不得不說『何吾人之介特，去朋匹而無儔』，我又何必為朋匹懊惱？」於是將悒鬱置諸腦後，只覺眼前景色正如曹子建〈閒居賦〉所吟：

翡翠翔於南枝
玄鶴鳴於北野
青魚躍於東沼
白鳥戲於西渚

他便仿效曹子建，背通谷、對綠波、藉文茵、翳春華，徜徉於這仲春的萬紫千紅之間。天挂山是太行山系的北緣，再往北就進入五臺山系。這一帶山崖壁間多天然石洞，巍峨崢嶸，幽深奧祕。天挂山南坡山谷間雖然綠草如茵，山壁石洞內卻是怪石嶙峋，皆是碧乳凝成的天然奇景。其中藏風洞更是深不可探，內有山泉流水，與步行鳥道忽分忽合，時高時低。藏風洞洞內有洞，洞上有洞，蜿蜒曲折，山重水複。洞頂石乳倒懸，層層疊疊，有如雲海。岩溶滴到地上，經數十百萬年累積，形成石筍，五彩繽紛，矗地而立。更有那石乳與石筍已上下連接，成為石柱，頂天立地，簇擁在石林、石花、石幔叢中，令人歎為觀止。玄中子如今坐關之處，就在這石洞之內。

李藥師在山中崎嶇而行，逶迤來到藏風洞。他因為早來旬日，便在洞內靜修功課，閒時細玩洞中清邃幽深的石林景象。不數日，同學陸續到來。玄中子擇徒甚是精嚴，門生不過十人，較長的已屆不惑之年，年少的仍未弱冠。年長同門中修為深厚的，已是一代宗師，來到藏風洞，自是敬謹修持。年輕如李藥師等，雖仍活潑好動，卻也只在外間嘻笑，不敢入內打擾師父清修。

玄中子的學問，以《老子》的「見素抱樸，少私寡欲」為根基，本以謙恭退讓為上。然而謙退是養氣的功夫，須要時間的磨練。年長的門生，大抵已能含元守靜；而如李藥師這等簪纓世冑，又正值心高志傲的年歲，要他們在親長跟前恭謹有禮，或者還能做到幾許；要他們在同儕之間謙虛自抑，那就有違少年天性了。道家修練首重自然，所以並不壓抑天性。李藥師等一班年輕弟子，許久沒有見面，一旦相見，就各自數說這半年來自己的修為進境。

年輕同門中，李藥師與房玄齡最為交好。房玄齡年紀雖較李藥師更幼，行事卻頗有文人氣習。他也出身簪纓世冑，為人極為聰敏，讀書過目不忘，寫得一筆好字，文章中更見才氣。不過，他與神光大師的徒弟璨了一般，悟性雖是極高，卻與武學無緣。房玄齡年稚力弱，李藥師便待他有如幼弟，加意照顧他、保護他。

這日清晨，李藥師作完早課，正要出洞練劍，卻見洞內走出來一名小道童。這小道童方面大耳，年齡比房玄齡更稚。李藥師認得他是師父年前才收的關門弟子，名叫魏玄成。他父母雙亡，家境貧寒，卻有大志，又愛讀書。玄中子將他留在身邊，閉關時就由他服侍。

眾同門見魏玄成出來，知道師父已然出關，便依照入門順序，魚貫走進內洞。此時乃是仲春節氣，外間雖已是春花燦放，內洞卻仍是陰濕寒涼。房玄齡隨在李藥師身後進入內洞，禁不住打了一個寒顫。李藥師回身握住房玄齡雙手，只覺他手幼弱冰涼，頓時感到自己的手掌格外溫暖有力。心中一時頗為自豪，想自己已經長大成人，有能力照顧他人，握著房玄齡的手不覺也更緊了一些。李藥師在家中雖有幼弟，但李客師和李藥師一般，同是活潑好動，充滿陽剛之氣。他兄弟感情雖然極好，李藥師卻不曾體驗此刻因照顧弱小而生的自豪之情。

李藥師、房玄齡隨年長同門進入師父玄中子修行的內室，室中溫暖舒適，李藥師也放開了房玄齡雙手。只見玄中子趺坐中堂，地下一溜十個蒲團。眾同門逐一向師父行禮，隨即依序跪坐蒲團之上。李藥師與房玄齡拜見師父之後，坐入第八和第九位上。魏玄成隨在房玄齡之後行禮，坐入末位。

玄中子逐一考校門生進境。幾個年長門生，或只是趁師父出關，前來拜望；或有一二疑難，玄中子也只須三言兩語，便點透澈。年長同門有些拜見師父之後，便即辭去；也有幾人留下，靜觀師父調教後進之道。隨後是幾名二、三十歲的同門。年紀愈輕，所問的問題也就愈龐雜。玄中子隨興命年長門生代答。年輕同門受教之後，便以師禮拜謝年長同門。

隨後輪到李藥師。他走到師父身前，行禮之後，尚未開口，玄中子已沉聲說道：「我聽人說：『大丈夫若遇主逢時，必當立功立事，以取富貴，何至作章句儒？』此話可是你說的？」

李藥師心高志傲，這原是他少年人的狂狷豪語，卻沒想到師父開口便問此事。他見師父辭色嚴峻，趕緊跪下，答道：「是。」

玄中子道：「這便是你的大志？你且說來。」年長同門只道師父要訓誡李藥師，紛紛辭出。室內除玄中子、李藥師之外，就僅餘房玄齡與魏玄成。

玄中子辭色雖然嚴峻，李藥師卻並不畏懼，侃侃說出一番道理：「師父，弟子放肆。弟子只想，古之儒者，原以格物、致知、誠意、正心為始，以修身為本，然後齊家、治國，以至於明明德於天下，而親民，而止於至善。然今之儒者，但知研章句，不知究經義，以至於如史遷所言：

『文史星歷，近乎卜祝之間，固主上所戲弄，倡優所畜，流俗之所輕也。』如此位列倡優博奕之次，以備虞說的章句儒，實非弟子之志。」「史遷」是太史公司馬遷，李藥師所引的這段話，出於〈報任少卿書〉。

玄中子聽他此言，神色已然緩和不少，說道：「章句儒固然非你之志，難道你竟志在功名富貴？」

師父這樣一問，李藥師登時想起神光大師所說「壯志不減沛公」之語，一時不知該當如何回答，神色竟然靦腆起來。玄中子見愛徒如此，冷笑一聲：「你入我門下八年，我卻不知你志在『遇主逢時，立功立事，以取富貴』。看來我真是老耄了！」

李藥師見師父如此激他，長跪在地，心中怦怦亂跳，脫口說道：「師父容稟，弟子日前偶遇一位高僧，他說弟子『壯志不減沛公』。弟子不敢有沛公之志，但願為樗散之材，『樹之於無何有之鄉，廣莫之野，彷徨乎無為之側，寢臥乎逍遙之下』。」李藥師所引「無何有之鄉，廣莫之野，無為、逍遙」之句，出自《莊子．逍遙遊》，意為韜晦含光，不爭外物，所以能夠不受制於外物，而與天地共榮枯。

玄中子顏色稍轉和霽，緩緩說道：「聽你說話，如此迫不及待，哪有絲毫『願為樗散之材』之意？縱使彷徨之側也不能無為，寢臥其下也不得逍遙！」他朝李藥師望去，眼中滿是關愛神情。這個徒兒，傲氣渾成，常讓他想起年輕時的自己。這是他最鍾愛的一個徒兒，卻也是他最少開口讚許的一個徒兒。他微微一笑：「也罷，你且起來說話。」李藥師見師父言色和悅，趕緊叩了一個頭，站起身來。

玄中子溫顏問道：「你究竟做了些甚麼，惹得人家說你『壯志不減沛公』？」

李藥師於是將盤龍山巔的奇遇，說與師父知道。他才說到神光大師的名號，玄中子立刻神色凜然，似乎想說些甚麼，卻又忍下，只命李藥師繼續說下去。他說到領悟「無我相，無人相」就是「坐忘」之時，玄中子捻鬚頷首微笑。他說到「損去精力，散去真氣」之時，玄中子似乎也心有所往，尋思半晌。玄中子嗜茶，此時魏玄成見師父聽李藥師說話，時間已久，便準備煎水投茶。玄中子示意，命他靜聽，魏玄成便坐回到自己的蒲團上。

李藥師說完與神光、璨了參研《楞伽經》、《易筋經》的始末，玄中子點點頭，只說：「很好，很好。」沉吟須臾，又道：「藥師，你去煎茶。」李藥師知道師父有話要對自己說，便應了一聲「是」，先行過去煎茶。

玄中子嗜茶，門生常為師父煎茶，也都精於茶道。當時的茶，略與羹湯相類，與宋、明後世全然不同。玄中子室內有一方石桌，旁有石鼎，專為煎茶之用，李藥師便在石鼎之下生起炭火。唐代陸羽《茶經》①有言：「其火用炭，次用勁薪。」所謂「活水尚須活火煎」，乃是魏晉南北朝以來煎茶數百年積下的經驗。炭火之外，其次可用桑、槐、桐、櫪等堅實細密的木材生火，絕不可用松、杉、柏、檜等含有油脂的木材。否則油脂燃燒，升起濃煙，摻入茶中，則大損其味。

此時玄中子正在考校房玄齡功課。房玄齡入師門不過數年，進境雖是奇速，但所問的問題仍不出書本範圍。玄中子最重啟蒙，房玄齡所提的問題雖然淺易，他卻不厭其詳地解答。玄中子花在這些小弟子身上的時間，竟是年長弟子的數倍。

李藥師一邊生火，一邊靜聽師父的教誨。所謂「溫故而知新」，師父雖是回答房玄齡的疑問，李藥師卻也獲益良多。他將炭火生起之後，便找茶餅。西晉以來，極品好茶的產地即在豫州的西陽，荊州的武昌，以及揚州的廬江、毗陵，當時均不在隋帝國的疆域之內。然而玄中子出身瑯琊王氏，他族中隨晉室南渡的一支，是南方最有權勢的望族。東晉名相王導、大書法家王羲之，都是他族中的矯矯人物；而兩晉與南朝四代的皇后，有十餘位出身瑯琊王氏。因此玄中子所吃的茶，頗有一些是因親戚往還而得自南方的珍品。

李藥師打開師父貯茶的箱籠，茶香登時溢滿全室。他深深吸一口氣，讓茶香充盈肺腑。他知道師父最喜歡毗陵茶，往箱籠中看時，果然有幾片毗陵茶餅，其中一片已用去一半。毗陵在當時已有數百年產茶歷史，後世唐代的極品顧渚紫筍、宋代的貢品瑞龍日鑄、明代的仙品陽羨羅岕、清代的逸品獅峰龍井，都產於這一帶地方。當時的茶，將嫩葉自茶樹上摘下之後，經過蒸、搗手續，拍成片狀焙乾，就成為茶餅。

李藥師取過那半片毗陵綠芽，在炭火上焙炙之後，再用石碾研成細末。乾茶入碾，研磨之時發出極細微的碎聲，研磨之後成為湘黃色的粉末。唐代詩人形容茶在碾中，其聲是「拒碾乾聲細」、「碾處亂泉聲」，其色是「碾成黃金粉，輕嫩如松花」。李藥師雖然不曾讀過後人的詩句，但那碾茶時的視聽之娛，他早已心領神會。

當時的茶道，茶中多摻入香料與果品。李藥師知道師父吃茶，常加茱萸、蘇桂兩味，天候陰寒之時另加乾薑，燥熱之時或加薄荷，春季有時再加橘皮，秋季有時也加松子。他見石桌上還有一些乾橘皮，便將橘皮、茱萸、蘇桂分別置入小碟中，準備停當。

他又取過師父煎茶的石釜，先用山泉沖過，再注入清冽泉水，置於炭火石鼎之上。隨即回到蒲團上跪坐，讓師父知道水已置於火上。此時玄中子為房玄齡、魏玄成解惑，也已進入尾聲，師徒四人便移坐到石桌之旁。李藥師請師父上坐，自己坐入主位，房玄齡、魏玄成則在側位侍坐。

此時釜中之水沸如魚目，李藥師拿過四只青釉褐斑茶碗，取水溫碗。當時茶色尚黃，盛在青釉褐斑碗中，玉青湘黃，相得益彰。此時釜中之水湧泉連珠，李藥師盛出一瓢。他見師父並沒有將橘皮移開，便將橘皮與茱萸、蘇桂一同投入湯中。同時以竹筴環攪，將熱湯激出漩渦，即量取茶末，投入漩渦中。後人將唐人茶道稱為「投茶法」，指的就是這投茶入湯的步驟。茶末入湯不久，湯沸勢若奔濤，李藥師將適才盛出的一瓢溫水傾回釜中，止住騰波鼓浪之沸，瞬時便浮起層層泡沫。當時茶道，最講究這茶面的泡沫湯花。西晉杜預〈荈賦〉有言：「惟茲初成，沫沉華浮，煥如積雪，曄若春蔌。」李藥師將茶煎成，茶面湯花果然細沫重重，如積雪，若春花，正如杜預之言。

此時玄中子見茶面浮起湯花，便說道：「玄齡、玄成，這茶面湯花，薄者曰沫，厚者曰餑。煎茶火候若是拿捏得準，便能有這樣的餑沫。」玄中子說到此處，心中暗自一驚。他適才還想，李藥師心高志傲，所以自己極少開口稱許。誰知言談之中，不經意便讚他煎茶火候拿捏得準，玄中子心下不禁暗暗自嘲。

李藥師對於師父心情，雖然不能摸得透澈，然而師父垂愛，他心中怎會不知？他將煎好的茶盛入四只溫過的茶碗中，並將茶面湯花分得均勻，然後先將一碗奉予師父，再將兩碗分給房玄齡與魏玄成。他先向師父敬茶，房玄齡、魏玄成也跟著敬茶。

玄中子顯然相當欣賞李藥師所煎的茶，他雙目垂簾，細細品嘗，卻不再出聲褒獎。他吃了半碗茶，說道：「藥師，那禪宗初祖菩提達摩禪師，也是吃茶的人哪！」

李藥師知道師父即將說到主題，便只答了一聲「是」。玄中子繼續說道：「達摩禪師圓寂之後，他的弟子慧可大師傳承禪宗衣缽。慧可大師執掌少林期間，遭遇北周武帝禁斷佛、道二教，因此今人多不知道他的聲名。然而慧可大師的修為，可說是直追乃師，絕不在達摩禪師之下。」

玄中子吃了一口茶，繼續說道：「慧可大師原本並非少林子弟，他乃是洛陽人氏，幼通孔、老之學，尤精玄理。達摩禪師駐錫少林之時，慧可大師前往少林，向達摩禪師求法。達摩禪師見他所學駁雜，先入之見甚深，自恃聰明，難悟禪理，當下拒不收納。那時達摩禪師正在少林千佛殿前的亭內坐禪，慧可大師冒著大雪在亭外立候②，大雪沒膝，猶不移動。如此苦求，仍然未得其門而入。慧可大師當下提起佩劍，竟將自己左臂砍下。」

李藥師聽到此處，「啊」地叫出聲來。果然聽玄中子說道：「為師隨你師祖遊歷，在洛陽見到慧可大師之時，他尚未拜入少林，當時法名神光。」

李藥師一時瞠目結舌，實在沒有想到，在盤龍山巔與自己促膝長談達三日三夜之久的，竟然是少林掌門。只見玄中子拿起茶碗，望著碗中餘茶，悠悠說道：「我這茶道，還是跟神光大師學的。」他輕輕喟嘆一聲：「神光大師求法之心，實在堅毅虔誠，他終於得受達摩禪師衣鉢，傳承禪宗法統。北周武帝禁斷二教之後，只聽得神光大師去了南朝，便再也沒有音信啦。他去到南方，竟爾解開了《楞伽經》祕奧，也真是因緣遇合。」

李藥師說道：「想那位駐錫峨嵋，與神光大師同參《楞伽經》的梵僧般刺密諦大師，必也是一位了不起的人物。」

玄中子笑道：「神光大師說他向密諦大師討教，得到啟發，你就當真了嗎？他若向人提起參悟《易筋經》的始末，不知會說曾得何人啟發？」

李藥師也笑了，說道：「如此弟子真要慚愧得無地自容了。」尋思回想，內心雖是慚愧，難免也有幾分自得，孺慕之情頓生，便欲再往薊州拜見神光。於是央求師父：「如今既然知道大師駐錫盤龍山，弟子就可以陪侍師父，往見大師。」

玄中子卻是長聲喟嘆：「藥師，你與大師有緣，得以在盤龍山巔拜識法顏。這樣的緣法，可遇而不可求啊！」想想又說：「其實我也見過大師了。前日夜半，大師曾來此處。」

李藥師並沒有聽出師父言中之意，仍然笑道：「前日夜半，弟子在外間等候師父出關，卻沒有見到大師前來。」

玄中子莊容注視李藥師，說道：「大師倏然而至，倏然而往，我又何嘗能見到他前來？」他輕嘆一聲：「古之所謂『龍』者，合而成體，散而成章，乘乎雲氣而養乎陰陽，又何須讓人見到一定形體？」

李藥師聽師父此言，心中漸漸升起不祥之感。果然聽師父又說：「大師來時，窈兮冥兮，寂兮寥兮，我但覺至陰肅肅出乎天，至陽赫赫發乎地。大師不肯久留，瞬間飄然而去，只讚我調教出好弟子。」他再長嘆一聲：「藥師，大師此刻只怕已然西去啦！」

玄中子話未說完，李藥師已哭出聲來。玄中子又嘆一聲：「所謂『一死生為虛誕，齊彭殤為妄作』，我等凡夫俗子，哪能如莊子之曠達？」他太息須臾，說道：「藥師，你再跑一趟盤龍山吧！」

李藥師虎目含淚，匆匆拜別師父，疾速朝盤龍山而去。他來到月前與神光、璨了同參《易筋經》的小廟，廟中果然在作法事，居中主持，正是璨了。法事莊嚴，李藥師心中雖然傷慟，淚眼婆娑，卻不敢大放悲聲。他入廟祭拜，得知此時已過三七。算算時日，原來他才離開盤龍山，神光大師便即涅槃。他忽然明白，當日神光大師竭心盡力為自己說法，實已心神交瘁。了悟《易筋經》之後，自己隨即辭別，神光與璨了均不相留，原來他二人當時已知神光大師即將坐化。如此說來，豈不是自己累了神光大師？他愈想愈是愧悔，卻又不便失聲痛哭，忍悲之下，竟至泣血。

待法事告一段落，璨了來到李藥師身前，說道：「檀樾，家師與檀樾有緣，得以相互啟發，妙悟《易筋經》祕諦，終償數十年悲願，實是無比喜樂。家師脫去皮囊，往生淨土，檀樾當為家師歡喜才是，何至徒然悲泣？」

李藥師聽見「相互啟發」四字，想起師父言語，更覺得自己受恩深重。當即聽從璨了之言，不再徒然悲泣，只默想自己來到這婆娑世界，十餘年中所受的親恩、師恩，頓時又是一番體悟。

又想近日先結識李迪波，後拜識神光大師，兩人均不願表明真實身分；然而其中因果，不啻天壤之別。自己當時若知神光大師就是少林掌門，心中難免執著於他的身分，便不能清明澄澈地與他談經。他暗自發願重修大師曾經駐錫的小廟③，以便日後供奉，此是後話。當下他留在盤龍山中作完七七，才再回到師父在天挂山中的洞府。

此時玄中子已然閉關，年長同門都已離去，只有房玄齡和魏玄成還在等他。房玄齡將三卷經書交給李藥師，說是師父交代的功課，李藥師敬謹收受。房玄齡滿臉興奮神情，又對他說：「藥師哥哥，師父已為我二人起了學名啦！」

李藥師聽說，也為他二人歡喜：「有了學名，你二人便是師父的入室弟子啦。不知師父是如何說的？」

房玄齡道：「師父為我取名為『喬』，望我『出於幽谷，遷於喬木』；為玄成取名為『徵』，望他『明用稽疑，念用庶徵』。」

「出於幽谷，遷於喬木」出於《詩經．小雅》，本是歌頌知音友愛，後世用為漸入佳境之意。「明用稽疑，念用庶徵」出於《尚書．洪範》，本意為稽諸卜筮以明吉凶，徵之朕兆以知天命。玄中子為李藥師取名為「靖」，乃是引《詩經．周頌》中「日靖四方」的平定之意，以及《詩經．小雅》中「靖共爾位」的謀國之意、「俾予靖之」的治亂之意。日後他三人均成為貞觀賢臣，李靖果然出將入相，謀國治平；然而當時玄中子心中所思，卻不僅止「出將入相」而已。房喬為唐太宗李世民延攬人才，果然知人善用，友于同僚；而他自己的仕途，也是青雲直上，步步高昇。不過他以字行，學名房喬，後世卻少有人知。魏徵則稽諸歷代興衰以明吉凶，徵之民心向背以知天命。他是李世民內觀返照的明鏡，成為歷史上最有名的諍臣。

此時他三人又言笑半日，方才依依不捨，相互作別。魏玄成目送李藥師、房玄齡遠去，方才返回藏風洞內。

第五回　猿聲鶴影

李藥師離開藏風洞，尚未下山，便已迫不及待，連連翻閱師父所賜的三卷經書。只見這三卷經書與師父以往交代的功課大不相同，書上竟是小字行草，全出於師父親筆手澤。李藥師知道師父與絕代書聖王羲之同樣出身瑯琊王氏，家傳一脈絕妙書法。此時他手捧三卷師父墨寶，既驚且喜，只顧欣賞師父行草，竟沒在意經書內容。直至數頁之後，突然看見幾行修改痕跡，再隔數頁，又見添注筆觸。他方才驚覺，這三卷經書乃是師父所撰，並非前人經史。

李藥師驚喜之餘，索性將坐騎的韁繩鬆開，任牠自去吃草，自己卻往山石上一坐，細細讀起書來。只見經書開宗明義，引《老子》之言曰：「以正治國，以奇用兵，以無事取天下。」三卷經書，上卷論天地王霸之無為，中卷論將相治平之正道，下卷論兵陣權術之奇變。李藥師向來偏好兵學，便先展讀下卷。

下卷也以《老子》為始：「《老子》曰：『兵者不祥之器，非君子之器。』所以強國戰兵，霸

國戰智，王國戰義，帝國戰德，皇國戰無為。」這是說，強國以兵取天下，霸國以智取天下，王國以義取天下，帝國以德取天下，而皇國則以無為取天下。李藥師琅琅而讀，心儀不已。再往下讀去：「天子而戰兵，則王霸之道不抗矣，又焉取帝名乎？」這是說，身為天子之尊而只思以兵取天下，則較之王、霸尚且不如，又豈能以「帝」為名？讀到此處，李藥師心中大驚。師父這些話，分明是針對自己而發，責備自己過度浸淫於兵學，而不思無為修持之大道。然而師父用字，以「帝」以「皇」以「天子」，難道，難道師父也認為，自己「壯志不減沛公」？

想到此處，李藥師心中怦怦直跳，再也無法靜心讀書。他匆匆闔上書本，跨上坐騎，一鬆韁繩，便緊緊環抱馬頸。這匹赤驊早已與他心意相通，當即撒開四隻銀蹄，狂飆而去。

馬奔如飛，李藥師但覺疾風從耳邊呼嘯而過，山原景物在眼角僅餘青影。此時若不是雙臂拚命抱緊馬頸，雙膝奮力夾緊馬腹，身子就要騰空而起。馬蹄一縱一躍之下，緊貼馬身的胸腹便一顫一撞地重擊在馬背上，震得五臟六腑都將要離位。然而，似乎惟有如此，他才稍覺快意。赤驊狂奔，李藥師的精神氣力也隨之湍然渲洩。到後來，他抱著馬頸的雙臂漸次舒緩，夾著馬腹的雙膝也不再用力，馬兒跟著才放慢了腳步。他趴在馬兒背上，全身幾乎都已脫力。但覺馬兒的汗水沾著自己的汗水，馬兒的心跳和著自己的心跳。馬兒的踏步規則而有旋律，就在這輕盈的馬蹄節奏中，他任自己昏昏睡去。

赤驊馱著身心俱疲的李藥師，輕步回到趙郡府衙。這一路行來，李藥師已逐漸恢復精神，是以一回到家中，他跳下馬來，除下鞍韉韁轡，即刻親手為馬兒清洗一過，又細心將馬毛刷得雪亮。赤驊溫馴和善，頻頻與他親熱，想來這一路狂飆，馬兒也甚覺快意？李藥師本想專心用功，卻總是無法安靜。於是又清理馬槽，上了好料，試圖藉著照料馬兒之便，讓自己定下心來。他將馬兒安置妥善之後，心中幾番掙扎，終於關起房門，取出《史記》，將那〈高帝本紀〉再讀一番。至於翻讀《史記》，何須關起房門？他也不禁莞爾自嘲。

讀畢〈高帝本紀〉，自然而然便將那〈項羽本紀〉也重讀一遍。想那漢高帝劉邦與西楚霸王項羽，初見秦始皇帝嬴政之時，一人心生「大丈夫當如此也」之嘆，一人卻興「彼可取而代也」之志。開國君主的雍容風範與豪雄霸王的率直性情，是否就在此處分野？

李藥師讀畢劉、項本紀，隨即便展讀〈秦楚之際月表〉。讀到結語，思前想後，心緒翻騰，不禁仰天長嘯，朗聲而誦太史公之言曰：「豈非天哉！豈非天哉！非大聖孰能當此受命而帝者乎？」此時他將師父所撰的三卷經書取出細讀，竟頗能靜思熟慮，心領神會。這年夏天，他居然將那遊山玩水的興致收拾起來，著實頂著三伏盛暑，在家中用功不輟。

轉眼秋天已屆，又是師父開館之期，李藥師再度來到天挂山。此時尚未進入深秋，天挂山的南坡緩和，植被觸目仍是濃綠。北坡則是斷崖絕壁，或許已有點點楓紅？李藥師便想前去探看。

時序畢竟已然入秋，由受陽的南坡轉進山陰的北坡，薰薰凱風似乎登時轉為凜凜朔風。李藥師是武人體魄，只聽得風聲有異，並不覺冷熱有別。然在這風聲之間，他又……又聽到其他聲音……

上回在盤龍山巔邂逅神光大師，雖是天緣奇遇，但李藥師此行是來拜見師父，可不願因其他物事而誤了師父的開館之期。於是他趕緊吐納調息，收斂心神。所謂「吹呴呼吸，吐故納新，熊經鳥伸」，吐納調息之後，李藥師不經意便進入五禽之戲，由虎撲、鹿抵、熊攀、鳧浴猿躩，而猿躩、鶴展。只覺這「猿躩」、「鶴展」二式酣暢無比，直如行雲流水，以往從來未能達此境界，當下便再重複一回。

就在此時，他卻清楚聽見琴韻吟猱。定睛一看，但見崖壁之側兩位老者，正自對坐撫琴。歷來推崇「琴棋書畫」，琴乃四藝之首。古代文人多通琴藝，玄中子也不例外。李藥師雖然曾從師父學琴，但音律從來不是他的偏好。然則兩老此刻撫奏的〈碣石調．幽蘭〉①，卻是他熟悉的曲目。撫琴之道，右手是抹挑勾剔之聲，左手是綽注吟猱之韻。吟尚輕清而猱尚蒼勁，技法最是精微。李藥師聽得左首那位老者之吟，迴旋輕盈如鶴，右首那位老者之猱，往復勁古若猿，境界絕是玄遠，忍不住便朝他們走去。

兩老見李藥師走來，琴聲戛然而止。左首老者望向李藥師，冷冷說道：「足下與道門有緣，何必拒人於千里之外？」

右首老者對左首老者笑道：「年輕人心有懸念，並非針對你我，賀兄何必介意？」

那賀姓老者顏色稍霽，對李藥師道：「若非袁兄緩頰，老夫今日倒想見識見識，足下究竟何德何能，竟爾能得四海八荒、三界十方諸天眷顧。」

那袁姓老者笑道：「此子能進入我倆吟猱意境，並將之融入吹呴吐納，果然不凡。」

那賀姓老者轉嗔為喜，頷首而笑：「袁兄所見極是。」此時他端視李藥師，莊容而道：「水盛之時，楊落李興，足下當有九五之分。我等今日特來拜識尊容，原不敢有所驚擾。」袁姓老者捻鬚含笑，緩緩點頭。

賀姓老者言罷，轉身對琴，在琴面「仙翁仙翁」地調起弦來，對袁姓老者道：「我倆且再撫一曲，請他品鑑，何如？」

兩老當即引商刻羽，撫奏開來。李藥師一時但聞猿猱鶴吟，瞬間山嵐掩冉。隱約之際，左首老者化為玄鶴，翔入九霄；右首老者化為白猿，縱上絕壁。雲消霧散之後，猿聲鶴影猶存。李藥師心神一凜，陡然明白，兩老互稱「猿兄」、「鶴兄」，並非「袁兄」、「賀兄」，當下怔然而立，久久無法動彈。

待他回過神來，已是夕陽西下，皓月初升。李藥師匆匆返回藏風洞，遠遠望見房玄齡與魏玄成，形色頗為焦急。一見到他，房玄齡便迎上前來：「藥師哥哥，你上哪兒去了？諸位師兄都已離去，師父明天一早，就要下山了。」魏玄成則道：「進去說吧。」

三人進入玄中子修真的石室。李藥師原以為要受斥責，沒想到師父神色甚是和霽，開口便問：「你見到猿、鶴二公了？」

李藥師頗為詫異：「師父已然知曉？」

玄中子微笑道：「猿鶴清音，金聲玉振，此刻只怕半壁神州，都已知曉。」語音稍頓，又問：「他們可說了甚麼？」

李藥師略述聽琴始末，然而說到「水盛之時，楊落李興」，他卻說不下去了。

玄中子也不追問，只喃喃道：「水盛之時……水盛之時……」沉吟半晌，方才問道：「藥師，你可知猿鶴二公來歷？」

李藥師道：「弟子不知。」

玄中子道：「周穆王南征，一軍盡化，君子為猿為鶴，小人為蟲為沙。你見到的猿公鶴公，當是其中翹楚。」「『猿鶴蟲沙』見於《太平御覽》引《抱朴子》。

玄中子又道：「此處原是猿公洞府，只因他與鶴公四海雲遊，為師才得以借住旬載。如今二公回府，你等藝業也已漸有小成，為師便可以放心他去啦！」

道家坐關修行，原不必有定處。然則李藥師聽說此話，憂急之情仍溢於言表：「師父若是遠遊，弟子等無法隨行，如何是好？」

玄中子笑道：「為師絕雲氣而適，負青天而遊，出入六合，遊乎九州，何須你等隨行？你等又如何隨行？」

李藥師更是焦急：「日後弟子等見不著師父，心中若有疑惑，也無法向師父請益，如何是好？」

玄中子溫顏笑道：「為師門徒之中，以你三人年齡最幼，修為最淺；卻也以你三人塵緣最重，福報最厚。若不是對你等有所牽掛，為師早已與造物者為侶，乘夫莽眇之一氣，入於無窮之門，遊於無極之野啦！」他遙視玄遠，心思似乎業已神遊，超然物外，然則口中卻又喃喃：「水盛之時……水盛之時……」

此時玄中子略收心神，轉身對李藥師道：「藥師，你本命辛卯，乃是辛金卯木相剋之局。須得陽水調和，才成金生麗水、水生華木的活局。嗯……所謂『天一生水』，若得壬子天水，則非但陰陽相濟，亦且五行相生。」

李藥師等跪坐靜聽。玄中子接著說道：「凡人在本命之外，尚有本性。五性仁屬木、義屬金、禮屬火、智屬水、信屬土。藥師，你本性絕智，水勢壯旺。」他朝李藥師臉上凝視，說道：「你雙耳輪廓分明，顏色潤澤，主生長於富貴之家，少年旺父益母。你耳形堅厚，聳長有珠，主福壽綿延，晚景安泰。要知五官之中，耳為腎竅；五臟之中，腎為水星。你耳形優越，腎氣壯旺，水勢興盛。你本命喜水，而本性、面相皆得水，可謂命造運勢，生扶比助。」

玄中子眼神中關愛之情畢露，言語間迴護之意殷切：「所以對你而言，不在有水無水，而在水勢之多寡。須知過猶不及，物極必反，此中拿捏，可不容易啊。」說到此處，玄中子神色轉趨凝重：「雖說金生麗水，然則水旺則金洩；水生華木，然則水盛則木氾。當今天下歸於楊氏，楊字從木，雖喜水勢生扶，可若是水強過剩，則成『楊入大水為萍』之象，不免消散。你是李家子弟，李字木在子水之上，只要木已成舟，便無懼於水多氾木。只待水盛之時，楊落李興，將有老君子孫治世。」

老君即是老子，世傳老子姓李。玄中子此言，明言水旺之時，天下將歸於李氏。李藥師曾得神光大師斷為「壯志不減沛公」，再得師父賜予經天緯地的經書三卷，又得猿鶴二公論曰「當有九五之分」，此時聽師父之言，已在意料之中。然而房玄齡、魏玄成在旁，聽得卻是心驚無比。

玄中子神色怡然，從容說道：「為師此言，只論天道，不言人事。藥師，你若謹記過猶不及，物極必反之理，當於陽水之年得一佳偶，再於火土相生之年得一貴子，如此五行吉數全歸，則溥天之大，盡可為你所有！」

李藥師靜聽默記。玄中子繼續道：「待彼五德全歸之時，須謹記《老子》所謂『天地相合，以降甘露，民莫之令而自均』之意，以無為之道，寬治生民，如此則可以立百世不朽之基業。」

說到此處，玄中子殷殷注視李藥師，說道：「要知道陰陽之氣相合，生風雷雲雨以滋育萬物，不須刻意指使，自然便能均勻。『水可載舟，亦可覆舟。』智屬水，仁屬木，天降甘露，滋育草木，本是以智養仁之道。若是水盛氾木，狂瀾覆舟，那就是以智傷仁啦。藥師，你本性絕智，水星壯旺，當知以智養仁。切莫任大水氾濫，否則難免以智傷仁。為師此言，盼你切記莫忘！」

可惜李藥師畢竟尚未入道，一時無法澈悟師父之意，日後竟因一念之仁善而要天之怒，未能成就大業。那是後話。此時他在師父關注之下，如臨豔陽恩威，如承大地德澤，但覺敬畏親愛，受惠蒙恩，諸般情愫交相匯集。又想師父即將遠遊，不知何時才能再得教誨，當下心緒激動，虎目竟然酸潤起來，一時只能勉強回道：「是，弟子定當謹記，不敢或忘。」

玄中子頷首道：「你若當真能夠謹記為師此言，日後風雲際會，虎嘯龍吟，千古多少豪傑不敢奢望的機運，都在你一人掌握。上蒼如此厚愛，你可不要辜負啊！」

李藥師聽師父此言，竟是訣別語氣，霎時心中紛亂，似乎再怎樣的龍虎風雲、千古機運，都比不上眼前恩師的諄諄慈愛。當下悲從中來，禁不住說道：「師父，無論上蒼如何厚愛，也抵不住弟子對恩師的孺慕之情啊！師父……弟子……」他想求師父莫要離去，然而明知師父遁世之意已堅，又豈會因自己一時所請，而改變平生心願？

果然聽見師父溫言說道：「藥師，你心中明白，師父近十年來逗留塵世，多半是為著你。得天下之英才而教之樂，其樂何如？師父是樂此不疲啊。只不過人生聚散，各有定數，強求不得的。」

李藥師含淚說道：「弟子若是不得師父教誨，如何能有今日？師父若是棄弟子而去，弟子……弟子……」他知道自己無法留住恩師，更不知該說些甚麼才好。

玄中子笑道：「藥師，你這可是痴話了。天下沒有任何人能將駑馬教成千里馬。為師者所能做的，只不過是指引千里馬，讓他知道如何發揮天賦長才而已。我能點撥於你，神光大師一樣也能點撥於你。神光大師三日之內對你的啟發，未必便少於為師九年之功。你欲求靈悟，萬事萬物皆可以為你之師，豈獨是我一人？」

李藥師卻滿懷感恩，說道：「然而天賦長才的千里馬遍地皆是，惟有被伯樂相中的那一匹，才得受教，進而得有千里馬之用啊。弟子若非忝列恩師門牆，未必便能得到神光大師青睞。」

玄中子笑顏光燦，顯見喜悅發自心底：「藥師，你能這麼想，也不枉為師以一紀時光，為你逗留塵世。為師與你，也可算是有緣。」

李藥師聽師父此話，心中閃起一絲希望，說道：「師父既與弟子有緣，不如……不如便攜帶弟子，一同雲遊吧！」

玄中子笑出聲來：「這話更痴了！你年未弱冠，塵世間的責任，一件也未了卻，如何便能遁世？再者，你智慧太高，境遇又太好，若是不經歷練，不受挫折，便難以體會天道之無情、無常。」玄中子說到此處，嘆了一口氣，輕聲說道：「為師私心之中，何嘗願意見你受到挫折？然而，你若受挫折，對於了悟靈命，未必不是好事。」

李藥師的心思卻只在依戀師父，並不及深思師父話中涵義。他仍不放棄希望：「師父既已因弟子而逗留塵世，何不留滿十年，為弟子主持弱冠之禮？」

玄中子笑道：「藥師，你這是撒賴嗎？為師告訴你吧，並非為師執意他去，而是天道難違啊。這藏風洞即將封閉，又豈是為師所能左右？非但為師即將離去，你也不會在此地久留。畢竟龍虎風雲，並不聚於趙郡哪！」

李藥師奇道：「弟子也即將離去？」

玄中子點頭道：「不錯。只因你在南方的舅父和兄長，不久便要回京啦。」

李藥師喜道：「舅舅和大哥要回來了？」

玄中子意味深長地看了李藥師一眼，說道：「藥師，你看，我說『回京』，你卻說『回來』。你雖在趙郡十年，內心之中，卻始終覺得是隨父遊宦他鄉。在你心目之中，你的家，畢竟是在關中，而不在關東啊！你能不離去？」

李藥師聽師父此言，不禁默然。此時玄中子又對房玄齡、魏玄成有所叮囑，李藥師心緒恍惚，也不及細聽。只想著師父即將離去，不知行囊是否已然準備妥當？他茫茫然步入內室，只見榻上小小一只灰布包袱，旁有一笠一杖，此外再無他物，他心中登時一酸。玄中子內室原本已極簡單精潔，然而李藥師仍拿起麈尾拂塵，細細整理一回。玄中子身邊所用物事極少，然每一件都有其來歷。李藥師依依逐件拂拭，想的全是從師以來的點點滴滴。

李藥師正自沉浸在回憶之中，耳邊卻突然響起隱隱轟雷之聲。他心中一凜，只覺腳下也隱隱震動。但見房玄齡匆匆進來，說道：「師父說此洞將封，咱們準備出去吧！」二人趕緊拿起玄中子的行囊、簑笠、柱杖，來到師父身邊。此時地動之聲已自遠而近，自弱而強，洞內石縫之間已有沙塵散落。李藥師、房玄齡、魏玄成等三人都得盡力攝住心神，才不至驚惶。

惟有玄中子仍是神色泰然。李藥師望著師父燕處超然的神態，心道：「所謂『至人神矣！大澤焚而不能熱，河漢沍而不能寒，疾雷破山風振海而不能驚』，大約便是如此。」不禁對師父更為心折。

只聽玄中子說道：「藥師，為師授予你的三卷經書，綜述我畢生心血，乃是經天緯地的天下之道。玄齡，你本命己亥，己土亥水生扶藥師的本命辛金卯木，所以為師授予左輔善道。玄成，你本命庚子，庚金子水比助藥師的本命辛金卯木，所以為師授予右弼制道。日後你二人當為藥師輔弼，三人同心協力，開創我華夏生民的安和樂利，讓千秋萬歲的後世同沾德澤，這才是為師所樂見的。」

「不過……」玄中子尋思半晌，又道：「你三人雖甚有緣，但須三十年後，才是偕手之時。

在那之前卻無須共事，以免徒招疑忌。」

李藥師等三人拜受師父訓誨。玄中子又取出一卷書冊，交予李藥師，說道：「藥師，為師只道你與音律無緣，不想你今日卻得親炙猿鶴二公。這部琴譜，就交予你吧。」李藥師敬謹收受。

玄中子輕聲道：「地火已起，此洞將封，咱們走吧。」

四人之中李藥師體魄最為健碩，他護著師父，領著房玄齡、魏玄成，朝洞外疾行而去。只聽得身後震聲大起，轉身看時，但見石壁塵沙飛揚，石澗地水湧漲。他加快腳步，護著三人行出洞去。所幸地火僅止於內洞，並未向外蔓延。此時天色已然微明，驀然回首，觸眼晨曦朝露，山壁老樹虬藤，秋意蕭颯寂寥，那藏風洞的入口，竟已全然無影無蹤。山間樹上古猿縱躍，啼嘯錯落，天際雲端閒鶴翱翔，舞翥翩躚。李藥師陡然發現，自己四人剛從飛沙澗水之間脫出，竟然衣不沾塵、履不沾濕……

第六回　渭水之濱

玄中子出了藏風洞，自去雲遊。李藥師、房玄齡各自回家。魏玄成無家可歸，便依師父指示，住進天挂山下的清風觀，出家為道士。李藥師回到趙郡府衙，不旬月便聽說聖詔伐陳，隋室出動五十餘萬大軍，以皇子晉王楊廣為全軍統帥，皇子秦王楊俊、柱國楊素為輔，分別從六合、襄陽、永安三路南下。與陳國鄰接的各地兵鎮率先出師，李藥師知道舅父韓擒虎、長兄李藥王已麾軍進攻陳國了。

此時年關已屆，只因隋、陳交兵，兩國都無心慶賀新年。韓擒虎兵發廬州，從壽陽渡江，攻下采石、橫江、姑孰，由西方進攻建康。賀若弼則兵發廣陵，從南兗渡江，攻下京口，由東方進攻建康。陳將蕭摩訶、任蠻奴在東城建春門外，領十萬陳師與賀若弼苦戰。賀若弼大勝，擒獲蕭摩訶，擊潰任蠻奴。陳軍關閉建春門，死守東城。任蠻奴敗走，逃至南城宣陽門外，恰遇從西方而來的韓擒虎大軍。此時任蠻奴已是敗軍無勇，走投無路，在韓擒虎一番威逼利誘之下，竟然降

了隋軍，叫開宣陽門，領韓擒虎由南城進入建康。

於是韓擒虎兵不血刃，便率先進入陳國都城。他迅即率領精騎直趨宮禁，擒獲陳後主陳叔寶，以及陳室皇孫妃主數百人。此時晉王楊廣也已渡江，韓擒虎便迎楊廣進入建康。楊廣入城之後，立即上表向父皇楊堅告捷。楊堅得到捷報，龍心大悅，嘉獎有功將士，詔封韓擒虎為中國公，賀若弼為宋國公，同時詔命斬張貴妃、孔貴嬪等一干惑主喪德的隋室後宮於青溪之中。建康陷落之後，陳軍尚扼守江夏，使長江上游的楊俊、楊素無法東下。楊廣即命陳叔寶曉諭隋軍，棄守江夏，陳國遂平。

此時已是隋文帝開皇九年初春，歲建己酉，歷史上的南北朝與隋代紀年，便由此分野。韓擒虎騎著青驄駿馬，押著陳叔寶，以及柳太后、沈皇后、壽昌公主、樂昌公主等遜陳皇室俘囚北上，正合「黃斑青驄馬，發自壽陽涘；來時冬氣末，去日春風始」的歌謠。

自西晉惠帝元康年間八王亂起，中土分裂戰亂近三百年之久，至此隋文帝楊堅再造統一之局，並下開李唐盛世。隋的平陳，實是中國中古史上的一件大事。楊堅雖然累代胡化，又沾有胡族血胤，然而他畢竟是以漢人身分入主中土，一統天下。若非他代北周、建隋室，兩漢、兩晉以降，再次統一中土的，極可能是鮮卑宇文氏的北周，此事頗為後世具民族主義思想的史家所樂道。

平陳的消息傳入趙郡，府衙之內自是一片歡喜慶賀之聲。韓氏夫人知道兄長韓擒虎、長子李藥王即將凱旋，決定親身前往京師迎接。李藥師、李客師兄弟二人便拜別父親，一同陪侍母親朝長安而去。

韓氏夫人一行因有女眷，行程自是無法快捷。然而韓擒虎、李藥王押解陳室皇孫妃主數百人北上，走得更是緩慢。是以韓氏夫人雖然啟程較晚，然而才過潼關，便趕上韓擒虎的大軍了。

這日韓氏夫人一行進入潼關，沿著渭水西進，煦日下和風拂柳，春水裡波泛粼光，好個澄明天候，宜人時節。李藥師極目而望，但見前方遠處有旌旗飄颺，繡著大大的「韓」字，知道那是舅舅的兵馬，便對李客師說道：「看來舅舅與大哥就在前方，我先上前拜見，你陪著娘隨後便來。」

李客師答應了，李藥師便一拍坐騎，飛奔前去。他追上舅舅的中軍大帳，求見舅舅。韓擒虎見到李藥師，大為欣慰，說道：「昔人有『我送舅氏，曰至渭陽』①的典故，如今我得勝歸來，你到渭水之陰迎接，不知可有說法？」

李藥師笑道：「那自然是『我迎舅氏，曰至渭陰』了。」

韓擒虎聞言，拊掌大笑。李藥師報知母親已在途中，其時天色已晚，韓擒虎便命紮營。韓氏夫人來到帳中，兄妹、母子相見，自是歡喜無限。李氏兄弟三人已然久未齊聚，一見到面，李藥師、李客師便簇擁著大哥李藥王，聽他敘述平陳之役的種種細節。一時血脈賁張，只恨不得親身參與。

韓氏夫人一行非屬軍旅，不便久滯軍中。是以晚宴之後，韓氏夫人便領著李藥師、李客師告別韓擒虎、李藥王，自去尋找宿處。次日清晨，韓擒虎拔營西進，韓氏母子也整裝西行。昨日晚宴設於中軍大帳之內，自是軍容威儀。今日李藥師行經軍旅之側，看見陳室一干慣享榮華富貴的皇孫妃主成為階下之囚，擠在大車之中，哀哀泣泣，拖拖拉拉。李藥師心知陳主昏庸無能，兵敗國亡，咎由自取。然而看見一干婦孺悽苦無助，卻也不免心生悲憫。

此時節氣已入驚蟄，岸邊柳枝正吐新綠，大地一片盎然生意。然而陳室皇孫妃主悲恐悽惶，在他們耳中，渭水的輕唱是否竟成嗚咽？李藥師正自感懷，卻突然聽見前方有軍士喝斥之聲。他抬眼望去，只見一輛疾行大車之上，一名婦人髮髻散亂，掙著要從車上躍下。車上數人拉著，車下數人擋著，竟然掙她不過。眼見她半身已出車轅，大車卻仍然疾行不止。李藥師見那婦人若是翻下車來，縱使不遭車輪輾斃，也要被後面的軍馬踏傷。他惻隱之心頓起，當下拍馬疾奔上前。那婦人恰從車上落下，李藥師伸手一抄，便將那婦人提起。

只聽那婦人厲聲嘶喊：「放我下來！放我下來！」她神色惶急，拚足全身之力，想要掙脫李藥師之手。然而她被李藥師提在空中，手足無處著力，怎能掙脫開來？她眼見掙脫不開，絕望叫道：「我的銅鏡！我的銅鏡！」已是聲嘶力竭。

此時大車已然停下，幾名隨車軍士朝李藥師奔來。李藥師問道：「甚麼銅鏡？」

那婦人已氣急暈厥過去，無法答話。軍士中有認識李藥師的，便說：「這婦人每日裡對著一面銅鏡悲泣，擾得人人不得安寧。兄弟們適才將她那銅鏡擲入渭水之中，誰知她竟尋死覓活！」

李藥師奇道：「有這等事？」當下他將那名婦人交給軍士，看著眾人將她送回大車之內，方才離去。李藥師一時好奇心起，逕自往水邊找尋那面銅鏡。他沿著渭水下行，不久果然看見柳樹蔭下，草叢之間，有銅鏡閃爍之光。他跳下馬來，去拾銅鏡。誰知拾起一看，那銅鏡卻已破碎，只餘半面。他心道：「這一擲之力，竟能將銅鏡摔破，也非易事。」於是循著水邊繼續尋找另外那半面銅鏡。尋了半日，竟毫無蹤跡，只得敗興而去。

這日晚間，已行至華州。李藥師待母親歇息之後，便回到客舍房中，取出那半面銅鏡，輕輕拭淨泥塵。只見這半面銅鏡背上鑄有一尾彩鵲，栩栩如生。可惜那長曳的尾翎，已然斷裂不全。鏡背四周另鑄有諸般花卉翎毛，紋飾精緻無比。李藥師暗想，區區一面銅鏡，竟也如此奢華縟麗，可見南朝紙醉金迷，想不亡國也難。

他反覆把玩銅鏡，突然發現此鏡的斷口甚是齊整，不似被摔破的模樣。心想：「必是軍士厭煩那婦人捧著銅鏡哀泣，奪得銅鏡之後，便用利器斬斷以洩憤。」不禁想到，那婦人眼見自己心愛的銅鏡遭人斬斷，必是傷痛欲絕。他同情之心大起，決定要將這半面銅鏡交還予那婦人。他又想，銅鏡若是擲地而破，另外那半面必在左近；若是斬斷之後再行擲出，兩半只怕就離得遠了。他只道另外那半面銅鏡已被擲入渭水之中，順水流去，沉入水底，再也無法尋回。

次日清晨，李藥師待舅父大軍出發之後，才與李客師一同侍奉母親啟程，沿著渭水繼續西進。他追上載有陳室皇孫妃主的車隊，找到昨日那失鏡婦人所乘的大車，向軍士問明，得知車中所載，乃是陳叔寶之妹，壽昌、樂昌等五位公主。

當晚韓擒虎大軍來到灞河，駐紮在灞橋東方。李藥師藉口拜見舅舅，再度進入營區，輾轉尋到五位公主帳外。只見這公主營帳，與尋常軍士所住並無不同，只是軍士帳中燈火輝煌，人人歡慶勝利凱旋；而公主帳中則是燈光如豆，啜泣隱隱，好似渭水嗚咽。

李藥師站在公主營帳之外，正不知如何是好，卻見一名荳蔻年華的少女，雙手提著一桶水，蹒跚行來。她一步一顛，桶中之水便潑濺到衣裙之上。李藥師只見那少女垂首而行，對自己視若不見，轉身便要進入帳中。他心想，若是錯過這次機會，不知更要等到何時，才會再有人來，於是趕緊叫道：「姑娘請留步，在下有事相詢。」

那少女停下腳步，卻不轉過身來。李藥師說道：「在下昨日在渭水之濱，拾獲半面銅鏡，不知姑娘可知，這銅鏡是何人所有？」

那少女聽見「銅鏡」二字，全身輕輕一顫，手中水桶裡的水又潑出一半。她放下水桶，轉過身來，驚道：「你說是，找到銅鏡唔？」

就在這少女轉過身來的片刻，月光照上她的雙頰，映在李藥師眼中，他登時便獃住了。李藥師平生，從來沒有見過一張如此溫和柔美的少女容顏，罩在月色之下，隱隱泛著銀光。然而如今，這張無比溫和柔美的容顏，雖然帶著幾分驚喜，卻掩不住沉重的落寞與哀傷。望著這張落寞哀傷的絕美容顏，李藥師怔怔地立在當地。

那少女對於李藥師那失魂落魄的神情，似乎絲毫不以為意，只是幽幽問道：「你適才說，介莫找到銅鏡唔？」她神色雖然落寞哀傷，口音卻仍是滿腔柔膩的吳儂軟語。

李藥師回過神來，慌忙取出銅鏡，說道：「是。不過我……在下只尋到這半面銅鏡，另外那半面，可怎麼也尋不著了。」說著便將半面銅鏡交在那少女手中。

那少女接過銅鏡，映著月光一看，喜悅漸漸溢上她那絕美容顏，蓋過落寞與哀傷。看在李藥師眼中，心胸都融化了。只見那少女喜形於色：「是唷，正是這銅鏡，多謝你哉！」她轉身正要衝入帳中，卻想起地上還有水桶，便又回過身來，提起水桶，朝李藥師嫣然一笑，才轉身進入帳中。

李藥師獃立帳外，只覺六神無主，自覺不該在此地久留，卻又不忍離去。片刻之後，那少女陪同一位婦人走出帳外，朝李藥師盈盈下拜，說道：「恩公，大恩不敢言謝。妾身乃是亡國婦人，身不由己，今生不敢奢望報恩。來世結草銜環，不敢有忘。」

李藥師見那婦人正是昨日失鏡之人，不過昨日掙扎癲狂，今日卻是端靜嫻雅，直是判若兩人。李藥師不知那銅鏡對這婦人為何如此重要，但見那少女也隨同那婦人下拜，便趕緊跪下還禮。那婦人與那少女一拜即起，回身進入營帳之內。李藥師在帳外佇立良久，直到有軍士前來詢問，他才轉身離去。

次日，韓擒虎押解陳叔寶與陳室皇孫妃主一行，西過灞橋，進入長安城中。一入京師，陳室俘囚便被沒入掖庭，聽候發落。李藥師雖然心繫那絕美少女，卻也無法可想。

接下來的一段時日，便是舉國歡騰。大隋皇帝楊堅對有功將士大加封賞，晉王楊廣與秦王楊俊都得到封地，楊素晉爵為郢國公，韓擒虎與賀若弼②已晉封國公，此時又加賜食邑。韓擒虎帳下的副將史萬歲晉位為上開府，李藥王晉位為開府。楊堅將遜陳的太后、皇后留在宮內，其餘皇孫妃主，便以女伎之名，被賞賜予諸親王國公。得到封賞的王公交相筵宴，長安城中一片慶賀之聲。

這日，中國公韓擒虎府中大宴賓客，平陳有功的王公如楊素、賀若弼，以及史萬歲、李藥王等均在座，李藥師與李客師也忝列其末。席中楊素對韓擒虎的功勳大加讚揚，韓擒虎也頗為自得，將皇帝封他為中國公時頒賜的褒勉詔書取出示人。

楊素接過詔書，朗聲而讀：「中國威於萬里，宣朝化於一隅，使東南之人，俱出湯火，數百年賊，旬日廓清，專是公之功也。」楊素搖頭晃腦，邊讀詔書，邊讚韓擒虎：「皇上也知平陳之役，韓大人實居首功。韓大人率先攻入建康城中，擒獲陳主。若非如此，老夫還被困在江夏，無法渡江哪！」

史萬歲以及李氏兄弟不是韓擒虎的部屬，就是甥輩，聽楊素如此稱美韓擒虎，自是歡喜。韓擒虎心中雖然得意，口中卻也不免謙遜幾句：「平陳之役，楊大人與晉王、秦王同為行軍統帥，居中指揮，韓某只是先鋒。若非楊大人與二位王爺忠誠謀國，節度有方，韓某也無法順利渡江，攻入建康。楊大人溢美之詞，韓某愧不敢當！」

楊素口角噙笑，說道：「韓大人過謙了！韓大人說降陳國猛將，不傷一兵一卒，便將建康拿下。所謂『不戰而屈人之兵』，乃兵家之上策是也。」邊說邊舉杯向韓擒虎敬酒。

韓擒虎喝了酒，回敬楊素道：「楊大人過獎。楊大人與二位王爺坐鎮中軍，指揮若定，韓某只是奉楊大人軍令行事。」

楊素喝了酒，笑道：「想當年韓大人攻取金墉，也是說降敵方守將，不戰而屈人之兵。韓大人深諳孫、吳兵法，老夫佩服之至！」韓擒虎曾參與北周攻伐北齊之役，也是說降北齊守將，兵不血刃，便取下金墉城。金墉城在漢魏洛陽故城西北，司馬氏篡魏之後，這裡便是廢主棄后的幽居之所。

楊素之言雖合韓擒虎帳下將官心意，然而席間卻並非人人作如是想。平陳之役，賀若弼與韓擒虎同為先鋒，賀若弼比韓擒虎還早抵達建康，在東城苦戰，擒獲蕭摩訶，擊潰任蠻奴。豈料自己的手下敗將竟降了韓擒虎，讓他率先進入建康，拔得首功，賀若弼心中早已忿忿不平。此時楊素又對韓擒虎大肆誇表，賀若弼聽在耳中，尤其不是滋味。只是楊素位高權重，如今聖眷正隆，賀若弼也不好頂撞於他，只得一個人默默喝著悶酒。

然而楊素卻不容他沉默，此時指著聖詔說道：「皇上聖諭，也說韓大人之功，乃是『高名塞於宇宙，盛業光於天壤，逖聽前古，罕聞其匹』。依老夫看來，韓大人的功勳，非但古人罕有，今人也難以匹儔。」他邊說邊轉身朝向賀若弼，問道：「賀若大人，老夫此話，可有道理？」賀若弼系出漠北匈奴，複姓賀若，單名弼，所以楊素稱他為「賀若大人」。

賀若弼本已鬱憤填膺，此時又聽楊素此言，再也無法忍耐，盛氣說道：「楊大人，當日建康城外，若非下官浴血力戰，將陳國十萬大軍牽制在東城門外，韓大人如何便能輕易從南門入城？下官這些許戰功，雖不能入楊大人法眼，卻也曾得聖諭褒賞嘉勉。楊大人如此厚彼薄此，可是認為，聖上對下官的封賞，乃是過當？」言罷拂袖離席，含怒而去。

席上諸人見到如此景況，多已無心燕飲。韓擒虎雖勉強命樂舞繼續演奏，卻也難以盡情宴樂。惟有楊素全無慍色，在席上言笑自若，直到席終，方才離去。

官客散去之後，府中僅餘韓擒虎帳下的親信將官。此時史萬歲說道：「賀若大人拂袖離席，令一座不歡，實在失儀。」神色之間頗為不悅。

韓擒虎道：「賀若大人慷慨昂揚，行軍作戰時慣以力敵，不謀智取，所以縱使得勝，己方也難免多所傷耗。他見我不須浴血苦戰，便能取得軍功，心中自然不服。今日楊大人又對我一再溢美，也難怪他忍無可忍，要拂袖而去了。」

李藥王道：「楊大人明知賀若大人心有不忿，今日席間卻當著賀若大人之面一再推重大人，才使得賀若大人怒氣難忍。」

韓擒虎道：「不錯。所以今日之事，也不能全怪賀若大人。」

史萬歲奇道：「如此說來，難道楊大人竟是有意激怒賀若大人？楊大人為何要激怒賀若大人？」他尋思半晌，若有所得：「賀若大人含怒而去，他心中怨恨的必是大人，而不是楊大人。」

韓擒虎緩緩點頭：「不錯，正是如此。」

史萬歲怒容已現，正要說話，韓擒虎卻將他止住，說道：「史將軍，我等在廬州練兵九年，終能全軍得勝而歸，人人加官晉爵，也算是難得。我軍兵不血刃，便獲首功，賀若大人心有不忿，難道楊大人就能心甘情願？」他眼望史萬歲，沉聲說道：「如今我等身處廟堂，卻不比在前方練兵。在前方是兩軍對壘，敵我分明；在朝中卻是各自為己，人心難測。我等須得步步為營，絕不可意氣用事。」

史萬歲聽韓擒虎說得慎重，心中一懍，怒氣已然大消。當下轉念一想，便知韓擒虎之言有理，隨即躬身謝道：「屬下在前方久了，以為回到朝廷，就能平安無事。誰知朝中爭鬥之險，猶甚於兩軍對壘？若非大人點醒，屬下險些誤事。」

韓擒虎道：「史將軍莫要自責，今日發生此事，我也須負責任。若不是我忍不住得意之情，將聖諭取出示人，或許也不至於鬧到這般田地。咱們日後為人行事，更須格外謹慎，以免讓人有可乘之機。」史萬歲及李氏兄弟等均躬身稱是。

其時天色已晚，眾人紛紛辭去。李藥師對李藥王、李客師說道：「我日前讀《孫子兵法》，尚有幾許不能明瞭之處，想請舅舅指點，請大哥、三弟先回去吧。」李藥王、李客師答應了，先行離去。

待眾人離開，韓擒虎邊領李藥師走入書房，邊問：「藥師，你對今日之事，有何看法？」

李藥師回道：「《孫子》有言：『兵者，詭道也。』練兵於前方是如此，爭勝於廟堂亦是如此。彼以詭道對我，我當以詭道還之。」

韓擒虎點頭笑道：「不錯。依你之見，我當如何以詭道還之？」

李藥師道：「所謂『強而避之』，楊大人位重鼎臺，彼強我弱，避之為上，不宜爭鋒。所謂『怒而撓之』，賀若大人激忿填膺，不免衝動，我當以靜制動。」

韓擒虎笑道：「如何避之？又如何以靜制動？」

李藥師道：「楊大人對於舅舅，已生嫉才之意，舅舅如果不能為其所用，只怕楊大人不肯就此善罷甘休。如今既已無法避其人，只有避其鋒。所謂『近而示之遠，遠而示之近』，心中實欲遠避，言行卻故示親近。舅舅如果願意刻意與楊大人結交，或許楊大人的矛鋒，便不會指向舅舅啦！」

韓擒虎卻有些猶豫：「楊大人看似溫和敦厚，其實猜疑嫉忌，機心甚深。所謂『良禽擇木，良朋擇友』，我若與楊大人沆瀣一氣，豈不有愧於心？」《隋書》史臣論楊素為人，乃是「兼文武之資，包英奇之略，外示溫柔，內懷狡算」。

李藥師卻坦然而道：「禮部牛大人，乃是大雅君子。他與楊大人私交甚篤，舅舅可認為他二人沆瀣一氣？」牛弘也是隋室名臣，《隋書》史臣論他為人，乃是「大雅君子」。當時他任禮部尚書。

韓擒虎聞言默然，片刻之後，方才嘆道：「也罷！」

李藥師又道：「如今廟堂之上，因舅舅功勳卓越而不安之人，又豈僅楊大人而已？」

韓擒虎聞言會心，眼望李藥師，笑道：「藥師，你這話，乃是話中有話。你要說的，可是『功高震主』四字？」

李藥師含笑長揖，說道：「舅舅明鑑。」

韓擒虎點頭道：「如此說來，你所謂『強而避之』，指的也不僅是楊大人而已？」

李藥師躬身稱是。韓擒虎坐在太師椅上，輕敲扶手，沉思說道：「強而避之……強而避之……藥師，難道你竟是要我辭官不成？」

李藥師再拜道：「甥兒不敢。如今雖然天下一統，然而北方尚有突厥為患，只怕舅舅無法辭官。甥兒只想，賀若大人今日含忿而去，想來怒氣難消，不日便會有所行動。依甥兒看來，他若有所行動，舅舅不妨因勢制宜，有意示弱。在上位者倘使有所責難，舅舅也不妨安而受之。如此非但是『以靜制動』，更是『以退為進』；非但是『強而避之』，更是『卑而驕之』。然後可讓在上位者消除幾番戒心，讓諸位大人減去幾分嫉意。日後舅舅立身朝中，便可免於遭強敵環伺之困。所謂『人和為貴』，不知舅舅以為然否？」

韓擒虎聽到此處，不禁擊掌喟嘆：「藥師，當今之世，可以與我談論孫、吳兵法術數之人，除你而外，更有何人！」

第七回　越國公府

次日早朝，賀若弼果然具本上奏，訴說自己如何在江南死戰，攻破陳國銳卒；而韓擒虎卻並未與陳軍交鋒，其功勳怎可與自己相比？韓擒虎心中早有成符，在御前只是坦述實情，非但不誇大自己戰績，反而處處迴護賀若弼。隋文帝楊堅本是極為檢素慳吝之人，自然喜愛臣下矜介克己，不喜浮華驕鶩。所以並不聽信賀若弼所奏，只說二將俱合上勳，有大功於國，均再賜封，晉位為上柱國。

隋代兵制承襲西魏宇文泰所創，經北周一脈相傳的府兵制。制下府兵分屬二十四軍，每軍的統領是為開府。二十四開府之上有十二大將軍，每大將軍統領二開府。十二大將軍之上有六柱國大將軍，簡稱柱國，每柱國統領二大將軍。鮮卑一向採用八部體制，朝中共有八柱國，然而只有六柱國領軍。開府、大將軍、柱國均可因功晉位為上開府、上大將軍、上柱國。時至隋代，開府、大將軍、柱國的員額雖已遠遠超過西魏首創時期，但此時韓擒虎、賀若弼得授上柱國之位，那已是府兵制下軍事統領的最高職銜了。

然而賀若弼並不以此為滿足，不過數日，他又聯合言官參劾韓擒虎，說他進入建康城後，擅自闖入陳國宮禁，縱容士卒淫汙陳宮。楊堅徵詢楊廣意見，楊廣因韓擒虎先自己進入陳宮，擒獲陳叔寶，心中也自不甘，所以並不為韓擒虎進言。楊堅便依律褫革韓擒虎申國公的爵位與食邑。然而皇帝心中，實在不喜見到臣下在御前相互爭功，此時只因北方尚與突厥對峙，正是用人之際，所以楊堅不得不為臣下排怨解紛。不過聖慮深處，已然對賀若弼有所不滿。

韓擒虎雖然失去申國公的爵位，卻也因此讓楊堅、楊廣稍減忌刻之心，也暫且不必再與賀若弼針鋒相對。他依著當日與李藥師一同定下的策略，加意與楊素交好。不多時，楊素六旬大壽將屆。楊堅特示榮寵，改封楊素為越國公，加大他的食邑。楊素闔府喜氣洋洋，隆重為越國公準備盛大壽宴。

韓擒虎知道楊素府中大辦喜事，難免缺乏人手，便薦李藥師暫充楊府幫手①。李藥師家世雖不如越國公顯赫，畢竟也是簪纓世冑。來到越國公府，不久便與楊素之子楊玄感、楊玄惠、楊玄慈、楊玄慶等結交。其中尤以楊玄慶與李藥師年齡相若，兩人往來更是熱絡。

楊素是朝中大老，越國公府邸宏偉壯闊，當時王公無出其右。這日李藥師與楊玄慶在越國公府的苑囿內騎射已畢，意興昂揚地走出東園，卻見楊府家丁已在園門處等候。家丁見他二人出來，先上前向楊玄慶見禮，再向李藥師作揖道：「李公子，日前訂購的兩百疋蜀錦，今日送來八十疋，請李公子過目。小的已經盤點過，數目不錯。李公子驗收之後，就可以送入內府了。」

李藥師來到楊府，暫管驗收壽宴所用的什物，所以蜀錦得由他過目之後，才能送入內府。此時楊玄慶正不想放李藥師離開，聽得家丁之言，眉頭一蹙，說道：「李公子來到府中，乃是作客。雖說為了爹爹壽辰，煩勞他暫充管事，但那也僅止於午前幾個時辰。如今已是午後，李公子不管事了。哪有沒天沒日，盡煩勞人的？」

那家丁陪笑說道：「四爺，小的原不敢在此時煩勞李公子，只是老夫人房中急等蜀錦，小的才緊催著店家盡快送來的。」

楊玄慶聽說是母親急用，只好不作聲了。李藥師見他意興闌珊，便拍拍他背膀，說道：「這會兒左右沒有要緊事，不如你先陪我去驗了蜀錦，好讓他們交差。然後我再陪你上校場跑馬去，如何？」

楊玄慶聽李藥師說要同去跑馬，大為快意，笑道：「難道你不想跑馬？這會兒倒像我求你陪我去似的！」二人一邊說笑，一邊隨家丁來到前院。只見院前梢間裡果然堆著數十疋綢緞，店家以及數名侍女已在等候，人人引頸而望，想必各自都急於回去交差。待李藥師與楊玄慶進入房中，那店家便將蜀錦逐疋攤開，請他二人過目。

如此驗收布疋，本就甚耗辰光。李藥師在楊府內是客卿身分，行事更是格外謹慎，不肯因疏失而落人褒貶。楊玄慶在一旁卻看得不耐煩了，緊催著要他快些。就在此時，只聽得眾侍女喧譁聲起：「出岫姊姊，怎麼妳也出來了？」

又聽得一女子說道：「妮們出來也忒久哉，還不見到一個人回將去。老夫人不放心，要我過來看看。」這女子雖然盡力試著將每個字咬得清晰，卻掩不住一腔柔膩的江南口音。

這柔膩的吳儂軟語傳入李藥師耳中，他登時全身一震。這口音，他曾經聽過的，在灞上舅舅的行轅裡，南朝公主的營帳前聽過的。只聽那女子又說道：「介莫，還在驗唔？勿要驗得忒仔細哉！」

李藥師聽得前兩句話，已然心醉神馳；再聽此語，更是全身熱血如騰如沸，再也克制不住，緩緩回身望去。只見眾侍女簇擁環繞，中間一名女子雲髻峩峩。這女子朱衣紅裳，更襯得她肩若削成，腰如約素；延頸秀項，皓質呈露。此時眾侍女見李藥師眼神望來，紛紛悄聲說道：「出岫姊姊，快別說了，看李公子要責怪了。」

就在此時，那紅衣女子也回轉頭來，朝李藥師望去。她這娉婷一顧，直是轉盼流精，光潤玉顏，更映得明眸善睞，脩眉聯娟，竟然果真便是當日渭水之濱，月色之下的那位絕美少女。此時李藥師的心情固然狂喜，那少女的神色卻更為驚訝，兩人竟在眾目睽睽之下，彼此眙眙地無言對視。

這時楊玄慶站在李藥師身後，見不著李藥師神情，只道他懊惱眾女子嘈雜議論，於是連忙屏退眾女，說道：「藥師，舍下侍兒不懂規矩，你可別在意。還是趕緊驗了蜀錦，咱們跑馬去吧。」

李藥師依依不捨地回轉身來，然而他再也無法將心神放在蜀錦之上，只是草草將眼前的錦繡繁華忙忙帶過，匆匆驗畢。幸而那店家聽說李藥師行事精敏謹慎，原已挑選上貨送呈，不敢摻雜次貨。所以這批蜀錦，倒也未出紕漏。

交貨之後，眾侍女各自抱著蜀錦，同那名叫出岫的絕美少女一同返回內府。出岫離去之際，還頻頻悄悄回顧。李藥師早已聽說，皇帝楊堅曾將沒入掖庭的陳室公主以女伎之名賜予楊素②，以嘉勉他平陳之功。只是萬萬沒有料到，出岫竟也隨同公主，一同入了楊府。如今既知出岫已成楊府女伎，他反而不便對她過於關注了。李藥師心下，不禁大為悵然。

當時既已驗罷蜀錦，李藥師只得依約與楊玄慶同上校場跑馬。只是他心不在焉，連帶楊玄慶也無法跑得盡興。楊玄慶只道他費神檢驗蜀錦，不免疲憊，只得放他離去。

這些時日以來，李藥師往往清晨即起，助楊府驗收壽宴所需的物事。楊府為免他往來奔波，也為他備下一間客房，供他留宿。然而李藥師因有萱親在京，又難得三兄弟團聚，所以極少住在楊府。今日既在此處讓他見到出岫，伊人臨去又對自己顯然甚是眷戀，當晚他自然就不肯回家了。

這日晚間，李藥師獨宿楊府客房，魂牽夢縈，盡是出岫倩影，讓他輾轉難以入眠。他起身推窗，但見皓月當空，襲人涼風徐來，好一個浸爽的孟夏月夜。回想當日初見出岫，也在月夜，只是那時，她神情甚是落寞哀傷。今日再見，她卻顯得頗為閒適快意。尋思及此，李藥師心神一暢，出房練了一回劍法。正要收劍回房，旁邊槐樹影下卻走出一個人來，鼓掌叫道：「好劍！好劍法！」

但見此人一身紫衣，腰繫銀帶，足踏黑靴，雙肩以上卻仍在樹影掩映之下，無法看清面貌。對方既然鼓掌稱讚，李藥師便抱拳說道：「不敢當閣下謬讚。閣下想必懂劍，懂劍法？」

那紫衣人道：「不敢，但請閣下回房一談。」

此人說話聲音甚是尖銳，顯然是逼著喉嚨，想掩飾住本來嗓音。李藥師心中雖然犯疑，卻也不肯就此示弱，當下抬手肅客，請那人先行。那人走出樹影，俯首而行。李藥師隨在其後，只見那人頭戴黑幞帽，後頸膚色極為白皙。他心下一動，已知來人是誰。於是默默隨她進入房內，邊將房門掩上，邊說道：「『雲無心以出岫，鳥倦飛而知還』，名字好，人更好。」

那紫衣人轉過身來，但見膚如凝脂，齒如瓠犀，巧笑倩兮，美目盼兮，果然便是出岫。她因身著男裝，便學男子雙手抱拳，拱手施禮道：「李公子，出岫夤夜冒昧造訪，望公子勿要見怪。」

李藥師道：「姑娘過謙了，李某但覺蓬蓽生輝。」

出岫再施禮道：「公子救得九姨性命，又為她尋回銅鏡，大恩大德，出岫感同身受。」當時在渭水之濱，樂昌公主跳車尋鏡，李藥師出手相救的情景，出岫在車上看得明白，記得更是清楚。

李藥師忙道：「不敢。」又嘆道：「可惜只尋得半面銅鏡，另外那半面，卻怎麼也尋不著了。」

出岫卻笑道：「公子怎知尋它不著？」

李藥師聽她話中有話，奇道：「莫非姑娘已尋到了？」

出岫搖頭道：「不。只因九姨手中，本就只有半面銅鏡。」於是將當日樂昌公主與駙馬徐德言破鏡為盟，各執其半的往事，娓娓說與李藥師知道。

李藥師聽畢，嘆道：「如此恩深義重，委實令人感佩。」

出岫道：「所以出岫今日見到公子，欣喜若狂。公子乃是任俠慷慨之士，若是得知此事，必會仗義援手。」於是又將徐德言將在中秋月圓之日，到長安市上賣鏡之事說了。

李藥師聽得卻有些猶豫：「如今樂昌公主身在越國公府中，就算得知徐駙馬的消息，又能如何？」

出岫嘆道：「那也只有等到彼時再作打算了。無論如何，公主與駙馬之約，是必要踐諾的。」

出岫一直呼樂昌公主為「九姨」，此時改口稱「公主」，卻突然引起李藥師注意，不免問道：「姑娘稱樂昌公主為『九姨』，那麼令堂是……」

出岫將他止住：「亡國往事，勿要再提了。如今只問，公子是否肯答允出岫所請，設法在中秋之日，助九姨尋訪九姨父？」

李藥師來到楊府，本是希望藉與楊府結交，以減少楊素對韓擒虎的忌心。若是答允出岫所請，代樂昌公主賣鏡尋夫，則難免要得罪楊素，如此便與他前來楊府的原意大相矛盾。然而此時，他見出岫言語之間已顯得有些情急，心下不忍，脫口說道：「急人之急，本是我輩當行之事，李某不敢當姑娘『請』字。」

出岫喜形於色：「公子果然高義！九姨日前尚在擔心無人能將此事相託，今日幸得公子首肯，出岫在此先行代九姨謝過。」一邊說邊斂衽為禮，舉手投足之間顯得喜樂無限。

李藥師一時衝動，答允了出岫，心下原有些許悔意。如今見出岫如此歡喜，那些許悔意，登時便消散得無影無蹤。他當下只在心中盤算，如何才能將此事辦得圓滿，既合了出岫心意，又不令楊素難堪。出岫見他沉吟不語，小心翼翼地問道：「勿要是出岫所請，讓公子忒煞為難哉？介莫出岫再另覓他人，亦是無妨。」

適才李藥師專心傾聽出岫陳述樂昌公主之事，便沒有特別留意她的南音。她又身著男裝，也使李藥師暫時淡忘她原是女兒之身。如今突然聽見這甜軟的語音，戒慎的語意，李藥師的心胸肺腑，登時便融化成滿腔似水柔情，不覺竟上前握住出岫雙手，說道：「姑娘莫要多心，李某應允之事，向來一諾無悔。」

出岫雙手被他握住，全身微微一顫，本能地便想抽脫。然而心中又虛又軟，似是不敢、又似不忍拂逆他意，堪堪將手掌脫出一半，手指卻仍讓他握在掌中。她頰泛紅霞，俯首輕聲說道：「是出岫忒煞多心哉，請公子勿要介意。只是……只是公子沉思不語，出岫不知公子意下，不免……不免擔心。」

李藥師握住出岫雙手，本是出於關懷，如今見她語焉不詳，加以又羞又怯，心中卻兀自倏然一凜，暗道：「李藥師啊李藥師，你是怎麼了？可別讓人家以為你在乘人之危啊！」他於是將出岫雙手輕輕放開，只覺出岫全身卻又是微微一顫。他生怕冷落了出岫，便又問道：「姑娘近來，還好？」

出岫又是嬌羞，又是歡喜，低頭說道：「出岫……出岫在此，甚是安好。」言下神情，顯見她在楊府，果然「甚是」安好。

李藥師見她如此，心下卻不知是甚麼滋味。當日在灞上初見，她是何等落寞哀傷，今日再見，卻是截然不同。李藥師似乎有些為她慶幸，卻又似乎並不樂見她身處楊府，竟是如此快意。但覺胸口五味雜陳，澀澀說道：「姑娘乃是南朝金枝玉葉，在下原恐姑娘不能習慣北地胡風，今日一見，在下安心不少。」

出岫似乎意識到李藥師口氣有異，柔聲說道：「多謝公子垂注。出岫身在楊府，雖不能事事如意，卻還能與母親、幼妹、九姨同聚，已不敢再有奢求。」

李藥師道：「令堂、令妹也在楊府？」

出岫道：「是。老夫人待母親、九姨甚是親厚。出岫能夠服侍老夫人，也算是報答老夫人禮遇親長之恩。而且……而且……」她突然臉色一紅，語音一頓，硬將話題轉開：「如今已是深夜，出岫不宜久留。九姨之事，還煩請公子多多費心。」

李藥師道：「姑娘但請寬心，李某定當盡力。」當下出岫盈盈施禮，翩然而去。李藥師只覺她原本還想說些甚麼，不知為何卻突然打住，匆匆離去。他千思百想，卻怎麼也猜不透出岫心意。

自此他幾番藉口留宿楊府，只望能再見到出岫，然而伊人卻再沒有出現過。如今只盼中秋快快到來，為要商榷賣鏡之事，便能再與出岫相見。至於中秋之後，又是如何情狀？此時他也無暇多慮。

不多時，楊素壽辰已屆。越國公府中煥然一新，窗間懸掛珠簾翠帶，壁上滿是錦繡帳幔，連府前的整條街道都張燈結綵，顯得喜氣洋洋。各地送來的賀壽獻禮更是奇珍異寶，堆置邐迤。當日早朝，楊堅又加封楊素為納言。早朝之後楊素先入內宮拜謝皇帝、皇后的賞賜，待他出宮回府，祝壽的王公貴客已是絡繹於途。

李藥王因有公職在身，須隨韓擒虎、史萬歲等一同趨退，韓氏夫人便由李藥師、李客師兄弟陪侍，來到楊府，向楊素之妻鄭氏夫人拜壽。這位越國夫人鄭氏性情悍戾，楊素曾譏評她說：「縱使我成為天子，妳也不堪母儀天下。」鄭氏竟將此事奏聞，楊素因而遭到罷黜。然而楊堅也是十分懼內之人，他是中國歷史上唯一「唯皇后正位，傍無私寵」的皇帝，心中對楊素其實甚為同情。所以平陳之役，他又任命楊素為三路行軍統帥之一，楊素才得以復起。不過自此而後，楊素對於悍妻再也不敢稍有違逆。韓氏夫人早已風聞鄭氏悍名，若不是韓擒虎要與楊府結交，她實不願前來拜見這位越國夫人。

李藥師卻不明白母親的心情。他曾聽出岫說越國夫人待她家人親厚，所以對這位老夫人既有好感，又覺好奇。何況向她拜壽，或許還能見到出岫，李藥師的心情是既興奮又緊張。他隨母親進入內府，只見脂香鬢影，鳳冠霞帔的貴婦濟濟一堂，楊玄慈、楊玄慶都在此幫忙招呼客人。

楊玄慶見到李藥師，自是親熱無比，拉著他去拜見母親。越國夫人在內堂招呼貴客，在座的不是王妃公主，就是郡國夫人。李詮是趙郡太守，在地方上雖是最高首長，來到京裡卻不足為道。韓氏夫人原本只合在外堂入座，只因楊玄慶、李藥師之故，竟能進入內堂，成為越國夫人的座上之賓。鄭氏聽說她是韓擒虎之妹，還特別寒暄幾句。

就在此時，突然聽見外堂報唱：「唐國夫人到。」李藥師不免暗自一凜，他知道這位唐國夫人就是他那「李迪波大哥」的夫人「李大嫂」。只見唐國夫人娉婷步上內堂，身邊還跟著一名四、五歲的小女孩。唐國夫人本具姿容，加以在座的妃主命婦大多已過中年，而她卻才是花信年華，所以特別顯得嬌美不群。她先向越國夫人賀壽，再與座上諸位妃主命婦見禮，隨她來的小女孩也跟著她拜見眾人。

越國夫人甚是歡喜，將那小女孩叫到身前，說道：「妙常，妳喜歡上我這兒來？」那名叫妙常的小女孩點頭稱是。唐國夫人說道：「妙常聽說我來越國公府拜壽，便怎麼也不肯留在家裡，吵著定要跟來。小女不懂規矩，倒讓諸位見笑了！」原來妙常是唐國夫人的女兒。

越國夫人笑道：「她願意來，我高興還來不及，怎會見怪？」說著將妙常摟進懷中，笑問道：「妳老實說，究竟是想來看我，還是想著出塵？」

妙常甚是靦腆，嚅嚅說道：「妙常想楊奶奶，也想出塵。」

越國夫人笑道：「妳別叫我奶奶，我當不起。」說罷轉身，便叫出岫。李藥師聽到「出岫」二字，登時心跳耳熱。

只見出岫從內間出來，仍是一身紅衣。越國夫人道：「出岫，妳和出塵陪著妙常，可得小心伺候。」出岫領命，帶著妙常去了。

出岫走出內堂，李藥師的全副心神便也跟著去了。他趕緊囑咐李客師陪侍母親，自己趁空悄悄追了出去。只見內府西側院中，妙常同著另一個小女孩在樹下嬉戲，那小女孩似是比妙常還要稚幼。出岫則在一旁，手中拿著些折枝花卉，自顧自地忙著編結。

李藥師走上前去，叫道：「出岫姑娘！」

出岫抬頭，見是李藥師，又驚又喜，叫道：「李公子！」

李藥師見出岫手中還拿著才編了些許的折枝花卉，便道：「姑娘手真巧，準備編個甚麼？」

出岫有些踧踖，含羞說道：「隨手編著玩兒的，公子取笑了。」

李藥師自從上回與出岫相見之後，心中已不知琢磨過多少次，如果再見到她，該當說些甚麼。此時說道：「李某前此承諾姑娘之事，時時不敢或忘。只是不知另外那半面銅鏡是何……」

李藥師才剛啟口，那與妙常嬉戲的小女孩已跑了過來，拉著出岫衣裙道：「阿姊，籠子編好唔？妙常已經抓著一隻蟈蟈兒啦！」

出岫說道：「出塵別鬧，阿姊在同李公子說話。」又向李藥師致歉道：「舍妹打斷公子說話，請公子勿要見怪！」

李藥師笑道：「姑娘此話太過見外。這位就是令妹？」

出岫點頭道：「是，這是舍妹出塵。」一邊說邊拉著出塵要她來見李藥師，出塵卻不肯過來。

李藥師笑道：「出塵，出塵，好個脫俗的名字……」

他話還沒說完，那邊妙常已經叫道：「蟈蟈兒跑啦！」她語帶哭音，邊叫邊去追那逃跑的蟈蟈兒。

這邊出塵急道：「阿姊，妳再不趕緊把籠子編好，阿儂就抓不著蟈蟈兒啦！」

李藥師見她倆情急，便拉著出塵道：「來，我幫妳們一塊兒捉蟈蟈兒去，妳阿姊就可以專心編籠子啦！」出塵、妙常一陣歡呼，拉著李藥師同去，不多時便捉了兩隻蟈蟈兒，拿來交給出岫。這邊出岫也已編好籠子，兩個孩子便將蟈蟈兒裝在籠中逗弄。

四人正玩得興起，卻聽一人說道：「藥師，原來你在這兒，教我好找！前面要開席了。」李藥師回頭一看，見是楊玄慶。

出岫站起身來，叫道：「四爺。」

楊玄慶見李藥師與出岫在一起，便悄悄拉過李藥師，曖昧笑道：「藥師，我卻不知原來你與出岫……」

李藥師將他打斷：「你別瞎猜，我只幫著兩個孩子捉蟈蟈兒！」

楊玄慶笑道：「我可不是瞎猜，這兒想著出岫的，都在出塵身上下功夫！」

李藥師心頭一驚，正要細問，卻看見又有兩人走來。一個是楊玄感，另一個竟然就是他那「李迪波大哥」。妙常率先跑過去，叫道：「爹爹！爹爹！咱們捉了好些蟈蟈兒，爹爹快來看！」

楊玄感笑道：「藥師，玄慶，怎麼你們都在這兒？藥師，我來給你引見，這位便是唐國公。」

李藥師只得上前躬身見禮：「三原李藥師，拜見唐國公。」

李淵萬萬沒有想到會在此處遇見李藥師，心中驚疑不定，臉上卻不露神色，說道：「幸會，幸會，莫要行大禮了。」

楊玄感對李淵說道：「李兄，藥師乃是趙郡李太守的公子，上柱國韓大人的外甥。」

李淵微笑道：「原來是將門世胄，失敬，失敬。」

楊玄感又道：「對了，藥師祖籍隴西，和李兄可算是同族。」

李淵似乎有些失驚：「原來是自己人，反倒要煩勞楊兄引見。」

楊玄感笑道：「這會兒別多說了，前邊正等著開席，請先入席，有甚麼話，待吃完酒再說吧！」

李淵笑道：「正是。」低頭又問妙常：「妙常，妳跟著爹爹，還是跟著娘？」

妙常撒嬌道：「妙常要跟著出塵。」

李淵笑道：「也罷，妳就在這裡玩兒吧，可別累著出岫姊姊！」妙常一聲歡呼，又找出塵去了。這邊李淵、楊玄感往前廳入席，李藥師與楊玄慶則攜手走向內府。

楊玄慶邊走邊說：「藥師，你若是中意出岫，可別瞞我。」

李藥師方才聽楊玄慶說「想著出岫的，都在出塵身上下功夫」，又聽李淵諄諄告誡妙常「可別累著出岫姊姊」，心中已略知大要。他原是極為聰穎之人，一時之間已有計較，便說：「你別瞎猜，我找出岫另有要事。」他竟行險招，將出岫託付之事擇要說與楊玄慶知道。

楊玄慶聞言大驚：「有這等事？她為何將這等大事託付予你？」

李藥師道：「此事說來話長，吃完酒再說吧！咱兩人交情不比他人，除你之外，我可連自己兄弟都沒提過此事。」

楊玄慶見李藥師看重自己，心中大喜，指天為咒，誓言絕不洩漏此事。兩人來至內府，各自入席。

第八回　河漢鵲橋①

壽筵席終，楊玄慶忙著代母親送客，也無暇再問李藥師有關出岫之事。李藥師卻明白，楊玄慶急著想知道此事情由，不數日便會來向自己問詢，所以只在家中靜待消息。

果然如他所料，不出三日，楊府便派家丁來請李藥師，說是四位公子要酬謝他這些時日以來的奔波辛勞。楊玄慼此時已爵封儀同，楊玄惠也已是清河郡公。李藥師既無官職，年紀又輕，所以他二人只陪稍坐，便即離去。燕飲之後，楊玄慈也託詞離去，李藥師便得以將樂昌公主之事，源源本本地告訴楊玄慶。

楊玄慶也是聰明人，這幾日來他已將此事反覆思量，這時笑道：「藥師，你會把此事和盤相告，想必是有求於我？」

李藥師離席而起，含笑向楊玄慶一揖，說道：「吾兄果然高明，小弟心事，終究不能瞞過吾兄法眼。既然如此，小弟就直言不諱了。小弟確是想請吾兄援手。」

楊玄慶拉他坐下，笑道：「藥師，你別這樣吾兄、小弟的，說多彆扭有多彆扭。究竟我能幫些甚麼？你就快說吧！」

李藥師笑道：「此事甚是簡易。玄慶，你想，令尊壽宴之後，我就不便時常出入貴府，賣鏡之事，我要如何與出岫聯繫？」

楊玄慶笑道：「我明白了。不過……」他換過一番揶揄神情：「藥師，你究竟是要我當傳素書的雙鯉②，還是跨天河的烏鵲？」

李藥師笑道：「這原是我有求於你，一切聽你之便。只是，烏鵲架過鵲橋，不過禿幾許毛羽；那雙鯉傳過素書，就被烹而食之啦！」

楊玄慶不禁大笑：「禿幾許毛羽，還能重生新羽；若是被烹而食之，那可再也沒有翻身之日啦！嗯，所謂『惠而不費，勞而不怨』，君子本有成人之美，我又何吝於幾許毛羽？不過……」他逼視李藥師，取笑道：「事成之後，你怎麼謝我？」

李藥師笑道：「不必待事成之後，我就讓你先吃到甜頭。家師喜好茗飲，也曾賜贈幾餅好茶，你可願一嘗？」

楊玄慶道：「茗飲？」他稍微轉念，便想通了李藥師的心意，笑道：「好主意，咱們就這麼辦。」兩人相視拊掌大笑。

北方不生茶樹，魏晉南北朝時代，北朝士大夫日常慣飲牛奶、羊奶製成的酪漿，只有南朝講究茗飲。北魏楊衒之著《洛陽伽藍記》，其中兩則趣事，頗能代表當時北朝士大夫對茗飲的觀感。北朝官員出使南朝，南朝以茗飲款待貴客。北朝官員喝得湯水滿腹，深覺不快，將此事稱為「水厄」。另一則趣事記載南朝官員歸降北朝，不能習慣北地飲食，日常仍「食鯽魚羹，渴飲茗汁」。北朝士大夫形容他的肚腹像是永遠盛不滿的容器，戲稱他為「漏卮」，「卮」是古代盛器。北人又覺茶湯淡而無味，無法與酪漿相提並論，將茶稱為「酪奴」。

然而北魏孝文帝施行漢化之後，南北文化交流日益頻繁，茗茶逐漸傳入北朝。酪漿代表胡族文化，茗茶代表漢族文化。楊堅以漢人身分君臨天下，茗飲之風也隨之逐漸為隋初士大夫所接受。又因北方茗茶難得，物以稀為貴，所以茗飲又成為貴族子弟的時興玩物。出岫是南朝皇室懿親，必定精擅茗飲。楊玄慶若是以煎茶為名，請出岫相助鼎鼐，越國夫人多半便會允准。

楊玄慶果然不負所望，才過旬日，他又邀李藥師過府。李藥師特意櫛髮整襟，換上當日在渭水之濱相救樂昌公主時所著的一身白衣。他本生得瓌偉魁秀，再如此加意修飾儀容，更顯得英姿勃發，俊逸絕倫。他已得知出岫琴藝超絕，最為越國夫人所喜。於是不但精選了幾餅茗茶，也翻出那日玄中子所賜的琴譜，一併帶在身上，來到楊府。

楊玄慶見到他，脫口讚道：「人說周公瑾俊偉，只怕少你幾許閒逸；人說潘安仁秀雅，難免遜你三分爽邁。」三國周瑜字公瑾，西晉潘岳字安仁，都是俊秀多情的人物。可惜周公瑾耽於東吳軍務，無法閒逸；潘安仁擅為哀誄文章，難得爽邁。

李藥師今日來會出岫，遭楊玄慶取笑幾句，本是意料中事。他也不放在意下，只隨楊玄慶前往書房。此時出岫已備妥煎茶所需的諸般物事，正在指揮楊玄慶的書僮，將書房中幾盆開得正盛的月季移至視線之外。李藥師心中一聲喝采，正要出言讚許，楊玄慶已快步上前，急道：「這是姑丈日前才著人送來的佳種月季，何須將它移開？」

出岫正要答話，但見楊玄慶身後步出一名俊碩頎長的白衣人影，搶先道：「便讓我猜上一猜，如何？想必是對花品茗，如果意在花，則茶之香被花所侵；如果意在茶，則花之美被茶所掩。如此二者互奪其美，介莫忒煞弗如人意哉？[3]」

李藥師模仿出岫口氣，說了半句吳語，學得雖然弗得意思，卻引得伊人燦然開顏。出岫但見他一身白衣飄飄，心中頓時浮起當日他相救樂昌公主之時，那與馬同奔的英姿。那日渭水之濱，他靈動如天神臨凡；那日灞上帳前，他純情如赤忱稚子；那日檢視蜀錦，他敬謹如臨淵履冰；那日月下舞劍，他清雋如瀚漫仙家。『邂逅相遇，適我願兮。』他總是如此神采奕奕，風度翩翩，動如行雲流水，靜若玉樹臨風。不錯，眼前之人，正如玉樹臨風。非但如玉樹臨風[4]，而且丰神如玉，瑑瑑如玉。他，直如稀世的無瑕美玉！面對這樣一位如無瑕美玉般的人物，所言所道既中自己心思，又討自己樂意，出岫真是無言以對了。

李藥師見出岫不言語，便笑道：「我是怎麼了？出岫姑娘溫雅謙和，豈會如我一般，專事胡言編派？嗯……玄慶，咱們今日既請出岫姑娘調烹鼎鼐，就不妨以她為主。咱們客隨主便，你看如何？」

楊玄慶笑道：「茶是你的，你與出岫二人是主，我一人是客。」

李藥師笑道：「這屋子卻是你的，咱三人誰也別客氣。」

雖說如此，楊玄慶仍請李藥師入了客位，自己坐了主位，然後命出岫也入座相陪。李藥師取出懷中茶餅，笑道：「玄慶，你在荊湘之間住過，出岫姑娘來自江南，都是品茶的行家。我這幾片茶餅，只怕難入法眼。」

魏晉南北朝以來，世人公認的好茶，出於西陽、武昌、廬江、毗陵。李藥師這幾片茶餅，正好代表這四個地區。楊素因鄭氏夫人之故遭到罷黜時，曾舉家居於永安。其地處荊湘之間，鄰近武昌，正是好茶產地。楊玄慶拿起一片武昌茶餅，笑道：「我於茗飲一道，淺薄之極，只吃過武昌茶。出岫，妳幼承庭訓，所見所聞非我等所能相比。還是妳選一片茶餅，善加烹製，讓我們嘗嘗吧。」

出岫領命，選了一片毗陵綠芽，烘焙之後研成細粉，與酪漿以及鹺鹽、乾薑、花椒等香料一同煎成茶湯。李藥師好奇問道：「姑娘煎茶，也用酪漿？」

出岫邊將茶湯分盛入茶碗中，邊含笑說道：「北地天候比江南寒冷，茶中添了酪漿，別有一番風味。」隋唐煎茶均加酪漿、香料，與烹製羹湯無甚分別。中唐陸羽著《茶經》，雖然極力摒棄添加外物，提倡烹煮純茶，以品嘗茗茶本身的香味；然而他本人煎茶，也難免加鹽調味。這種吃茶餘風一直流傳至宋、元，至今仍有奶茶、花茶，不過不再是鹹味，而是甜味了。

出岫盛妥茶湯，先將一碗奉予李藥師，再將一碗奉予楊玄慶。二人嘗了茶，均讚「好茶」。楊玄慶沒有吃過毗陵茶，此時讚道：「如今才知江東茗茶芳香如斯，真不愧『芳茶冠六清，溢味播九區』。茶好，煎得也好。」李藥師與出岫自然難免謙謝數語。「芳茶冠六清，溢味播九區」

出於西晉張載〈登成都白菟樓〉詩。

楊玄慶又道：「我藏得有幾餅蜀茶，這就取來請兩位行家品鑑，如何？」李藥師知他只是找個藉口離開，自然應允。

待楊玄慶離去，李藥師便告訴出岫，他已將中秋賣鏡之事讓楊玄慶知道，並說：「如果徐駙馬果真來到長安，將他尋到應非難事。然而，如何說服楊大人，讓令姨伉儷破鏡重圓，才是關鍵。如今四公子慨允義助，將來在楊大人面前，或許也容易有所轉圜。」

出岫心中已將此事全盤託付於李藥師，他如何行事，出岫本無意過問。此時得知他已讓楊玄慶知道，雖然有些意外，但能得到楊玄慶相助，總是好事。

李藥師又道：「姑娘，在下心中有一疑惑，想冒昧請問。若有唐突之處，尚請姑娘海涵。姑娘為令姨之事如此盡心，為何不為令堂也設想一二？」

出岫低頭道：「家父故去，已有兩年了。」

李藥師大感歉然：「李某失言，望姑娘莫要見怪。」

出岫道：「公子對出岫一家關懷備至，不以亡國賤俘相待，出岫感恩猶恐不及，怎會有見怪之心？」語氣極為誠摯。

李藥師道：「在下雖不敢以武犯禁，卻一向歆羡慷慨仗劍、快意恩仇的豪情。能為姑娘略盡綿薄，以逞平生之願，實是李某之幸，姑娘莫要時時掛在心上才好。」

此時李藥師取出玄中子所贈的琴譜，說道：「這卷琴譜乃家師所賜，無奈在下疏於琴藝，不能識得曲中精髓。聽聞姑娘善琴，敢請指點一二，不知可否？」說著將琴譜交給出岫。

出岫接過琴譜，謝道：「不敢。」楊玄慶是武人，書房中有劍而無琴。出岫便以茶桌當琴，左手展讀琴譜，右手纖指就著茶桌抹挑勾剔，虛彈起來。

兩人不過略盡數語，楊玄慶已去而復返。見他二人在讀琴譜，便想命人前去取琴，卻被李藥師止住：「這是家師所贈的古譜，不但冊頁已然殘損，其中更多有不明之處，因此攜來，想請出岫姑娘指點。姑娘乃是音律大家，必能將此曲譜善為補全。何不待到那時，再聆姑娘雅奏？」

楊玄慶知李藥師想方設法，就盼能得再見伊人。當下也不說破，只在出岫背後取笑李藥師。此時出岫又煎了楊玄慶取來的蜀茶，三人閒話數回，李藥師便告辭離去。

再隔旬日，楊玄慶又邀李藥師過府煎茶。這日恰逢七夕，自古婦人女子都在此夜穿針為戲，上供乞巧。楊府內宅也結紮彩屏，備辦酒脯瓜果，甚是忙碌。出岫巧慧，越國夫人倚她為得力臂助，本不肯放她出來。然而慈母向來格外疼惜幼子，越國夫人禁不住楊玄慶再三磨蹭，終於讓步，允准出岫抽空煎一鼎茶。

楊玄慶喜孜孜地領著出岫來到書房，李藥師已在等候。楊玄慶劈頭便說：「藥師，我這回為盡烏鵲填河之責，著實在家母面前大費一番周折，真可說是毛羽盡脫啦。」

李藥師笑道：「吾兄德澤，小弟銘感五內，沒齒難忘。」

楊玄慶笑道：「我可不敢當甚麼『德澤』之稱，只盼不要變成鯉魚，讓人烹而食之，便心滿意足了。」

出岫只得一鼎茶的空閒，這回不及彈琴論譜，只顧忙著煎茶。李藥師本精於茶道，出岫煎水投茶的每一個細節，他都能識得精髓，適時出言讚賞，自是引得伊人芳心暗喜。

出岫將茶備妥，三人才開始吃茶，卻聽見外間傳來出塵清脆的笑聲：「阿姊，妙常來看妳啦！」只見兩個小女孩攜手跑來，後面跟隨的，自然便是李淵與楊玄感。

李藥師沒有料到李淵會在此時出現，當下頗覺尷尬，卻也只好與楊玄慶一同起身相迎。楊玄感笑道：「李兄今日帶著妙常來找出塵玩耍，聽說出岫在此煎茶，便想來嘗嘗極品好茶的滋味，連帶我也沾得口福。」他輕描淡寫，便將來此打擾吃茶之事，全推在李淵身上。

楊玄慶笑道：「可惜娘在內府，還等著出岫回去備辦今夜乞巧上供等事，只怕來不及再煎一鼎新茶了。如今鼎中僅餘殘茶，實非待客之道，如何是好？」

李淵笑道：「這卻不妨。鼎下尚有餘炭，何不將火撥旺，便能溫熱殘茶。」李淵累世胡化，不通茗飲之道。出岫聽他說要將殘茶溫過再吃，心中暗暗皺眉。

楊玄感笑道：「不錯，便將炭火撥旺，溫茶再吃。不過此時才入秋令，暑氣未消，也不必將茶溫得熱透。」出岫聽楊玄感也附和李淵之議，只得過去撥火溫茶。然而她卻不攪動鼎中殘茶，只稍微溫熱，即先將面上微溫的茶湯盛出一碗，再盛底下較熱的茶湯。她將熱茶奉予李淵，溫茶奉予楊玄感。

李淵吃了茶，讚道：「果真是好茶。」他見出塵、妙常跟在出岫身邊，好奇地觀看撥火溫茶，便道：「出塵，妳看妳阿姊如此賢淑慧巧，可得好好學著些啊！」

出塵問道：「甚麼是『賢淑慧巧』？」

李淵巴不得她有此一問，忙答道：「妳阿姊做得一手細活，在內府得老夫人倚重；又煎得一手好茶，在外間得公子垂青，人人稱羨。這便是『賢淑慧巧』。」

誰知出塵卻將小嘴一噘，說道：「那有甚麼好？阿儂寧願如李公子那般，騎馬舞劍，到了危急之時，也能救九姨性命。」

李藥師、楊玄慶、出岫都沒有料到，出塵會在此時提及此事，均是又驚又急。李藥師連忙將話題岔開：「騎馬舞劍有甚麼難處？妳若真想學，我便教妳，又有何妨？」

出塵聽得眉花眼笑，拉著李藥師道：「真的？可別騙我！」

妙常也跑了過來，笑道：「我也要！我也要！」只因前次李藥師帶著出塵、妙常一同捉了一回蟈蟈兒，兩個小女孩都對他極具好感。

李藥師笑道：「妙常，妳爹爹是大將軍，他騎馬舞劍的本事，可比我強得多了。」

妙常便過去拉著李淵撒嬌道：「那麼爹爹教妙常騎馬舞劍！」

李淵臉色陰晴不定，只對妙常說道：「李公子是將門世胄，爹爹的馬術劍術怎能與他相比？那是李公子自謙之詞，妳可別當真。」

此時四個大男人心中各懷疑忌，句句言不由衷。倒是兩個小女孩天真爛漫的心願，卻造就了日後兩位不讓鬚眉的女中豪傑。當下出岫將煎茶用具稍事整理，託言內府有事，告辭而去，眾人便也散了。

隔不多日，楊玄慶卻遣人急請李藥師前去。李藥師心知必是出岫有事，趕緊匆匆來到楊府。他見到楊玄慶，才知道七夕次日，李淵便託媒人過府，擬聘出岫。出岫抵死不從，誓言要侍奉越國夫人終老。越國夫人向來悍妒，最不喜見人納妾，自然護著出岫。楊素懼內，無法可想，只得對李淵說出一番大道理，推說大隋國風儉素，皇帝猶不納妃，人臣豈可納妾？又說晉王楊廣不好女子舞樂，所以受到皇帝、皇后鍾愛。楊堅是李淵的嫡親姨父，獨孤皇后又特別照顧這個內甥，李淵怎會不知道聖意好惡？在楊素如此有力的威逼利誘之下，李淵只得勉強退讓。

然而這許多皇室權術，婦人女子的心事，李藥師並不清楚。他只知道出岫處境尷尬，不免為她憂心。又聽說越國夫人為杜絕後患，不許出岫再為楊玄慶煎茶，李藥師更是著急。

只聽楊玄慶又道：「今日恰逢中元，家中既有道士以三牲五果祭奠亡靈，又有僧人辦盂蘭盆會供奉佛祖，內府往來出入較為方便，所以出岫約你一會。」當下他囑咐李藥師在楊素壽宴之前曾經住過的客房中等候，自己則往內府，設法助出岫來會。

此時尚是申初，道士僧人要到酉正才開始作法誦經。李藥師心知欲等出岫來會，至少尚有個把時辰。自己心神如此焦躁，如何熬得過去？當下他取過楊玄慶書房中的香爐、茶具，到客房中燃起線香，自顧自地煎起茶來。他到底曾隨玄中子習業多年，修為已有根基，爐香才起，鼎水初沸，便已將焦躁的心神平復下來。

夕陽逐漸西斜，內府也傳出木魚磬音，李藥師知道盂蘭盆會已經開始了。他心神一振，推窗引頸而望，眼中只見樹影疊著花影，耳中只聞蛙唱和著梵唱，哪有伊人芳蹤？他又燃了一爐香，煎了一鼎茶，閉目靜坐以待。明月漸上柳梢，他移坐窗前，邊賞月色，邊候伊人。不知過了許久，才在槐樹影下現出一襆帽黑靴、紫衣銀帶的婷婷身影。那期盼已久的佳人，終於翩然到來。

李藥師開門相迎。出岫進得房來，掩上房門，即從懷中取出一方錦緞包裹。她打開包裹，裡面果然便是樂昌公主那半面銅鏡。出岫將銅鏡交予李藥師，說道：「出岫處境，公子想必已然知曉。只怕日後難以再見，所以九姨命出岫今日便將銅鏡交予公子。但盼中秋之日，九姨和九姨父便能重聚。」她說到此處，聲音竟有些許哽咽。

出岫又取出日前李藥師交給她的那卷琴譜，交還予李藥師。李藥師不收，出岫只默默垂淚搖頭，將琴譜再推過來。李藥師知她思及樂昌公主將與夫婿相聚，而自己卻不得已而立誓侍奉越國夫人終老，難免委屈感傷。他更明白，如今不論如何安慰出岫，都已無濟於事，只得說道：「姑娘交代之事，在下自當奮力以赴。然而將來際遇，未必盡是困境，如今何須預作悲聲？當此月夜，知音相對，你我便焚香煎茶，以盡一宵之歡，如何？」

他見出岫不置可否，便自去燃起線香，煎水投茶。他茶中不摻酪漿，煎成的茶在餑沫之下，便是湘黃色的清香茶湯。出岫淺啜茶湯，微笑說道：「離開江南，就再沒有吃過這樣的茶了。」

李藥師道：「姑娘想必甚為懷念江南？」

出岫道：「懷念又待如何？故園只怕已成灰燼了。」

李藥師默然片刻，說道：「令姑娘去鄉背井，親故離散之人，便是家舅。姑娘心中難道並無怨懟？」

出岫微微一笑，說道：「歷朝歷代衰亡興替，哪一次不是福緣自招，禍由自取？若非國家棟梁先已蛀蝕，他人如何輕易便能夠摧枯拉朽？何況……」她朝李藥師歉然一笑：「公子莫怪出岫冒犯，是否令出岫去鄉背井，親故離散，只怕尊舅尚作不得主。出岫心中，如何會對尊舅有所怨懟？」

李藥師聞言，說道：「姑娘能作如是想，讓在下寬心不少。」

出岫微微一笑，默默吃茶。也不知是否是茶湯讓她微醺，一碗既盡，她頰泛酡紅，脈脈含情，突然笑道：「出岫若非來到北地，又如何能遇見公子？」她說話時竟然主動伸手，與李藥師雙手相握。

李藥師見她如此，心頭怦怦亂跳。出岫竟又除下幞帽，散下萬縷青絲，將螓首倚上李藥師肩頭。李藥師本來極為豁達，並非矯情衛道之士，出岫既然放下身段，他便也不再矜持。兩人相對輕解羅衫，當此中元月夜，在這越國公府的客房之中，便圓了雲雨巫山之夢。

晚唐李郢有一首七律〈中元夜〉，其後半段所寫輕衣、綺羅、湘水、巫峽，竟似是專為吟詠此夜的李藥師與出岫：

香飄彩殿凝蘭麝

露繞輕衣雜綺羅

湘水夜空巫峽遠
不知歸路欲如何

纏綿繾綣之後，出岫坐起身來，漫挽青絲，柔聲說道：「公子，出岫今日若不表明心跡，只怕日後難有機會。只盼公子莫要將出岫當成輕浮女子才好。」

李藥師卻望著蓆上落紅，又是感激，又是歉疚，吶吶說道：「在下不知……不知姑娘身處越國公府，竟爾仍是完璧。在下實是……實是慚愧萬分。」

出岫微笑道：「月前在府中初次遇見公子，公子曾問出岫近況，出岫答說『甚是安好』，公子可還記得？」她說話神情又是嬌羞，又是歡喜，與當日一般無二，李藥師怎能忘懷？

出岫繼續說道：「國破家亡之日，出岫隨母親、諸姨一同北上，行中哀戚悲切，以為來到北地，必當受盡凌辱。誰知北地國風，卻與南朝大相逕庭，實出乎意料之外，讓人感激涕零。公子，出岫當日所說『甚是安好』等語，指的便是此事。」獨孤皇后、越國夫人的悍妒之風，竟讓沒入掖庭的南國婦女感激涕零，也真是出乎意料之外。

李藥師此時想的，卻是當日聽出岫說「甚是安好」之時，自己心中五味雜陳之事，不禁暗暗自嘲。當下將出岫摟在懷中，柔聲說道：「出岫，事到如今，妳還稱我『公子』嗎？」

出岫低垂螓首，輕喚一聲「藥師」，神情喜樂無限。

第九回　破鏡重圓

中元夜半，李藥師懷著樂昌公主的半面銅鏡離開越國公府，心中竟不知是何等滋味。他既獲佳人芳心，又親伊人芳澤，然而，若想與出岫長相廝守，卻不知得等到何年何月。

只覺一陣輕風拂面，微帶桂子飄香，這孟秋月夜的玉露金風，著實讓人暑氣全消。李藥師舉頭仰望，但見一輪明月，正掛中天。他心想，待得明月再一次朔望交替，樂昌公主夫妻或許便能劫後重逢。人世間的聚散離合，豈不正如天候的陰晴雨霽，日月的盈昃圓虧？自己與出岫，是否也是如此？

李藥師將眼前的形勢略作評估，李淵會在此時託媒提親，當然是因為明知出岫心中已然意有所屬。此時若是聘得出岫，自是最好；若是不能成功，楊府也不好將出岫另許他人。比如現在，自己就無法再藉煎茶之名，時時與出岫見面。李淵此計，真可謂是釜底抽薪的上上之策！然而自己，難道就任李淵擺布，從此不與出岫相見？

要與出岫相見，甚至偕同伊人遠走高飛，那也無甚難處。不過這樣一來，自己大大得罪楊府，非但使舅舅處境艱危，對楊玄慶更難免有愧於心。而且從此奔走異鄉，逃竄藏匿，無法報父母養育之恩、師父訓誨之德，也無法盡兄弟手足之情。更何況，還要誤了樂昌公主之事，只怕有違出岫心意。他琢磨盤算，只覺若是貿然從事，恐怕害多益少。自己既然無力改變眼前形勢，又何必徒自怨天尤人？不如，不如忍一時而圖將來。

李藥師尋思及此，但覺胸懷一暢，當下決定明日午後，要往長安市上，看看買賣銅鏡的商販，都在何處聚集。

當時的長安城①，稱為大興城，是隋文帝楊堅立國之後，才命西域人宇文愷設計興建的嶄新城市。宇文愷依據《周禮．考工記》制度，將此城建為「方九里，旁三門，國中九經九緯，經涂九軌，左祖右社」的理想都城形式，惟東市、西市在皇城之南，與〈考工記〉所載「面朝後市」的古制不盡相合。這座理想都城規劃整齊，氣勢宏闊，後來再經唐王朝悉心經營，終於成為中古時期全世界最偉大的城市。

如今李藥師正走在這座偉大都城的西市集上，只見捲髮碧眼的西域人，高鼻淺膚的鮮卑人，與黑髮華膚的中原人交流互動，還有不少鷹鼻深目的大食商販絡繹其間。當時五胡入居中土已有數百年，不同膚色、不同風俗、不同語言的民族融洽相處，在李藥師而言乃是理所當然。他尋著銅鏡商販聚集之處，隨意瀏覽。只見市上的銅鏡，數量雖然不少，然而形制雷同，作工簡陋，遠遠無法與自己懷中這半面銅鏡相提並論。偶爾見到幾面西域來的貨色，雖然頗具異國風情，卻也難免俗麗粗糙。他閒逛一回，只覺無甚新意，便自離去。

次日李藥師又往東市集上挑選銅鏡。東市裡雖然也是胡漢麇集，卻少見大食商販，而有頗多來自南方的貨品。東西兩市的風格，顯然有所差異。李藥師心知徐德言若到長安，多半會來東市。於是每隔三兩日，他便到東市集上閒逛，瀏覽銅鏡。

這日李藥師又到東市，在一處商家見到兩面南方來的銅鏡，便拿在手上反覆把玩。那商家早已注意李藥師多時，此時問道：「公子可是想找南方來的銅鏡？」

李藥師道：「不錯，只是還沒有見到合意的款式。」

那商家笑道：「不瞞公子說，小的見公子已經來過好幾趟啦。不知公子中意何種款式？小的也可以替公子留意一二。」

李藥師道：「貴店這兩面銅鏡，在東市上已是極佳的品項。只是在下以為南人手藝精巧，製作銅鏡的功夫當不止於此。」

那商家笑道：「原來公子中意更佳的貨色。這兩面銅鏡已經可以算是上品，比這更好的，都由專門出入王侯府邸的商家收去，轉售予豪門貴戚了。在這東市之上，只怕難以找到。」

李藥師道：「或許偶有一二極品，流入市上，也未可知？」

那商家笑道：「縱使有，也早已為識貨之人收去，藏之高閣，不要說轉售，甚至不肯輕易示人。」

李藥師順勢問道：「貴店可也有這樣的收藏？」

那商家搖頭道：「小店只賣商品，不作收藏。不過，公子若真有心，倒有一個去處。咱們東市裡有一位替人相命占卦的徐道爺，最近得了一面精緻銅鏡，願意出售。只是索價過高，所以無人問津。」

李藥師聽說那道人姓徐，眼睛一亮，問道：「不知這位徐道爺的卦攤，設在何處？」

那商家道：「徐道爺只在初一、十五，才到此處。他雲遊行腳，並無固定卦攤。」

李藥師趕緊問那道人狀貌，原來是位鬢髮已然花白的年老道人。徐德言不過而立之年，不應如此蒼老。而且商家又說那道人出入東市已有年餘，不像是才從江南北上的徐德言。然而無論如何，李藥師已對那道人以及他手中的銅鏡大感興趣。

再過三日便是八月初一，李藥師又來到東市，希望見到徐道人。他尋了半日，遍尋不著，便再去問那商家。那商家笑道：「公子，現下才交未時。不到申時，那徐道爺是不會來的。」

李藥師無奈，只得在市中閒逛。這半月來他多次往返東市，對商家的分布已相當熟悉。他一向好武，便往兵器商販聚集之處瀏覽，也沒有見到特別入眼的貨色。倒是在販賣鞍韉的商家見到一副上好的轡韁，他便買下，準備為馬兒換上。李藥師拿著轡韁，才出商家，就聽見左近有唱道情的聲音：

縱浪大化中
不喜亦不懼

應盡便須盡
無復獨多慮

李藥師趕緊朝聲音來處尋去。只見一位道人，丰神清奇，鬢髯飄飄，玄襟鶴氅，古冠高屐，手持一柄麈尾拂塵，背上一幅相命占卦的布招。李藥師趕上前去，說道：「道長，可否為在晚推算一卦？」

那道人淡淡打量李藥師，問道：「公子欲問何事？」

李藥師道：「在晚欲問銅鏡之事。」

那道人哂然笑道：「公子也聽說老道藏有一面銅鏡，欲待善賈而沽之事？老道這面銅鏡來歷非凡，公子若是真有誠意，老道倒願與公子一談。」

李藥師躬身道：「在晚願聞其詳。」

那道人拂塵一颺：「如此便請公子移玉。」他不待李藥師答話，便揚長而去。李藥師只得快步跟上。那道人看似步履從容，李藥師卻幾乎盡了全身之力，才跟得上他。李藥師本以為自己對東市已相當熟悉，然而這道人所行之路，他卻從未來過。東市集上繁華嘈雜，孰料跟隨這道人三彎兩轉之後，四周環境卻已十分靜僻。就在此時，那道人停下身來。

李藥師隨那道人停下腳步，胸口已頗有喘吁之意。然而見那道人仍是氣定神閒，他便不肯示弱，只暗自調勻氣息。那道人笑道：「公子修為，在年輕一輩中已屬上乘，老道失敬。請問公子大名？」

李藥師努力壓住喘息，向那道人一揖道：「在晚不敢。在晚三原李藥師，不敢請問道長上下。」

那道人說：「原來是三原名門，老道失敬。老道徐洪客，就在此處修真。」只見徐洪客隨手而指，前方兩扇木門軋然而開。徐洪客抬手肅客：「李公子請。」

李藥師抬眼一看，但見木門之上，一方極大極厚的拙樸木匾，上書「青冥」兩字巨大古篆。他進門之後，發現自己身處一處極古的道觀之中。徐洪客帶他進入觀內，不久便取出一只木匣。他打開木匣，從匣中取出一面銅鏡，交予李藥師。

李藥師接過鏡來，但見那銅鏡式樣奇古，直徑約有八寸，鏡鈕作麒麟蹲伏之象。麒麟四方，有青龍、朱雀、白虎、玄武，依四象方位陳列。四象之外有八卦，八卦之外又鐫有十二生肖的形象。十二生肖之外，另有二十四個古字周繞輪廓，文體似篆，點劃無缺，李藥師卻不識得。徐洪客道：「這是二十四節氣的形象。」

此時太陽尚未西下，李藥師映著日光照向鏡中，只見鏡背的紋畫隱約可見，而自己在鏡中的影像卻也纖毫無失。李藥師又輕彈鏡背，只聽得清音如磬，繞梁徐引，久而不絕。若與樂昌公主那半面銅鏡相較，此鏡工法或不如其富麗細膩，然而古雅質樸卻遠有過之。他心知正如徐洪客所說，此鏡必定來歷非凡，自忖無力承購，便將之交還予徐洪客：「道長此鏡，果然神品。」

徐洪客笑道：「依公子看，這面銅鏡價值如何？」

李藥師道：「道長此鏡，可謂無價之寶。在晚一介凡夫，只恐無福消受。」

徐洪客笑道：「人間哪有無價之寶？公子何妨任意出價。」

李藥師見徐洪客一再逼自己出價，心想，不如拿出樂昌公主那半面銅鏡，讓他出價之後，自己再作計較。於是說道：「道長，在晚身邊剛巧也帶有銅鏡，可否請道長一觀？」當下從懷中取出銅鏡，交予徐洪客。

徐洪客取過樂昌公主那半面銅鏡，審視一番，竟爾對著銅鏡長聲慨嘆：「銅鏡啊銅鏡，盛年夫妻相隔兩地，就靠此一鏡相繫！」他反覆把玩，斜陽的光影便經銅鏡反射至屋間梁上，好似烏鵲飛舞。突然一片陽光耀眼，李藥師本能地瞇上眼睛，眼角卻似乎瞥見一團光影衝出屋外，直飛上天。

李藥師再睜開眼睛時，徐洪客已將銅鏡收起，交還給他，說道：「老道之鏡，不過一方照影鑑形的古物；公子之鏡，卻身繫一對夫妻的半生聚合。公子這半面銅鏡，才是道地的無價之寶。」

李藥師一聽此語，心下大驚，不禁問道：「依道長看，另外那半面銅鏡，是否尚能尋得？」

徐洪客面帶諏詭笑容，語含玄機：「若是尋不著，後世那『破鏡重圓』的典故，豈不是失了著落？」

李藥師心知自己遇見了異人，趕緊躬身問道：「不敢請教道長，另外那半面銅鏡，是否已有著落？」

徐洪客笑道：「時機未到，公子心急何益？」

李藥師忙問：「不知何時，才是時機？」

徐洪客笑道：「中秋月圓之夜，破鏡重圓之時。屆時公子再往東市，自有所見。」

李藥師知道多問無益，再坐片刻，便起身告辭。徐洪客送他走出「青冥」，那兩扇木門又軋然而閉。李藥師但見門外一片昏暗，煙塵障眼。他緩緩摸索前進，待得煙消塵散，發現自己又回到了東市集的大道上。

李藥師探探懷中，那半面銅鏡尚在。他心想，這銅鏡在自己手中已不止一日，照射陽光從來不曾如今日這般耀眼。當下好奇心起，便取出銅鏡，試著反射餘陽。然而無論他如何翻轉銅鏡，那光影也只是暈暈一團。他輕嘆一聲，正待收起時，卻赫然發現，銅鏡背上那尾雕鑄精緻的斷翎彩鵲已然不見，原處留下一片空白。他大為驚駭，映著陽光再看時，那空白處卻又隱隱然有彩鵲飛舞的光影。他怔怔收起銅鏡，心下不免揣測，那徐洪客究竟是何方神聖？

他又想，徐洪客那等方外異人既說破鏡能夠重圓，自己何必徒然懸心？於是他不再出入東市，只靜候中秋到來。

當時的中秋只是祭祀農神之日，非但尚未成為中國的重大節日，甚至還沒有賞月的風俗。與道門祭奠先祖亡靈、佛徒舉辦盂蘭盆會的中元節相較，隋代的中秋，是個相當冷清的月圓之日。

這日午後，李藥師再度來到東市。徐洪客既說自有所見，李藥師就不必刻意尋覓，只是隨性適意地閒逛。待得日頭稍偏，突然一片陽光耀眼，李藥師再度本能地瞇上眼睛，眼角似乎又瞥見一團光影衝入市中。待李藥師睜開眼睛時，只聽得左近一陣鳥雀嘈噪之聲。他心知有異，趕緊循著鳥叫之聲追去。

待得追近鳥聲，李藥師看見前方一群鳥雀哄然飛散。他發現自己又來到銅鏡商販聚集之處，前方一名商家正朝自己招呼。李藥師見那商家，正是當日因見自己把玩銅鏡而告知徐洪客有鏡欲售之人，便走上前去。只見那商家店前，另有一名衣衫襤褸的男子。

那商家見李藥師走來，神情甚是熱絡，問道：「公子可見到徐道爺的那面銅鏡了？」

李藥師道：「見到了。誠如掌櫃所言，徐道爺索價過高，在下無力承購。」他心中隱隱明白，徐洪客之所以帶他進入「青冥」，讓他見識古鏡，主要是為引他取出樂昌公主那半面銅鏡。在這東市之中，他不願多談徐洪客之事。

那商家轉向那衣衫襤褸的男子，說道：「貴客請看，就是這位公子，也說無力承購徐道爺那面銅鏡，貴客又何須白費氣力？」那商家雖然勉強維持一副笑容，口氣卻遠不如對李藥師說話時熱絡，連帶他口中的「貴客」二字也顯得刺耳。

那男子眼光轉向李藥師，問道：「可否請問這位公子，徐道爺那面銅鏡，勿知是啥格模樣？」語調之中，竟有南音。

李藥師見那男子年華正盛，卻帶有淒涼滄桑之容；身段頎長，卻難免形銷骨立之態。然而不知為何，儀容瀟灑、丰神如玉的李藥師，面對這淒涼滄桑、形銷骨立的男子之時，竟隱隱然有自慚形穢之感。他心中知道，眼前之人必定就是徐德言。於是答道：「那是一面極古的寶鏡，鏡背雕鑄古雅質樸，有麒麟、四象、八卦等物。」

徐德言顯然甚是失望，但仍問道：「那是一面完整的銅鏡？」

李藥師答道：「是。」他頑心突起，問道：「難道閣下竟偏愛不完整的銅鏡？」

徐德言忙道：「不，當然不是。」他想想又道：「不過，若是作工極佳的寶鏡，就算已然破損，仍是寶物。」

李藥師笑道：「在下日前在渭水之濱，卻恰巧拾得半面破損的銅鏡。但不知此鏡作工是否算得佳品，閣下可願一觀？」

徐德言聞言，眼神發亮：「半面銅鏡？可否容在下一觀？」

李藥師道：「如此便請隨在下一行。」

徐德言隨李藥師行出東市，來到靜僻之處，李藥師便取出樂昌公主那半面銅鏡。他悄悄檢視鏡背，只見那尾斷翎彩鵲已回到原處，便將銅鏡交予徐德言。徐德言見到銅鏡，激動已極，緊抓銅鏡的雙手顫抖不已，問道：「這半面銅鏡，勿要是公子在渭水之濱拾得的？」

李藥師點頭道：「正是在渭水之濱的柳蔭下、草叢中拾得的。」

徐德言聞言，只道樂昌公主遺失銅鏡，自己此生再也無法憑銅鏡尋得愛妻，登時淚流滿面，啞然叫道：「恁的……恁的可如何是好？」他取出自己身邊那半面銅鏡，將兩半拼在一處。兩半銅鏡映著中秋明月，鏡上斷紋細如髮絲。徐德言失魂落魄，仰天悲歌②：

鏡與人俱去
鏡歸人不歸
無復嫦娥影
空留明月輝

李藥師見徐德言如此悲愴，不忍再以頑心相待，當下上前說道：「徐駙馬，何苦大放悲音？」

徐德言聽到「徐駙馬」三字，倏然而驚：「你，你說甚麼？」

李藥師此時長揖行禮：「晚輩三原李藥師，見過徐駙馬。」

徐德言定下心神，轉念一想，便知李藥師必定即是受愛妻所託，前來市上賣鏡之人。此時他雖然甚是激動，卻仍不忘還禮，隨即顫聲問道：「樂昌……她，還好？」

李藥師見徐德言不問愛妻去處，先問愛妻近況，顯然對他而言，樂昌公主是否安好，比夫妻能否見面更為重要。李藥師心中感動，答道：「樂昌公主甚是安好。」他對徐德言已生好感，只恨不便將「甚是安好」四字詳加解說。他繼續說道：「公主現下暫居越國公府，駙馬是否此刻便去相見？」

徐德言竟顯得有些情怯：「此刻……便去相見？」

李藥師想起徐德言衣衫襤褸，便朗聲一笑：「閣下若是不棄，不妨先往舍下稍坐。只不知晚輩是否有此榮幸，能請得駙馬大駕？」他見徐德言仍然猶豫，便哈哈一笑，拉著他往家裡走。

李藥師日常交遊廣闊，他與衣衫襤褸的陌生人一同回來，家人絲毫不以為意。李藥師煎茶待客，又請徐德言沐浴更衣。他喜著白衣，然而深怕白衣襯得徐德言臉色不夠豐潤，特意去向李藥王借了一襲青衫。待徐德言再從內間出來，已是一位俊秀儒雅的翩翩佳公子了。

此時紅日西下，明月初升，李藥師領徐德言來到越國公府，先向楊玄慶通報，再求見楊素。楊素聽李藥師稟明來意，坐在太師椅上，一手輕敲太師椅的扶手，一手捻鬚，默然良久，方才問道：「藥師，這賣鏡尋人之事，你是如何與內府聯絡消息？」

李藥師正難以答話，楊玄慶已上前跪下：「爹爹，原是孩兒居中傳遞消息。」

李藥師也跟著上前跪下，說道：「楊大人，原是晚輩再三求懇，四公子才勉強應允。所有罪責，請容晚輩一人承擔。」

楊素冷笑一聲：「你們兩人，可還真是朋友有義啊！」他臉色鐵青，一面盤算如何處理此事，一面手捻長鬚。楊素心中明白，自己若不允許樂昌公主與徐德言重聚，讓廳中之人個個埋怨事小，讓鄭氏夫人借題發揮，那可是沒完沒了。若是為此事而責罰楊玄慶，鄭氏夫人也不知會有多少說詞。若是怪罪李藥師，卻不責罰楊玄慶，於情於理都說不過去。事到如今，不如做個順水人情，落得人人歡喜，就連韓擒虎都得領個情面。反正府中有個鄭氏夫人，自己也別想打樂昌公主的主意。

李藥師跪在地上，見不著楊素神情。只見到他一手捻鬚，另一手先是緊抓太師椅的扶手，青筋暴露；繼而逐漸伸張五指，終至整隻手臂都放鬆下來。李藥師知道，楊素已作決斷。楊素心意既定，臉色也緩和不少：「你們兩個都起來吧！」楊玄慶、李藥師再拜而起。

楊素當即命人去喚樂昌公主出來。徐德言一聽此言，登時眼眶濕潤，手心冒汗，心中忐忑，雙腿輕顫。只覺等了一紀辰光，才見到出岫扶著樂昌公主，姍姍從內間出來。樂昌公主激動已極，若非出岫扶著，幾乎無法站立。

楊素問道：「樂昌，妳怎麼說？」

樂昌公主先望望楊素神色，再緩緩轉身，望向徐德言，眼神卻再也離不開了。她輕啟丹唇，漫聲吟道：

今日何遷次
新官對舊官
笑啼俱不敢
方驗作人難

她口中雖說「笑啼俱不敢」，然而吟聲柔情百轉，直教人肝腸寸斷。出岫觸景傷情，已然泣不成聲。

楊素見狀，嘆道：「也罷！」當下命樂昌公主收拾日用什物，又厚贈器物銀兩，說道：「你們去吧！」徐德言、樂昌公主歡喜已極，雙雙拜謝楊素。李藥師與出岫看在眼裡，痛在心頭。

此時李藥師再向楊素謝罪。楊素口角帶笑，雙眼緊盯李藥師，說道：「藥師，當初你將此事告知玄慶，心中所思所慮，當不僅是託他傳遞消息吧！」

李藥師被楊素看得甚是不安，低頭再拜道：「大人明燭萬里，洞悉晚輩私心，晚輩汗顏無地。」他將此事告知楊玄慶，本就是希望借助於他，使今日樂昌公主與徐德言相見之時，在楊素面前能夠有所轉圜。這層心思，也被楊素識穿了。然而卻不知楊素對自己與出岫之事知道多少，李藥師心下不免惴惴。

楊素捻鬚頷首：「人才，果真是個人才。」他輕拍自己太師椅的扶手，說道：「老夫這席座位，你遲早是要坐上的。」

楊素不愧文武兼備，能知人識才。日後楊素官終司徒，李靖也冊贈司徒；楊素諡景武，李靖也諡景武，座位果真相同。不過楊素爭而不矜，黨而不群，不能容納異己；李靖則矜而不爭，群而不黨，位重能避，功成益謙，楊素無法望其項背。

第十回　軒轅古鏡

李藥師、徐德言、樂昌公主一同出了楊府，正是明月當空之時。徐德言與樂昌公主向李藥師倒身下拜，口稱「恩公」，李藥師自是不肯答應。因著出岫之故，李藥師早已將他二人當成自己的親長。而出岫對李藥師的款款深意，樂昌公主又怎會不知？如今他夫妻二人無處可去，便隨李藥師回家暫住。旬日之後，徐德言僱了一輛大車，別了李藥師，與樂昌公主雙雙南下返鄉。李藥師直將他二人送出長安城外十里，方才依依道別。

不久，破鏡重圓的故事便傳遍長安。四方豪傑之士，聽說楊素對待樂昌公主如此仁厚，多有投效其門者，令楊素大為歡喜。韓擒虎聽說此事，特意帶了李藥師再度登門請罪。此時禮部尚書牛弘恰在楊素府內，見到李藥師，深為讚賞，對韓擒虎說道：「令甥大才，將來必成為聖君輔弼。」韓擒虎、李藥師均連忙謙謝。

韓擒虎見楊素甚是歡欣，便說：「外間之人，只道大人對樂昌公主仁厚，殊不知大人待藥師

更是寬宏。」愈是心機深沉之人，愈喜歡聽人讚他仁厚寬宏。楊素哈哈大笑，益發把韓擒虎當成自己人看待。這一層，卻是李藥師始料未及的。

待得秋去冬來，冬盡春生，李藥師年屆弱冠，楊素還親自為他主持冠禮。楊素是朝中寵臣，氣勢熏天，一般嫉忌韓擒虎之人見楊素與韓擒虎親厚，便不敢輕易有所行動。

只是，自從樂昌公主夫妻團圓之後，李藥師就不曾再見到出岫。他只從楊玄慶口中得知，出岫當真矢志侍奉越國夫人終老，甚至將往常一向偏愛的紅色衣裳全部鎖進箱內，改著素色衫裙。李藥師時常前往楊府教出塵騎馬舞劍，希望多得些出岫消息。然而連出塵都說，阿姊變得不愛說笑了。李藥師看看出塵，這娃兒成日間不是爬樹，就是騎馬，哪有半點兒出岫的影子？心下不禁慨然。

這日楊府突然又遣家丁前來，請李藥師過府，說越國公要見他。李藥師不知何事，趕緊換了衣服來見楊素。楊素噙笑說道：「藥師，你已弱冠成人，也該為朝廷盡些心力了。老夫如今舉薦你出任長安縣功曹，你可願意？」

功曹是縣令的重要屬官，總領縣衙諸曹，主管群吏擢徙。而長安縣又是天下第一縣，這個任命不可謂不重。李藥師趕緊拜謝：「大人如此看重晚輩，著實令晚輩汗顏。」

楊素道：「你不必過謙。你可知道，老夫為何突然想到，要舉薦你出仕？」

李藥師答道：「大人一向照顧晚輩，晚輩感激不盡。」

楊素哈哈一笑：「老夫看重你，照顧你，固然不錯，不過此事並非老夫一人之議。日前聖上命唐國公出任譙州刺史，不日便要離京赴任。昨日他來向老夫辭行，才說起此事。」他雙眼直視李藥師：「藥師，那日禮部牛大人誇你，昨日唐國公也誇你，再加上令舅，看來你在朝中的奧援，還真不少啊！」

李藥師聞言大驚，心知楊素對自己已生疑忌，趕緊說道：「然而家舅常說，聖意託付獨重，民心眾望全歸，溥天之下，惟有大人。」他心中明白，李淵因要離京上任，惟恐自己留在京裡與出岫見面，所以要將自己調離京師。李淵特意來與楊素商議此事，非但討好楊素，還使楊素對自己產生疑忌，好個計謀！

楊素聽李藥師說「聖意託付獨重，民心眾望全歸」，心下雖然高興，臉上卻不露神色，只淡淡說道：「好說。」

李藥師又想，依李淵本意，必是希望自己離得愈遠愈好，或許還想將自己調入他的治下。多半是楊素不願自己為李淵所用，所以才安排了長安縣的職位，因此又說道：「所幸長安縣衙離京師不遠，若蒙大人不棄，晚輩得空便可以常來拜望大人。」

此話果然甚入楊素之耳，他淡淡笑道：「你就算不想著老夫，也該時時給玄慶捎個音信。」

李藥師辭出楊府時，深深吁了口氣。與楊素結交，本是他為韓擒虎定下的策略，如今自己竟也捲入是非之中。楊素位高權重，老謀深算，自己如何能與他相較？反正無法與出岫見面，不如離開京師，倒可以落得清靜。

楊素既說此事最初是由李淵所提，李藥師便不得不到唐國公府向李淵致謝。李淵倒不迴避，說道：「你何須謝我？咱二人心知肚明，我若離開京師，你便也得離開，如此才能做君子之爭。」

李藥師心中有氣，說道：「此事豈僅是你我二人之爭？難道出岫心意，便不重要？」

李淵並不動氣，自信滿滿地說道：「出岫一旦入了唐國公府，本爵憐她愛她，自能使她回心轉意。」他言語中改稱「唐國公府」、「本爵」，不再用「你」、「我」，那便已不是君子之爭。

李藥師冷冷說道：「可惜爵爺已有正室，不如在下能全心全意對待出岫。爵爺若真憐她愛她，便該多為她設想。」他不便對李淵直說「聖上猶不納妃，人臣豈可納妾」等語，然而此話卻直指楊素當日推卻聘禮之時的託詞。

李藥師言外之意，李淵怎會不知？他臉色轉寒，逼視李藥師，一字一字緩緩說道：「你這是在逼我嗎？」

李藥師按捺不住，終於脫口而道：「兩年之前，在下在清河道上邂逅一位李迪波大哥。他的聲音容貌，竟與爵爺十分神似。」

李淵仰頭而笑：「匡人將孔老夫子誤認為楊虎之事，至今仍傳為笑談。」他斜視李藥師，冷笑一聲：「『匡人其如予何？①』」

李藥師冷冷說道：「只不知爵爺的令岳，是否也曾畫孔雀於屏，爵爺才得以『雀屏中選』？」

李淵聞言色變，兩人不歡而散。

李藥師出了唐國公府，心下甚不自在。他突然覺得，命運完全操控在別人手中，絲毫不由自己掌握。他想找人傾訴，信步所趨，竟爾又來到東市。他四處張望，希望聽到徐洪客唱道情的聲音，或者看到他那相命占卦的布招。不久紅日西斜，徐洪客仍是鶴蹤杳然，李藥師只好再向那賣鏡商家詢問。

不料商家卻說，從去年秋天起，已有半年不曾見到徐洪客了。看來徐洪客引他出入「青冥」之後，就沒有再來過東市。李藥師意興索然，轉身正要離開，卻看見前方一堵矮牆之上，坐著一位玄襟鶴氅，古冠高屐的道人，正朝自己招手。那人若不是徐洪客，卻又是誰？

李藥師大為興奮，快步向前。那堵矮牆看來似是不遠，然而他疾走許久，卻仍未到牆下。李藥師不知徐洪客要引他前去何處，只好繼續朝著矮牆追去。待他追上徐洪客，才豁然發現，那堵矮牆竟然就是自己家中後園的園牆。

徐洪客笑道：「我來找你，你卻到東市找我。你可是要告訴我，就要往長安縣赴任去了？」他此時說話，卻用「你」、「我」。

李藥師道：「是。」他本有許多心事要向徐洪客傾訴，然而一旦見到，卻又覺得說甚麼都是多餘。隨父遊宦趙郡期間，李藥師既得玄中子啟蒙，再得神光大師開悟，又得猿鶴二公點撥，時時接觸靈命空無的境界。可是這兩年來，神光大師坐化，猿鶴二公封關，玄中子四海雲遊；而他自己，也在紅塵浮世翻轉一過，身邊俱是富貴中人。此時得遇徐洪客這樣一位方外高士，他只覺得無比孺慕親切。

徐洪客拍拍李藥師背膀：「年輕人，世上之事，有多少能由得自己？就算能由得自己，也未必就是福分。」他從懷中取出一物，交在李藥師手中，說道：「我今日特來將此物交託予你。」

李藥師定睛一看，手中之物，正是那日在「青冥」見過的木匣。徐洪客示意他打開。李藥師開匣看時，匣內果然就是那面鑄有麒麟、四象、八卦等物的古鏡。

徐洪客敘述古鏡來歷：「上古時期，渾沌初開。盤古氏雖曾開天闢地，然則當時天地之間，仍是荒風肆虐，洪水橫流。其後女媧氏煉石補天，燧人氏鑽木取火，有巢氏架木為巢，神農氏教民耒耜，使先民逐漸脫離洪荒。及至黃帝軒轅氏，時播百穀草木，淳化鳥獸蟲蛾，遂開安居馴育之先河。又有伏羲氏圖畫八卦，倉頡氏創造文字，乃啟人文藝術之濫觴。」

徐洪客拿起古鏡，繼續說道：「黃帝戰勝蚩尤之後，獲得銅料，即依據滿月十五日之數，鑄成十五面銅鏡[②][③]。其第一面直徑一尺五寸，其餘十四面依次遞減一寸。此鏡直徑八寸，乃是黃帝軒轅氏所鑄的第八面銅鏡，也是唯一尚存於世間的一面。」他將古鏡交還予李藥師，笑道：「你可知道，我為何要將這面軒轅古鏡交託予你？」

李藥師稍為思索，說道：「所謂『前事之不忘，後事之師』。毋乃是因為此鏡已歷經千年滄桑，照盡百代炎涼？依在晚猜測，道長是希望在晚能以千年百代的前事為鏡，以警將來？」

徐洪客笑道：「不錯，孺子果然可教。然而老道之意，尚不止於此。只因你天賦福澤深厚，原就有富貴壽考之分；如今義助徐德言夫妻破鏡重圓，更是進德修業，增福添壽。依老道看來，你當有九五之分。老道乃是代天下蒼生，將此鏡交託予你。所謂『殷鑑不遠，在夏后之世』。待到那時，你可別忘記以桀、紂為鏡，以覆亡為戒啊！」

在徐洪客之前，神光大師、猿鶴二公、玄中子都已提過「九五之分」。是以李藥師聞言並不訝異，只有疑惑：「如今天下一統，百廢漸興，國運正隆。道長何須代天下蒼生，將此鏡交託予在晚？」

徐洪客搖頭說道：「楊隋但知功利，不重文教，加以刻薄忌吝，不達大體。如今敗象已成，只是尚未顯露而已。」他再拍拍李藥師背膀：「年輕人，所謂『天將降大任於斯人也，必先苦其心志，勞其筋骨，餓其體膚，空乏其身，行拂亂其所為，所以動心忍性，增益其所不能』。如今你只是暫且受制於人，何須自怨自艾？還是趕緊收拾起精神，到長安縣上任去吧。」

李藥師受到徐洪客衷心的鼓勵與關懷，心情舒暢許多，於是拜領軒轅古鏡，依依不捨地送走徐洪客。

不數日，吏部行文已下，李藥師辭別母親、舅舅、兄弟，前往長安縣履新。大約便在同時，李淵也偕同嬌妻愛女，前往譙州赴任。

李藥師於經史百家無所不讀，過去這一年來又經歷官場的波譎雲詭，長安縣功曹的職務，在他而言只是牛刀小試。然而這是他初入仕途的第一份差事，因此雖然事事得心應手，他仍兢兢業業，不敢稍有懈怠。他來到長安縣衙，不久便將衙內諸曹、群吏整飭得井井有條，對於縣內的政務也逐漸熟悉。他又與同僚相處和睦，因此深得縣令倚重。

長安縣衙離京師不過十數里地，每逢公餘，李藥師回家探親時，總不忘去向楊素請安，同時與楊玄慶敘舊，也教出塵騎馬舞劍。然而他與出岫，卻是咫尺天涯，似乎總是可望而不可及。此時李客師已迎娶系出鮮卑的名門長孫氏之女，三兄弟的終身大事，只有李藥師仍讓韓氏夫人著急。但他心中已有出岫，又怎會應允其他？

長安縣春季種粟，待夏雨灌溉，至秋季便可收成。秋收之後，再種越冬旱麥，待來年春季收成。李藥師看著農人收粟，又看著農人種麥，不禁感嘆天水滋養、地氣蘊育之德澤。然而，生民的安和樂利，除卻天時、地利之外，尚須人和。這年冬天，隋帝國境內又興干戈。江南有高智慧攻占會稽、沈玄懀攻占蘇州、汪文進攻占婺州，分別自稱天子，不奉大隋號令。楊堅震怒，命楊素領兵討伐。

楊素將韓擒虎的親信將官史萬歲、李藥王援為己用，率領他們南征。楊素、史萬歲、李藥王均是智勇兼備的良將，叛軍不堪一擊，一戰即潰。得勝之後，楊素寬錄功勳，史萬歲因而晉位為大將軍，李藥王則晉位為上開府。楊素原以為此役之後，史萬歲、李藥王便會捨韓擒虎而投效於他，誰知史萬歲、李藥王仍對韓擒虎忠心耿耿，楊素只有另謀他算。

江南亂平之後，楊堅任命晉王楊廣為揚州大總管，坐鎮江都。楊素向皇帝舉薦，以史萬歲為江南行軍總管，以李藥王為輔，讓他二人手握一方兵權，隨楊廣一同南下。楊素此舉，一則向史萬歲、李藥王市惠，另則也是將他二人調離韓擒虎身邊。然而最重要的，卻是楊素於楊廣另有圖謀，楊素要將自己人安插在楊廣身邊。

其後數年之間，隋帝國真正進入承平世代。此時全國統一，政治步入正軌，人民的生產建設，不再受到戰爭的阻礙和破壞。不過短短兩年，隋帝國內已是倉廩充溢，人口激增。

這兩年來，父親與兄長都不在身邊。李藥師每常回家，除承歡慈母膝下、切磋兄弟功課之外，每有機會，必向舅舅請教用兵之道。韓氏一門名將輩出，韓擒虎的祖父韓景在北魏孝文帝時為赭陽郡守；父親韓雄自西魏至北周，鎮駐東方邊境，與東魏、北齊相抗衡，前後達四十五年之久。韓擒虎之弟韓狩虎、韓洪虎等亦均在大隋為將，當時韓狩虎鎮守靈州前線，韓洪虎鎮守朔州前線，均與突厥對峙。

李藥師從舅舅口中得知，這幾年來，國內雖然安和樂利，然而朝中君臣，並沒有忘記北方尚有強鄰突厥。突厥本為匈奴的一支，在五胡十六國時代是北涼匈奴沮渠氏之下的部落。北魏併滅北涼之後，突厥首領阿史那氏率部族投奔當時的北方大國柔然。其後北方另一大國鐵勒欲攻柔然，途中為突厥截擊，鐵勒部族五萬人降於突厥。突厥因而實力大增，於是脫離柔然獨立。此時正值魏分東西，華夏中土南北對峙的混亂時代，突厥得以趁機坐大。數年後突厥攻滅柔然，同時吞併若干鄰國，遂成為北方最強大的國家。

其後北齊、北周對立，雙方都不惜代價，欲爭取突厥為外援，以增強自己的勢力。突厥依違於兩者之間，坐收漁人之利。當時突厥的勢力遠盛於華夏中土之內的任何一個國家，毋寧說，南北朝時代亞洲大部的主人乃是突厥，並非中國。其後北周伐滅北齊，突厥不願見北朝統一，竟立北齊宗室高紹義為帝，與北周抗衡。北周勤練兵馬，修築長城，嚴陣以待。突厥見北周強大，不可輕侮，才改採親善政策。北周送宗室女千金公主出塞，與突厥和親；突厥將高紹義送交北周，從此突厥對中國失去控制力量。

談到此處，韓擒虎說道：「所謂『兄弟鬩於牆，外禦其侮』。東魏、西魏原本系出同源，北齊、北周乃是兄弟之邦，縱使互有嫌隙，也應同禦外侮。這許多年來，兄弟之邦鷸蚌相爭，不能外禦其侮，所以才使突厥有機可乘。」李藥師受教，躬身稱是。

護送千金公主出塞的使節團，以北周宗室宇文神慶為首，其副手長孫晟，即是李客師夫人長孫無雙的叔父。長孫晟人品俊逸，文才明敏，武藝超群，出使突厥時期，特別受到沙鉢略可汗青睞，留他在塞外住了一年。這一年間，他常與可汗貴族子弟一同騎射遊獵，對塞外的山川形勢、突厥的部眾強弱，作了全盤的瞭解。

當時突厥仍是部落制度，各部落有自己的可汗、特定的領域，以及獨立的武力。最高領袖可汗由部落會議選出，但僅對外代表突厥汗國，對內並沒有實質的控制權力。長孫晟回到長安，將突厥的情況詳細稟報當時的權相、後來的隋文帝楊堅。

不旬月，楊堅篡位稱帝。沙鉢略可汗以自己是北周女婿為藉口，發大隊騎兵全面攻掠隋帝國北境。長孫晟認為突厥難以力征，易可離間。楊堅採用他的奏議，對突厥進行分化。當時的突厥，除最高領袖沙鉢略可汗之外，尚有三個重要勢力：西方的達頭可汗、北方的阿波可汗，以及東方的莫何可汗。三人均與沙鉢略不協，其中尤以達頭勢力最強，足以與沙鉢略分庭抗禮。

長孫晟首先拉攏達頭。突厥汗國之內，只有最高領袖可汗才有狼頭纛。隋室卻依突厥制度，另行精製狼頭纛，派使臣賜予達頭。其後又在國宴中，將達頭使臣的席次排在沙鉢略使臣之前，自此沙鉢略與達頭嫌隙更深。繼而長孫晟又設計離間阿波與沙鉢略，終於在開皇三年，阿波投奔達頭，兩人正式與沙鉢略決裂，突厥從此分裂為東突厥與西突厥，其中沙鉢略與莫何的東突厥與中國為鄰。

由東魏、西魏，而北齊、北周，而楊隋，而李唐，經略突厥百餘年，最重要的決定性勝利後來雖由李靖完成，但能有那樣的勝果，其實肇始於長孫晟對突厥的分化離間。

且說當時，突厥分裂之後，相互攻伐，隋室乃趁機進攻東突厥。東突厥兩面受敵，屢次失利，遂向隋室屈服，每年遣使入朝。不久沙缽略與莫何相繼去世，隋室便趁東突厥最高可汗之位懸虛之際南伐陳國，統一「天下」。其後東突厥的領袖之位由沙缽略之子都藍可汗取得，就在李藥師與舅舅討論軍國大勢之時，已爵封儀同三司的長孫晟，也正在設法離間都藍與其弟突利可汗的感情。

談到長孫晟的離間之策，韓擒虎說道：「所謂『季孫之憂，不在顓臾，而在蕭牆之內也』。當年北齊、北周兄弟相爭，讓突厥有機可乘。如今東、西突厥也是兄弟之邦，卻不能以前事為鑑，蹈北齊、北周之覆轍，才使我朝有機可乘。」李藥師聽舅舅品評突厥不能以前事為鑑，不禁想到徐洪客所贈的軒轅古鏡。

在此期間，都藍、突利均曾遣使入朝，楊堅大排國宴，向突厥使臣誇表大隋國家之富、兵將之強。韓擒虎在國宴中與突厥使臣相見，皇帝還特別介紹：「這就是當年親手執獲陳國天子之人」。韓擒虎在席間嚴肅威武，突厥使臣畏怯，以至不敢仰視。楊堅見突厥對韓擒虎甚是忌憚，隨後又命他巡視前線，向突厥示威。

第十一回　鶉之奔奔①

這日李藥師又偕同李客師前往韓擒虎府中，希望聆聽舅舅講述兵法政術。來到韓府門前的大街上，突然看見大隊儀衛，簇擁著一輛氣勢森嚴的車輦。輦前有招魂幡、攝魂鈴、追魂劍、拘魂缽，車後尾隨多位衮冕華服的官員，神情莊嚴肅穆，臉色非青即黑，頗不似人間氣象。李藥師心中犯疑，正要動問，旁邊已有一名老者上前詢問。

此時儀衛正停滯不前，似在等待。一名儀衛答道：「我等乃是前來迎接大王。」這儀衛轉過身來，只見臉色慘白透青，攝人心魄。

那老者見狀大懼，忙不迭地退開。李藥師趕緊上前再問：「請問是何方大王？」

那儀衛森然一笑：「燄摩森羅殿，轉輪閻羅王。」

李藥師聽見此話，也變了臉色，同著李客師趕上前去，叫開韓府大門。那車輦、儀衛、官員竟隨李藥師、李客師一同進了韓府，人多車大，進門時竟完全不覺得擁擠吵雜，進門後也不知去

了何處。

李藥師不免向應門的韓府家人詢問。那名家人茫然不解：「適才只有二位表少爺進來，並沒有見到別人。」

李藥師深覺不妥，匆匆進入大廳，見到韓擒虎，正不知是否該將此事稟明，只聽得外間傳來喝斥之聲。家人進來稟報，說有一名男子闖入府內，強要拜見「大王」。

韓擒虎問道：「甚麼大王？」

那家人神情失措，勉強答道：「那人神志不清，胡言亂語，小的也沒聽清楚他說的是甚麼大王。」李藥師看那家人神色，知道他明明聽見甚麼，只是不肯說，心下更不自在。

又聽得外間一陣吵雜，原來那闖入府內要見「大王」的男子，已然氣絕。他的親人前來領屍，多方陪罪，說這人已昏迷三日，今天突然挺身而起，奔到韓府擾嚷，請大人莫要深究，云云。

韓擒虎命人賜贈銀兩，讓那男子的親人將他妥善安葬。然後轉向李氏兄弟問道：「適才你們進來，沒有看見大隊車駕嗎？」

李藥師大為不安，只惶然叫了一聲：「舅舅！」

韓擒虎淡然一笑：「今日這隊車駕，已是第三起了。」他仰天輕嘆一聲：「生為上柱國，死作閻羅王，於願亦足矣。②」

當下韓擒虎召集子弟，將列祖列宗的遺訓再諄諄告誡一番。他特別提起自己的父親韓雄。韓雄年輕時，即與隋文帝獨孤皇后之父獨孤信志趣相投，過從甚密，兩人曾經聯手為西魏、北周防禦東方。北周初期，權臣宇文護專擅朝政，嫉忌功臣。獨孤信遭宇文護猜疑，因而被害；韓雄則懂得明哲保身之道，遂以壽終。李藥師將舅舅這番話謹記在心，日後功成身退，安享天年，頗有外祖父韓雄遺風。

當晚韓擒虎端坐榻上，夤夜無疾而終。此時是隋文帝開皇十二年十一月，韓擒虎享年五十五歲。韓、李兩家子弟原本都以韓擒虎馬首是瞻，如今突然失卻重心，人人難免惶恐。直等到韓狩虎、韓洪虎自前線返家奔喪，諸子弟才稍覺安心。皇帝敕贈韓擒虎為申國公，並以韓擒虎的長子韓世鄂嗣襲新義郡公的爵位，次子韓世𠾖嗣襲壽光縣公的爵位；又詔命楊素主持奠祭，韓擒虎的喪禮備極哀榮。

韓擒虎去世之後，韓、李兩家都沒有尊長在京，楊素對兩家子弟格外照顧，韓世鄂兄弟便與楊府愈走愈近。李藥師卻知道楊素並不似表面上那般慈和，他雖與楊府保持往來，內心卻是謹慎戒懼。

在長孫晟外禦突厥的計畫中，韓擒虎本占有重要地位。楊堅使用攻心之策，處心積慮地令突厥愈來愈畏懼韓擒虎。誰知韓擒虎竟溘然薨逝，大隋攻伐突厥的大業，竟因此而延宕數年。

開皇十四年夏天，關內諸州大旱，春粟得不到夏雨灌溉，紛紛枯萎。旱象至秋季仍未稍緩，關內已無糧可食。當時隋帝國境內倉廩充溢，皇帝卻將倉儲視為攻伐突厥的軍糧，竟然不許開倉賑饑。楊堅親自率領文武百官、關中子民，東出潼關，前往洛陽就食③。

李藥師、李客師兄弟也陪侍母親，隨同聖駕東出洛陽。在擾攘混亂中，韓氏、李氏的車駕均隨越國公府的車隊同行。韓氏夫人有時與越國夫人會面，李藥師便能見到出岫。兩個小兒女若即若離的神情，全都看在兩位老夫人的眼中。韓氏夫人聽說出岫矢志侍奉越國夫人終老，對她生了好感，竟在途中向越國夫人提親，越國夫人也應允了這門姻緣。兩個小兒女得知終身已定，自然各自心花怒放。然而出岫害羞，就更不肯與李藥師見面了。

此時李藥師尚有公職在身，他除了侍奉母親、思念出岫之外，還須輔佐長安縣令，兼顧長安縣的黎民百姓。他見到原本安和樂利的生民變成餓殍，病疫而死的更不知凡幾，不免想到徐洪客所說「楊隋刻薄忌吝，不達大體」等語。又想到「君者舟也，庶人者水也」，師父曾經諄諄告誡「水可載舟，亦可覆舟」。如今黎民百姓如此飢渴，朝廷卻吝於開倉賑濟，難道真如徐洪客所說，楊隋「敗象已成」？

李藥師那悲天憫人的胸襟，原本還只是關注黎民百姓。誰知，韓氏夫人經過這一程勞頓顛沛，回到京師之後不久，竟然一病不起，與世長辭。李詮鰥居喪假，李藥王、李藥師丁憂罷職，與李客師一同扶柩返回三原故鄉。父子四人原本分散各地，竟須韓氏夫人之喪，才得以同聚一堂。想到萱親永去，椿庭孤單，兄弟三人更是哀慟泣血。

兄弟三人知道父子齊聚的時日無多，母親入土之後，更益發盡心侍奉父親。李詮關心兒子的事業，李藥王便將自己在江南的種種說與父親知道。

李詮聽說楊廣與楊素書信往來極為密切，皺起眉頭，命李藥王詳加敘述。李藥王說道：「楊大人每有信使前來，必與晉王密談數日，有時也請史大人參與。」

李詮聽說史萬歲也參與其事，更加不豫，問道：「那史大人是如何說的？」

李藥王道：「每回面談之後，史大人回到府中，總是鬱鬱寡歡，似乎心事重重。至於密談內容，孩兒卻無從知曉。」

李詮來回踱步，幾經思量，說道：「依為父看來，晉王與楊大人必有所圖，而史大人不願參與其事，卻又不得脫身。」他轉向李藥王道：「孩子，你不知道密談內容，那是最好。若是知道，只怕將來禍患加身。史大人乃是忠義之士，他不對你說明密談內容，或許竟是保全於你。你可不要以為他有意見外才好。」李藥王敬謹領命。

李藥師也趁空將神光大師、猿鶴二公、玄中子、徐洪客所說「壯志不減沛公」、「老君子孫治世」、「當有九五之分」等語，私下稟告父親。李詮只淡淡說道：「孩子，你還沒有結婚生子，不明白做父親的心情。為人父者，首先希望兒孫平安喜樂，其次願見兒孫操守有節，庶幾便無愧於祖上。至於才幹事業、文學武功，那都只是末節。若是生於桀、紂之世，弔民伐罪本是有節者分所當為；否則，若是只因一己之私，而置天下生靈於兵燹塗炭，縱使成就大業，也無顏見先人於地下。孩子，為父言盡於此，你自己仔細斟酌吧。」

李藥師聽父親說「願見兒孫操守有節，庶幾便無愧於祖上」，登時想起自己與出岫有愧於私室的諸般情由，當下跪在父親膝前，將自己與出岫之事，源源本本地稟告父親。

李詮聽罷，說道：「你肯將此事告知為父，足見心胸光明磊落。你二人之情，出乎至誠，為父不願深責。何況你娘生前，已將親事訂下，將來互守夫婦當有之義，也可無愧於祖上。只是，此事牽上了唐國公，只怕棘手。」

李藥師原本惟恐父親見責，聽了此言，一則感激父親，再則思念母親，只叫了一聲「爹爹」，竟抱著父親膝頭失聲痛哭起來。李詮手撫愛子，心懷亡妻，也自落淚不止。

一年之後，李詮喪假屆滿，除服返回趙郡。李氏三兄弟則結廬守墓，克盡孝子之禮。三年孝期既全，兄弟三人回到京師。李藥王重回史萬歲麾下，此時史萬歲已平定西羌與南寧，因功晉位為上大將軍，太平縣公，成為節度一方的大員。李藥師則由楊素援引，任職駕部參軍事。魏晉南北朝時期，以「九品中正制」核選人才，造成世族把持朝廷人事。楊堅取消舊制，改採薦舉辦法，命京官以及地方官員保舉人才。在當時，經高官大員援引入仕，才是「正途」。所以李藥師兩度入仕，均須楊素引薦。

李藥師重提婚事，楊素不願得罪李淵，對此事不置可否。倒是越國夫人做主，只當遣散女伎，放出岫出府，讓她跟了李藥師。這樁姻緣本是韓氏夫人生前所訂，又得李詮首肯，加以出岫溫和嫻雅，所以李家上下都接納她。只待李詮回京，便為他二人完婚。至於楊素，他在眾人面前一字不提，只當不知道此事。

不久之後，出岫已有身孕。李藥師記得師父曾說：「當於陽水之年得一佳偶，再於火土相生之年得一貴子，如此五行吉數全歸，則溥天之大，盡可為你所有！」他暗自推算，母親與越國夫人訂親之年，歲次甲寅，兩儀屬陽，納音屬水，正是陽水之年。出岫腹中胎兒將於年底出生，當年歲次戊午，戊屬土，午屬火，納音亦屬火，正是火土相生之年。師父預言漸次實現，李藥師心中不禁暗暗自負，只待父親回京主持婚事。

誰知李詮尚未回京，李淵卻先已到來。聖諭詔命李淵調任隴西刺史，從譙州前往隴西，京師乃必經之地。楊玄慶私下告誡李藥師，李淵對於出岫之事極為憤怒，竟是不惜與楊府決裂，也絕不輕易罷休。此時出岫身分，仍是越國公府遣散的女伎。以李淵的官爵勢力，若要強搶硬奪，李藥師恐怕只有徒喚奈何。

這時李藥師開始佩服楊素處理此事的技巧。無論李淵如何相逼，楊素都可以一問三不知，將事情完全推在越國夫人身上。越國夫人與獨孤皇后私交甚篤，雙雙「以制夫為婦德，以能妒為女工」。皇太子楊勇多蓄內寵，獨孤皇后極為不滿，她怎會贊成內甥納妾？此事若是傳入內廷，獨孤皇后絕不會向著李淵，而楊素只怕還能在皇帝、皇后面前，討個不好女色的美名。

不僅如此，楊素的「一問三不知」也為李藥師留下退路。楊素既然對此事一無所知，李藥師卻為何必須知曉出岫的去處？此時韓氏夫人忌日將屆，李藥師帶著出岫，與大嫂、三弟、弟媳一同返鄉上墳。祭事之後，出岫便留在三原，沒有隨他叔嫂回京。

李淵乃是因為遷調官職，恰巧路過長安，依律不得在京師滯留。李藥師只道李淵在長安尋不著出岫，便會不得已而作罷。待得父親回京，自己與出岫成了大禮，便再也無懼於李淵。

然而李淵，當時不過三十郎當年紀，血氣方剛，加以自幼官高爵顯，養尊處優，又得姨母獨孤皇后鍾愛，何嘗受過委屈？出岫芳心屬意李藥師，讓他落了下風，李淵已自無法忍受。他向楊府提親受挫，李藥師求婚卻得首肯，更讓李淵忍無可忍。尤有甚者，數年前為了出岫，李藥師居然在唐國公府內當面頂撞於他，這口氣，李淵如何嚥得下去？

所以這回，李淵是硬下了鐵石心腸，不得出岫誓不干休。他本人雖然帶著妻子、兒女西出長安，朝隴西行進，卻留下一支親信，打探出岫下落。李藥師得知消息，放心不下，單人一騎直出北門，飛奔三原，罩了一駕烏篷騾車，帶著出岫朝東方而去。幸虧此時李藥師任職駕部，當此秋冬時節，公務較為閒散；若是仍任長安縣功曹，羈於職責，他還無法得空帶出岫脫身。現下他二人只求投奔趙郡，待父親做主，成了大禮，李淵便無法可想。李淵何嘗不知時機緊迫？他連派三起人馬，往四方追尋出岫。

從三原到趙郡，通關大道是沿渭水東行，渡過黃河，東出洛陽、鄭州，轉往北方，直入趙郡。然而這一路上，必有李淵的人馬，只怕混不過去。另一條路，是渡過黃河之後先北入太原，換上一條翻越太行山的古道，便可直入趙郡。這是一條漢代修築的古道，荒廢已久，當時鮮為人知。李藥師隨父遊宦趙郡期間，曾在此處狩獵，才得知當地有此古道。他推測李淵的追兵不會知道漢代古道，所以渡過黃河之後，他便帶著出岫轉向北行。

然而出岫已有七個多月的身孕，如何能夠趕路？渡河之後，向北行至絳州，她已委頓不堪。李藥師讓赤驊放慢腳步，駕著烏篷騾車緩緩而行。勉強行至臨汾，出岫淋血不止。李藥師實在無法，只得暫停下來。他不敢進入臨汾城內，便沿鄉野小路來到一處山村，找了一戶看起來比較殷實的農家，登門求宿。

這農家甚是慇懃厚道，見到出岫情況，上自老媼、下至新婦，紛紛義伸援手。有的更衣、有的鋪床、有的清洗……同時七嘴八舌地議論不休。有的羨出岫無比細緻雅潔，也有的責李藥師不該拚命趕路。

待李藥師再見到出岫，她已換了一身乾淨的農婦衣衫，蓋了一床粗布大被，躺在鋪了茅草的板榻上休息。她見李藥師進房，便想坐起身來。李藥師輕手將出岫稍稍扶起，讓她斜倚在榻上，然後握起她的雙手，觀望她的氣色。但見她神情疲敝已極，臉上全無血色。李藥師心下又是著急，又是憐惜。

出岫被他看得有些靦腆，勉強開顏一笑，說道：「不知現下，我竟是怎生模樣？」語音有氣無力。

李藥師取出徐洪客所贈的軒轅古鏡，交在出岫手中，笑道：「不知那湘妃、洛神，在待產之際，都是怎生模樣？」

出岫聽他此言，心知不妙，趕緊攬鏡自照。但見鏡中一名年輕村婦，髮髻散亂，臉色蒼白。出岫大駭，掙著想要重理嬋鬢，終究提不起氣力，只好輕嘆一聲，緩緩閉上雙目。

李藥師輕輕替出岫將髮髻散下，找出篦子，為她櫛通秀髮。出岫髮長過膝，烏黑柔亮，李藥師為她鬆鬆挽上，垂在腦後。出岫再看鏡中，只見青絲曼垂肩頭，雖然不如自己梳得齊整，卻別有一番飄逸風韻。她甚是滿意，連笑顏都泛起一絲紅潤。

就在此時，那農家老媼端著一碗湯藥，推門進來。李藥師趕緊站起身來，再度向那老媼行禮申謝。那老媼將湯藥交給李藥師，說道：「咱們鄉下婦人有了身子，都是用這土方兒安胎補身。眼下找不著大夫，公子且將就著點兒，先給您媳婦兒喝了這碗藥吧！」

出岫聽她說「您媳婦兒」，當下羞紅了臉。李藥師謝道：「有勞婆婆！」隨即接過湯藥，扶著出岫，一口一口地餵她喝下。

那老媼又道：「公子，看您媳婦兒這生模樣，是不能再繼續趕路了。咱們鄉下人家，雖然事事不能周到，卻還不缺房舍。您二位何妨就在咱們這兒住下，待生了兒子，過了月子再走，您看如何？」她老於世故，見出岫肚腹前凸微尖，已知道是個男胎。

李藥師甚是猶豫，說道：「婆婆，實不相瞞，我倆急著趕路，乃是恐怕後頭有人追來。若是留在貴府，讓來人追上，只怕要給府上添麻煩。」

那老媼笑道：「若不是後頭有人追趕，如何會帶著有身子的媳婦兒，走得這般急切？莫不是來人看上您媳婦兒，要搶了她走？」

出岫被她說中心事，登時臉頰飛紅，李藥師卻悄悄生了戒心。那老媼又笑道：「公子，老身快七十啦，這樣的事兒見得多了。咱們這兒地方偏僻，難得看到生人。如果有生人朝咱們這兒走來，村子口兒遠遠便能看見。趕明兒咱們跟村子口兒上打個招呼，讓他們幫咱們看著生人，公子就不用擔心啦！」

李藥師看出岫模樣，實在不能再趕路，只好向那老媼一揖：「如此便打擾婆婆了。」他從懷中取出一錠銀兩，交給那老媼：「我倆在貴府的用度，還請婆婆多多費心。些許薄禮，不成敬意。」那老嫗假意推辭一陣，也就收下了。李藥師見她收下銀兩，反而消了戒心。

此時已是傍晚，農人自田間歸來，聽說從城裡來了一對標緻無比的夫妻，紛紛前來探頭探腦。出岫不便下榻，農婦將晚飯端進房來，李藥師陪她一同在房內吃了。晚飯之後，李藥師便給騾馬上料。只見那匹拉車的健騾與農人的驢馬混在一處，全都遠遠避開自己的那匹赤驊。離開三原以來，日日兼程疾行，李藥師許久未能妥善照顧赤驊。此時無暇為馬兒清洗，只能大略將馬毛梳理一過，又抱著馬頸親熱一番，李藥師才回房歇息。

農家收了銀兩，對他二人的招待甚是豐厚。三五天之後，出岫已能下榻行走。李藥師本想趕路，無奈農家苦留，出岫又不言語。他見出岫實在無力啟程，只得繼續留下。

李藥師知道李淵的追兵在通關大道上沒有攔住自己，遲早要向北方追來。果然不出兩日，村子口兒的老丈來到農家，說日間已有人向他詢問，是否看見一名男子，騎著一匹赤色駿馬，趕著一輛烏篷騾車經過此處？原來赤驊太過神駿，竟成為追兵的標的。

李藥師知道追兵再往前去，問不著自己與出岫的行蹤，定要折回來再找。他不願連累農家，便對那老嫗說道：「婆婆，看來追趕我倆之人，已經尋到此處，我倆只怕已無法再留在貴府。不知這附近可有無人廢宅或是荒蕪廟宇，可供暫時藏身？」

那老嫗見他去意甚堅，便說：「咱們村子裡用的水，有個活水泉眼在半山腰上。那附近有一座祠堂，甚是隱僻，可以藏身。只是山裡頭岔道極多，經常有人迷路，所以村子裡的人都不願意去。」

李藥師聽說有隱僻祠堂，又有山徑岔道，大為歡喜。只是這附近山巒綿亙，卻不知那泉眼、祠堂，究竟在哪一座山裡？於是再向那老媼問詢。

那老媼先指著東北方向，說道：「那邊是臨汾城。」又指著西南方的一座大山，說道：「那邊是姑射山，泉眼、祠堂就在那山裡頭，離這兒大約有三十里路。」

李藥師、出岫聽見「姑射山」，不禁相互對望一眼，兩人都想起《莊子》所言「藐姑射之山，有神人居焉」等語。在山村中居住已有數日，竟然不知眼前就是名山。這些時日以來只求趕路，行色匆匆，不知錯過多少名山勝境。如今為避李淵追兵，竟能一睹名山風貌，也是機緣。

當晚他二人收拾行囊，又取出銀兩厚贈老媼。次日清晨，李藥師騎著赤驊，趕著烏篷騾車，與出岫一同離開山村。

第十二回　龍子祠堂

出了山村，來到通關大道上，李藥師即將出岫從車內抱到赤驊背上，又將那烏篷騾車朝定北上方向，在那健騾臀上用力鞭了數下。那健騾吃痛，當即撒開四蹄，拉著空車朝北方疾奔而去。李藥師希望那騾車將追兵引開，只消能拖延一天半日，他便有餘裕安頓出岫，布置障蔽，讓追兵難以找到自己。

李藥師送走騾車，自己也上了赤驊，調轉馬頭，兩人一騎，朝著西南方的姑射山緩緩行去。此時已入冬季，朔風凜冽，幸好這一帶地方在汾水河谷之內，西北方有呂梁大山為屏，北風不能肆虐。而出岫有孕在身，也比較不畏寒冷。兩人騎在馬上，踏著田間小徑，相擁而行。但見田中冬麥才發新苗，在寒風下匍匐低偃，實是弱質堪憐。

從山村到姑射山，得向西渡過汾水。此時乃是冬季水淺時節，那汾水河床雖然寬闊，水流卻極細小，赤驊輕易便帶著李藥師與出岫西渡汾水。李藥師又見那水邊田間極為乾涸，黃土地上已

現裂紋，不禁想起數年前關內大旱，百姓飢困的情狀，一時悲憫之心大起。又想起當年奉母東行，前往洛陽就食；而今慈母故去，僅餘黃土一坏，心中不免感傷。

出岫曾與李藥師一同經歷旱荒，明白他的心情，不願見他太過神傷，便拿話題引開他的思緒：「傳說那姑射山裡有神人居住，『肌膚若冰雪，綽約若處子，不食五穀，吸風飲露』。你我去到山裡，不知是否能遇見那樣的神人？」

李藥師笑道：「那樣的神人，『乘雲氣，御飛龍，而遊乎四海之外』，豈是我等世間凡人輕易便得遇見？」

出岫笑道：「傳說那神人，『其神凝，使物不疵癘而年穀熟』。若是遇見那樣的神人，我必向他頂禮膜拜，求他凝住精神，使稼穡不遭病害，年年五穀豐收。」李藥師聽出岫此話，知道她不願見自己因田苗乾萎而神傷，有意引《莊子》之言來安慰自己。他心下感激，緊緊將出岫摟在懷中。

李藥師只因顧著出岫身孕，不敢快步，從山村到姑射山，短短三十里路，竟走了將近三個時辰。待兩人一騎來到山下，已是午後。入山之前，李藥師尋了一處空地，取出那山村農家所贈的乾糧，與出岫同食。稍事休息之後，李藥師再抱出岫上馬，自己趨前牽著赤驊，沿著溪澗探路上山，去尋那山村老媼所說的活水泉眼①。

那老媼說這山裡岔道極多，經常有人迷路，然而李藥師卻毫不費力便來到活水泉眼。站在泉眼之旁往山下看，但見其處群泉爭湧，繁密可比蜂房；四周水道蜿蜒，交織有如蛛網。李藥師暗道一聲：「僥倖！」如此錯綜複雜的水道，自己居然沒有迷路！

泉眼之旁，果然有一間小小祠堂，門額楷書「龍子祠」三字，看來祠齡並不甚老。李藥師將出岫抱下馬來，兩人一同走入祠堂。祠內正中一方丈高石板，浮雕一尊神像，乃是一名稚齡童子，手握單圈，腳踏雙輪，身背短槍，腰纏長綾②。那石像雕工並不精細，然而那童子倔然而立，怒目而視，威風凜凜，神氣揚揚，絕是精采驚人，想來那必然就是「龍子」了。他二人既是來此尋求庇護，便在那神前虔心祝禱，祈求平安。

李藥師曾隨玄中子精研九宮八卦、五行三才之學，他本待在祠外以雲祲孤虛之術布置障蔽。然而此時天色漸暗，出岫已現倦容，他便取來泉水飲用。幸得那泉眼之水極為清冽甘美，連赤驊也飲啜得搖頭擺尾，狀甚舒暢。此行棄了騾車，少了衣物鋪蓋，李藥師先照顧出岫睡下，安置妥善之後，自己僅餘一襲輕裘。他將輕裘圍在身上，盤膝入定。

待到中夜，李藥師只聽得出岫翻來覆去，睡得極不安穩。他過去探視，只見出岫雙眉緊蹙，眼角尚餘清淚。他輕輕為出岫拉整鋪蓋，又為她拭去餘淚，卻見出岫已緩緩睜開雙眼，怔怔地望著他。

李藥師柔聲問道：「怎麼，睡不安穩嗎？」

出岫道：「先是孩子拚命踢我，後來又做了一個怪夢。」

李藥師微笑道：「怪夢？」

出岫點頭道：「是，真是怪夢。我夢見自己一個人在荒郊野外，地上有一連串極大的腳印，延伸到極遠處。我踩著腳印往前走，也不知如何，便來到一處極黑極密的森林中。」

李藥師笑道：「后稷的母親姜嫄，也曾踩著巨人足跡前行，因而懷孕生子。」《史記．周本紀》記載，后稷是周王朝的先祖，名棄，在帝堯時任農師之職，在帝舜時受封為后稷。后稷的母親姜嫄是帝嚳高辛氏的正妃，因「踐巨人跡」而懷孕生子。姜嫄曾將這個來歷不明的兒子遺棄，然而鳥獸不能傷他，寒冰不能凍他，姜嫄只得將兒子拾回撫養。因曾將他遺棄，姜嫄便為他取名為「棄」。李藥師因見出岫顯然受到噩夢驚嚇，便想另闢話題，引她離開夢魘。

然而出岫並沒有因此而輕鬆下來：「那森林中漆黑一片，樹枝、樹葉全是黑色，連鳥獸都長滿黑毛。這時來了一隻巨大黑鳥，翅膀大得見不著邊際，也不知如何就能飛進那茂密的森林之內。」

李藥師笑道：「『背若泰山，翼若垂天之雲』，這巨鳥豈不就是《莊子》所說的『鵬』嗎？」

出岫仍然不為所動：「這巨鳥停在黑色莽草之間，在黑色巉岩之旁生了一枚巨卵。」

李藥師笑道：「玄鳥生卵？這下從周代回到商代啦！妳不會如簡狄一般，也吞食玄鳥之卵吧？」《史記．殷本紀》記載，殷商王朝的始祖名契，是帝舜的五臣之一，因助大禹治水而封於商地。殷契的母親簡狄是帝嚳的次妃，因「吞玄鳥卵」而懷孕生子。不過《史記》中的「玄鳥」是燕子，不是大鵬。帝嚳是皇帝軒轅氏的曾孫，他有四妃四子，除后稷、殷契之外，第三子便是帝堯，第四子帝摯曾在帝嚳之後、帝堯之前為帝，也是史前史上的重要人物。

李藥師如此插科打諢，出岫終於被引得嫣然一笑：「那巨卵如此之大，我怎吞得下去？不過，那巨卵卻是純白顏色，在一片漆黑中，晶瑩光潔有如珠寶，我忍不住便走上前去，輕輕撫摸。」

李藥師奇道：「那巨鳥就任妳去撫摸那初生的巨卵？」

出岫道：「那時我眼中只見到巨卵，那巨鳥、黑森林都不知何處去了。那巨卵的外殼隱隱透明，似乎竟是軟的，可以看得見裡面的生命，正脈脈震動。」

李藥師故意裝出一副正經神色：「那巨卵裡的生命脈脈震動，是否就像孩子踢妳？」

出岫不禁笑出聲來：「怎麼，你把我當成蛙鳥蟲魚，把我的肚腹當成鱉卵、雞卵嗎？」

李藥師笑道：「我只是歡喜，原來妳夢見的不是商代、周代的遠祖，而是咱們自己的孩兒。」

出岫的神情卻瞬間凝重下來：「你若是知道以後的事，就但願這巨卵內懷的不是咱們的孩兒了。」

李藥師奇道：「難道這巨卵內果真有個孩兒？」

出岫點頭道：「不錯。巨卵裂開，裡面竟是個嬰兒。我聽見嬰兒啼聲，還以為……還以為咱們的孩兒出世了，便驚醒過來。」

李藥師道：「這也不錯呀，為何妳說，但願這巨卵內懷的不是咱們的孩兒？」

出岫道：「我的夢還長呢！當時醒來之後，知道巨卵、孩兒都只是幡然一夢，便又睡下。豈知，那夢也繼續下去。此時那巨卵內的孩兒已長成一個七、八歲大的男孩，他極是頑皮淘氣，卻也極是靈活勁健，便好似……便好似……」她指指那石雕神像：「便好似這祠堂裡的龍子。」她神情有些畏怯，似乎生怕冒犯神靈。

李藥師原本只因見到出岫在夢中雙眉緊蹙，眼角含淚，所以陪她閒聊，只望她傾吐之後，便能睡得安穩。此時聽她訴說夢境，竟然甚是微妙，便也好奇起來，忍不住「哦」了一聲。

只聽出岫繼續說道：「此時夢中來了一位王者，征民伕修築陶唐金城，許久都無法築成。民伕勞苦飢病，哀鴻遍野。」說到此處，出岫滿臉不忍的神色。

李藥師道：「陶唐金城？那是帝堯陶唐氏的舊都，古名平陽，就在這附近哪！」帝堯建都於平陽，就在臨汾。《莊子．逍遙遊》中有帝堯來到姑射山裡，拜見四位神人的故事。

出岫道：「夢中只聽說陶唐金城，並沒有提到平陽。那孩子見築城民伕悲哀悽慘，便執意要去助修金城。我攔著他，不讓他去。他不聽話，私自溜去應募。誰知道，一夜之間，他就將一座巍巍崔崔的陶唐金城建成了！」

李藥師笑道：「這孩子神通廣大，好得很哪！」他心下已將這孩子當成出岫腹中的孩兒。

出岫搖頭道：「那王者卻不這麼想。他嫉忌那孩子的能耐，下令將他誅殺。那孩子往山裡逃，那堂堂王者，竟領大軍追殺一名七、八歲的孩子！」她滿臉大大不以為然的神色。

李藥師忍不住問道：「那孩子逃走了嗎？」

出岫道：「那孩子逃到姑射山裡，已是深夜。我看見天上的月亮又圓又大，就好像……就好像那年的中元月夜。」她竟想到與李藥師初度的中元月夜。

李藥師想知道那孩子究竟能否逃脫，便沒有接腔，只等出岫繼續說話。出岫說道：「那孩子逃到此處，那王者已經追到。那孩子竟化為一條金龍，鑽向山石隙縫之中。那王者揮劍斬下，那龍尾不及沒入石中，竟被斬斷，掉落山間，就化為這活水泉眼；龍血飛濺四處，就化為這繁如蜂房，密如蛛網的水道。」

李藥師聽說那孩子化為金龍，鑽入山石之內，仍被截斷龍尾，心中不是滋味，當下默然不語。只輕輕再為出岫拉上鋪蓋。出岫突然握住李藥師雙手，眼神竟帶有懼意：「藥師，那王者……那王者生得竟好似唐國公。」她握著李藥師的纖指又濕又涼。

李藥師淡淡一笑，安慰出岫道：「咱們日間逃避唐國公的追兵，到夜間仍無法安心休息。妳又懷有身孕，精神過於疲憊，所以恍恍惚惚，在夢中都見到追兵。」他將出岫雙手放進鋪蓋之內，輕撫伊人：「這附近山裡岔道極多，那山村婆婆說，連他們村裡慣走山路的村人都會迷路，追兵哪裡便能輕易找到咱們？待會兒天一放亮，我再將四下稍為布置，讓來人絕計無法尋到此處。」

出岫明知李藥師有意安慰，此時雖不完全相信他的言語，畢竟實在疲憊已極，便又轉身睡去。這廂李藥師聽了出岫之夢，反而難再入眠。他已無法分辨，那夢中男孩，究竟是龍子還是出岫腹中的孩兒？那孩子被那貌似唐國公的王者追殺，逃至姑射山中，卻又像是自己。最難堪的是，他居然沒有能夠逃脫！

李藥師心中煩亂，勉強闔眼一陣，天色已現微明。他到祠外林中砍些樹木，將通向祠堂的山道障蔽起來；又在岔道上做些蛛絲馬跡，故布疑陣。這附近水道繁密，本已極難認路，再經李藥師一番布置，更是山重水複，看似條條鳥道，卻又似無路可行。

待李藥師回到龍子祠內，出岫已然起身。李藥師見她神情甚是愉快，便問道：「這回不再做夢，睡得好些了？」

出岫微笑道：「睡是睡得好些，可又夢見那龍子。」

李藥師奇道：「哦，莫非那金龍又變回男孩了？」

出岫點頭道：「正是。他將一面銅鏡置於通往祠堂的路上，那銅鏡在太陽底下閃閃發光，追兵便見不著祠堂。」

出岫一語提醒了李藥師，他竟忘卻行囊中尚有一面軒轅古鏡。這古鏡既是徐洪客那等異人所贈，必有玄奇之處，或許真如出岫所夢，可以障蔽追兵？李藥師當即取出古鏡，正要出祠布置，卻又被出岫叫住：「藥師，龍子還說，祠後東方林內，可以獵到山雉。」

李藥師知道那山村農家所贈的乾糧即將用罄，正想獵些野味。此時出岫既說林內有山雉，他將軒轅古鏡布下之後，便往祠後東方林內行獵。他本對出岫夢境半信半疑，也想看看龍子所言是否靈驗，藉以澄清疑慮。來到林內，果然見到數尾山雉聚於一處，見他出現並不逃避，竟似等他前來捕捉。李藥師多年來頗以行獵為樂，卻從未見過這等景象。此時他對出岫夢境以及龍子言語，便已信了八分。

李藥師捉得山雉，便往祠前岔道旁選了一處泉流水道，將獵物殺洗乾淨。他讓血水順岔道流下，將毛羽布在岔道遠方，又在岔道上風處起火燒烤山雉。他處心積慮，在在都為將追兵引入歧途。他將山雉烤熟，將燒烤餘炭稍作掩埋，卻又故意留下些許痕跡，然後才提著香氣四溢的烤雉，往祠堂走去。

豈料，祠堂四周被他布置得太過蔽祕，連他自己竟也尋不著回去的途徑。他尋了半日，只見太陽升至正中，又逐漸偏西，不禁心急起來。他再尋許久，終於聽見赤驊嘶聲，又聽見出岫呼喚。然而，卻怎麼也看不到祠堂，更見不著出岫與赤驊。

李藥師知道自己所布的障蔽，雖然能夠擾亂來人視線，但絕不至於如此神奇，聽見人聲還見不著人影。他心知是那軒轅古鏡之功，將祠堂完全封於視線之外，便向出岫呼聲方向叫道：「出岫，我被那軒轅古鏡擋住視線，無法看清路徑。」

只聽出岫急道：「那如何是好？」

李藥師聽見出岫回話，便站定不再移動，同時問道：「妳看得見那軒轅古鏡嗎？」

出岫叫道：「看得見，就在你前方不遠處。」

李藥師知道出岫有孕在身，無法攀登山石去取那古鏡，便前行數步，問道：「我走的這方向，可能回到祠堂？」

出岫道：「不成，你得往右一些。」

李藥師見右方乃是山石林木，並無道路。但出岫既要他往右，他便向右前行數步，再問：「這方向對嗎？」

出岫道：「方向不錯，但你得小心，前面有個山澗。」

李藥師再行再問，也不管眼中看見甚麼，只依著出岫指示前行。行到後來，只見正前方一面山壁，長滿老樹虬藤，出岫竟要他朝著山壁行進。他索性閉起眼睛，朝那山壁直闖進去。只覺耳中轟然巨響，震得頭暈腦眩。再睜開眼睛時，他已見到出岫站在祠堂前方，神色甚是焦急。而那軒轅古鏡，就在自己身旁的山壁之上。

李藥師朝出岫疾奔而去，出岫開顏道：「你看得見了？」

李藥師跑上前去抱住出岫，笑道：「幸好妳沒有離開祠堂，否則咱們兩人都回不來了。」出岫笑道：「我若是能夠下山，早就尋你去了。我見你在水道間來回探路，有幾次似是朝祠堂而來，走到近處，卻又轉折離去。後來想到或許山路障眼，才出聲呼喚，幸好你平安回來。」

李藥師喜道：「沒想到軒轅古鏡如此神奇，就算追兵前來，也絕對尋不著此處。」當下兩人決定留在祠內，索性待追兵搜過，尋不著人影，退去之後，再出姑射山，便可無礙。

此時兩人對那龍子感激萬分，將烤雉供在神前，雙雙膜拜之後，才撤下食用。那晚出岫睡得十分安穩，李藥師便也能夠靜心入定。

次晨起來，李藥師見出岫休息一夜，容光煥發，便問道：「不知那龍子又說了些甚麼？」出岫笑道：「他在夢中叫我『娘』，要咱們莫再頂禮膜拜。又說山林北邊有鳩鴿。」龍子竟然果真再度入夢，還喚出岫為「娘」。

李藥師大嘆神奇，便依指示往山林北邊獵取鳩鴿。這回他將軒轅古鏡放在出岫可以拿得到的地方，出岫見他歸來，將古鏡取下，他便能順利回到祠堂。他二人依照龍子囑咐，不再頂禮膜拜，但仍將烤鴿供在神前。

這日晚間，龍子卻未再入夢。次日早起，李藥師聽說龍子未曾示意，又見前兩日所餘的獵物尚夠一日之食，便道：「或許龍子之意，是要我今日留在祠中。」

果然，才到辰時，便聽見山下有嘈雜人聲。李藥師早已將軒轅古鏡安置在石壁之上，便與出岫一同站在祠前，看來人上山。這隊人馬果然便是李淵的追兵，只見他們規劃嚴整，分批搜查各處岔道，並在搜過的岔道旁做上記號。追兵也有數次搜往祠堂方向，但行到古鏡前方數十尺處，便又轉折他去。出岫悄聲說道：「前日我在此處看你，便是這般模樣。」

李藥師點頭道：「在山下只見一面山壁，根本想不到那山石之內竟有通道。」他想想又道：「看他們搜得如此仔細，這回咱們若是不得龍子及軒轅古鏡之助，只怕躲不過去。日前我倆上山，輕易便尋到祠堂，或許也是龍子暗中帶路。」

出岫點頭道：「是。那山村婆婆曾說，連村裡的人都會迷路，我倆竟能輕易尋得，必是龍子暗助。」她想想又道：「那婆婆指點我倆來到此處，也是恩人。」李藥師點頭稱是。

他二人由高處下望，只見那隊追兵鍥而不舍，竟搜至將近申時，方才離去。李藥師冷冷說道：「也不知李淵許了他們甚麼好處，竟搜得這般賣力。」

出岫見追兵終於退去，內心懼意大去，只餘滿懷感激，對李藥師柔聲說道：「都是為了我，才使得你這般辛苦。」

李藥師輕輕將她摟進懷中，深情說道：「妳將終身託付於我，我倆怎能再分彼此？好在如今追兵已退，我倆明日便可下山。」

當下兩人回到祠內，收拾行囊，準備次日下山。李藥師見日頭偏西，心念一動，說道：「黃昏時分，野獸出沒最是頻繁。不如此刻出去打些獵物，明日也可帶下山去送給那山村農家。」

出岫想到在那農家居住多日，他家生活甚是儉素，從來不見葷菜上桌，便同意李藥師之議，只叮嚀他莫要流連，早些回來才好。李藥師答應了。他怕追兵去而復返，不敢掉以輕心，仍將軒轅古鏡置於祠堂前方出岫可以拿到之處，才騎上赤驊，策馬入林。

第十三回　代天行雨①②③

李藥師入了山林，找尋鳥蹤獸跡，不久便見到前方樹林中，似有大群梅花鹿棲息，他便悄悄策馬繞行過去。赤驊腳步雖然極輕，李藥師也屏息前行，然而行到距離鹿群十餘丈處，梅花鹿仍然警覺，群起奔逃。李藥師與赤驊便也一躍而起，尾隨鹿群飛馳而去。

赤驊帶著李藥師追逐鹿群，越過一山又一山。那鹿群看來就在前方，似乎只要稍加一分氣力，便能追趕得上，是以李藥師與赤驊都難以割捨。豈料一人一騎從夕陽追到黃昏，又從黃昏追到日暮，也不知越過多少山林水流，竟仍然不能追上鹿群。李藥師因怕出岫懸念，不得已鬆了韁繩，放棄鹿群，調轉馬頭，準備往回程走。

然而此時暮靄低沉，李藥師回身而顧，只見周遭陰晦迷濛，全然不知究竟置身何處。他向四下探路，尋覓許久，仍舊茫然不識歸途，心下不禁著急起來。他無可奈何，悵悵而行，只見周遭盡是黑沉沉的樹林，似乎竟是無際無涯，他不免愈行愈是心焦。就在這極端困頓鬱悶之際，他突

然看見極遠處隱約竟有火光微明，登時大為振奮，當下一抖韁繩，一人一騎便朝那亮光處奔去。

來到近處，只見一戶巨宅，牆宇峻偉，燈燭輝煌，氣勢森嚴。李藥師沒有料到在這山林深處竟有高門大第，不禁略為遲疑。旋即轉念一想，這巨宅主人就算不識得自己，也該聽說過舅舅，登門求助當無大礙。於是跳下馬來，走上石階，前去叩門。

李藥師叩門之後，便退到一旁等候。他打量那兩扇厚實的大門，只見寬闊高廣的木門之上，銅門釘、銅門環枚枚精光閃亮。李藥師正自揣度，這巨宅究竟是何人別業？那厚實大門已軋然而開，應門的是一名年老家人。

李藥師上前拱手見禮：「老丈，在下在這山林中追逐鹿群，竟至迷失途徑，不知可否煩請老丈指點出路？」

那老家人道：「不知公子由何處來，往何處去？」

李藥師道：「在下由姑射山來，欲回姑射山去。」

那老家人顯然有些迷惘，說道：「老漢年紀大了，竟不記得公子所說的姑射山該當如何走法。待老漢進去問問，再來回覆公子，便請公子稍待。」

李藥師躬身謝道：「如此有勞老丈。」

那老家人進去許久，再出來時，對李藥師說道：「公子，那姑射山離此地頗有一段路途，而且山路艱險，夜間極難行走。公子何不在此暫留一宿，待天亮再走？」

李藥師放心不下出岫，正自沉吟。那老家人卻道：「公子，我家大爺、二爺都出門在外，只有老夫人在家，本來不方便留客。只是老漢聽說姑射山路途遙遠，想公子若是連夜趕路，只怕又要迷途，才求著老夫人允准公子留宿。公子如果執意要走，若再迷失方向，只怕連此處都找不回來。」

李藥師想那老家人之言有理，便答應了：「如此多有打擾。」

那老家人抬手肅客，領李藥師進入巨宅。李藥師隨那老家人穿過幾重庭院，來到中廳。那老家人請李藥師入座，自己入內稟報。

李藥師見廳內正中兩席上位，其下兩列座榻，他便坐入下首。只見那木榻形制古雅質樸，線條簡潔流暢，材質烏黑泛紫，細緻光滑，觸手生溫，隱散異香，竟是上好的南海紫檀木所製。他忍不住輕撫座榻，用手指感觸那木質的柔和潤澤。

那廳上清供幾本水仙，花葉茂美挺碩，冷香沁溢全廳。又有小僮獻上香茗。李藥師見那茗茶色澤金黃，芳香襲人，入口生津，似乎較出岫所煎之茶尤為甘美。知茶、嗜茶如李藥師，竟無法分辨這香茗究竟是何方異種。

李藥師正自讚歎，已有兩名青衣侍女由內間出來，向李藥師款款施禮，說道：「太夫人出來了。」李藥師趕緊起身恭迎。只見釵光鬢影，數名婦女簇擁著太夫人由內間出來。這位太夫人約莫五十餘歲年紀，身著青裙素襖，儀態清華高雅。李藥師趕緊上前拜見。

那太夫人欠身答禮，說道：「舍下兒輩均外出未歸，老身一人在家，依禮不宜留客。然而現下天色陰晦，公子又不識歸途。此處若是不容暫留，卻要公子往何方借宿？只是舍下鄉野敝居，公子莫嫌怠慢才好。」她氣度溫和雍容，宛然世家風範。

李藥師躬身謝道：「太夫人忒煞多禮，晚輩實不敢當。」

太夫人答禮道：「公子莫須太謙。想公子遠道而來，或許未及用膳。老身聊備菲酌，便請公子移步偏廳。」

李藥師敬謝，隨那太夫人又穿過一重庭院，來至偏廳。只見這偏廳內的桌几凳榻，也均是南海紫檀木所製，極是尊貴典雅。又見席上餚饌豐盛，色色細緻精美，然而卻均是海味珍饈，並無山產。此宅地處深山密林之內，距大海有數千里之遙，卻不知如何能有這許多新鮮的魚蚧蝦貝？李藥師不禁對這戶人家更增幾分好奇。只是主人既不問他來歷，他也不便開口相詢。

李藥師用膳已畢，再向太夫人申謝。太夫人說道：「如今天色已晚，公子明日還須趕路，便請先去歇息。」

李藥師應命，正要告退，那太夫人又道：「公子，舍下兒輩當於今夜返家，山野鄙夫，不懂禮數。兒輩回來時或許喧騰譁噪，只怕難免驚擾公子，尚請公子擔待。」李藥師連忙躬身謙謝。

太夫人又笑道：「並非老身叨絮，只是兒輩實在太過囂鬧，公子若是聽見異聲，莫須驚惶。」

李藥師心道：「我李藥師雖不敢以武犯禁，卻也並非懼人畏事之徒。莫非我言行太過恭謹，倒讓這些人看輕了？」當下不再謙謝，只應了一聲「是」，便向太夫人告退。

太夫人命那兩名青衣侍女為客人準備寢具，李藥師便隨她倆來到廂房。只見裀褥輕軟，枕被香潔，均是上好的質料。那兩名侍女細心鋪陳寢具，又將門窗仔細拴緊，方才離去。

李藥師先聽那太夫人諄諄告誡兒輩喧騰譁噪之態，又見那兩名侍女小心翼翼地拴緊門窗，顯然深怕少主人夜半回家囂鬧，讓貴客受到驚嚇。主人如此謹慎戒懼，卻讓李藥師不免好奇起來。於是他且不急於就寢，反將一扇窗戶推開，憑窗端坐，倒要看看這夜半回家喧鬧之輩，究竟是何許人物。

轉眼即將夜半，前面突然傳來急切的叩門聲。李藥師心想，必是那喧譁囂鬧的人物回來了，趕緊側耳傾聽。廂房離前院雖然隔了數進庭院，然而夜深人靜，聲音傳來甚是清晰。李藥師聽見有人應門，口音便好似帶自己入宅的那名老家人。

又聽來人說道：「老管家，我奉有八千里加急天命，須在二更之前將此行雨天符送交貴府大郎君。你且收下天符，趕緊傳話進去，也好讓我回去覆命。」

那老家人道：「如今十二月天，該是降雪吧？」

來人笑道：「此乃天廷聖命，豈容我等置喙？依天符所命，天雨須遍及此山周圍數十里之地，並須在五更天明之前辦妥，不得遲滯遷延，更不得暴雨傷人。如今已入二更，時迫眉睫，老管家還是趕緊收取天符，呈交予你家大郎君吧。」

李藥師聽見那老家人收取天符之聲，又聽見來人離去之聲。此時內府早已受到驚動，李藥師從窗前見到中廳燃起燈燭火光，響起步履人聲；又見到那老家人手持天符，行經自己窗前，快步進入中廳。

半晌之後，聽見太夫人的聲音道：「這行雨天符如此火急，三更之前大郎若不到家，只怕要誤大事。」她顯然甚是憂心，一面命那老家人在門前守候，一面命人備妥行雨所需的龍馬、雨器。只待大郎一回到家，即刻便能行雨。

然而時辰一點一滴過去，仍不見大郎歸來。只聽得太夫人說道：「天命嚴峻，不可稍違，若有延誤，必受重責。大郎遲遲不歸，如何是好？」語音中已頗有焦急之意。

廳中沉默，只有太夫人來回踱步的聲響。片刻之後，一人說道：「太夫人，何不命人代行天雨？」

太夫人似乎深感為難：「若是二郎在家，由他代行倒也無妨，如今他卻也外出未歸。現下家中僅餘爾等與老身相伴，此天符乃是天廷聖命，豈是婦孺僮僕之輩可以擅專？此時此刻，又要往何處去請人代行天雨？」只聽得廳內眾說紛紜，商議良久，不得對策。

就在此時，李藥師隱隱看見為自己準備寢具的一名侍女，悄悄朝自己推開的這扇窗戶望了一眼，回身與太夫人身邊的一名女子耳語。那女子也朝這扇窗戶望了一眼，向太夫人稟道：「太夫人，今日迷途求宿的那位貴客，看來並非常人，不知可否請他代行？」

太夫人問道：「何以見得他並非常人？」

那女子道：「太夫人說起大郎、二郎回府時喧譁囂鬧，那貴客絲毫不以為意。適才侍兒們曾將那廂房的門窗拴妥，他卻又自行推開，臨窗而坐，似有所待。由此可見，他並非常人。」

太夫人奇道：「真有此事？」

她行出中廳，看見李藥師所住的廂房，果然窗牖已開，便朝眾女笑道：「妳等小妮子，卻有識人之能。這位貴客如今已頗有龍躍在淵之姿，日後當登大寶，果然並非常人。我原以為他膽識不足，如今看來，他卻也並非懼人畏事之徒，或許竟可馭龍駒以騰於雲霧之上。」她環顧眾人，說道：「若是由他代行天雨，倒也恰當，且待老身前去相求。」

只見人影幢幢，那太夫人在眾人陪同之下，已步下石階，朝李藥師所住的廂房行來。李藥師見狀，趕緊起身迎出廂房。

見禮已畢，那太夫人說道：「適才行雨天符降臨，想必公子已有所聞。實不敢有瞞公子，此處並非人宅，乃是龍宮。老身的長子正是西海龍君，今夜往東海赴宴未歸；次子送小女歸於南海，數日之後才能返家。如今尊奉天符，須當即刻行雨，而東海、南海距離此處均有萬里雲程，縱使派人通報，也已不及趕回。是故老身有一不情之請，欲煩請公子代行天雨，不知公子尊意如何？」

李藥師本是急人所急的任俠中人，何況代天行雨，乃是畢生難逢的奇緣機遇，他豈有不肯之理？當下說道：「太夫人但有所命，晚輩義不容辭。不過晚輩乃是一介俗客，不知乘雲駕霧之道，如何能夠行雨？太夫人若有方法，可教晚輩騰於雲霧之上，晚輩無不樂從。」

太夫人笑道：「這有何難？但請公子凡事依照老身所囑，一切無須多慮。」

太夫人當即命人牽過龍馬。李藥師見那龍馬乃是一匹玉花驄，玉青毛色，直額方腹，模樣極是神駿。配上黃革鞍韉，黃絲轡轡，益發威風凜凜。李藥師一向愛馬，見到這樣一匹異種神駒，情不自禁便上前撫摸。那龍馬乃是通靈神物，知道主母准許李藥師騎乘行雨，便長嘶一聲，搖頭擺尾，任他撫摸鬃鬣。養馬的圉人卻知此馬性烈異常，平日絕不容人近身。見龍馬對李藥師和順，不免暗自咂舌。太夫人則看得微笑頷首。

太夫人又命取雨器。李藥師見那雨器，乃是小小一只玉青瓷瓶，並不特別起眼。太夫人將那小瓶繫在龍馬鞍前，對李藥師說道：「公子乘騎龍馬，無須銜轡勒韁，只須任馬前行。每當龍馬躩地不前，昂首嘶鳴之時，即請公子淋一滴天水在馬鬃之上，其事便成。」

李藥師答應了，上馬欲行。太夫人又鄭重囑咐道：「公子，天命嚴峻，每處只可淋下一滴天水，切勿多降！」

李藥師人在馬上，拉著韁轡向太夫人拱手道：「晚輩知道，請太夫人放心。」

此時龍馬已騰騰而起，李藥師語聲未歇，人已隨馬遠去。他一向乘馬，都是以人控馬。如此任馬信步奔馳，絲毫不由自己駕馭，還真是平生僅見。他只覺龍馬愈奔愈快、愈騰愈高，自己乘坐其上，卻仍甚為穩健，也頗新鮮刺激。

他正自驚歎之間，不知何時，己身已隨龍馬馳上雲端。只覺寒風如刃，迎面呼嘯而過；又聽雷霆震耳，起於馬蹄之下。此時龍馬躩地嘶鳴，李藥師便依太夫人所囑，取過小瓶，淋一滴天水在馬鬃之上。那龍馬甩抖鬃鬣，天水便化為滴滴雨水，落向下界。

那龍馬降雨之後，繼續前行。每至龍馬躩地嘶鳴，李藥師便降一滴天水。他隨龍馬四處行雨，漸覺得心應手，便也寬下心來。豈料陡然之間，閃電炫然耀眼，雷聲轟然霹靂。就在這電光石火的剎那，李藥師透過雲層薄處驚鴻一瞥，卻隱約見到他與出岫曾經住宿的那處山村，正在馬蹄下方。一時之間，山村老嫗的慇懃、山村生活的辛苦、山村田園的乾涸，在在湧上心頭。

李藥師心道：「我與出岫在此山村多所打擾，正思回報。近來天旱已久，田中稼穡相逐憔悴枯槁，亟待甘霖。如今既然由我李藥師行雨，難道我竟吝惜水露，不肯多施幾許予這山村？」他想起數年前關內旱荒之苦，心念一滴天水不足以解旱，於是連下二十滴。但見龍馬不住甩擺鬣，滂沱大雨便嘩然降入山村。

李藥師十分得意，只道自己此舉，可使當年關內百姓，因旱荒而扶老攜幼遠赴洛陽就食的慘事，不至於在此山村農家身上重演。至於師父雲遊之前的諄諄叮囑：「對你而言，不在有水無水，而在水勢之多寡。」「天地相合，以降甘露，民莫之令而自均。」「當知以智養仁，切莫任大水汜濫，否則難免以智傷仁。」等等警語，此時完全不曾在他心中出現。

李藥師由龍馬帶著前行，遍施甘霖。頃刻之間行雨已畢，只聽得下界處處雷聲隆隆，雨聲瀝瀝。他不禁勒馬而立，為之四顧，為之躊躇滿志。他騎在馬上，傲視寰宇，良久不能自已。片刻之後，才依依不捨地調轉馬頭，意興昂揚地回到龍宮。

豈料龍宮上下，竟是人人悲聲飲泣，籠罩在一片愁雲慘霧之中。李藥師不知出了何事，趕緊一躍下馬，快步來見太夫人。

只見中廳之內，太夫人斜倚榻上，雙目微閉，神色甚是委頓。廳中人眾原本圍繞在太夫人四周慇懃服侍，一見李藥師進來，人人立時回轉身來，朝他怒目而視。李藥師如墮五里霧中，全然不明所以，卻也只得上前，躬身叫道：「太夫人！」

太夫人緩緩微開雙目，望向李藥師，說道：「公子回來了」。語音極是晦澀。李藥師不明所以，不敢多說，只應了一聲「是」。

太夫人輕嘆一聲：「老身原與公子相約，每當龍馬躩地嘶鳴，便降天水一滴。公子……公子為何顧念那山村農家的私恩小惠，竟然逕自連下二十滴？」她再嘆一聲，搖頭說道：「公子啊，要知龍宮這一滴天水，乃是地上的一尺霖雨。那山村夜半，暴雨突襲，平地水漲二十尺，豈能還有人畜存活？」

李藥師聽說「豈能還有人畜存活」，大驚大駭之下，怔怔不知如何應對。太夫人又嘆一聲：「老身為此，已受天廷杖責。」她示意身邊人等揭開身上的薄被，只見青裙素襖之上，盡是血汙。

李藥師大驚大駭之心，一時又增大愧大悔之情，吶吶說道：「晚輩……晚輩……」

太夫人將他止住：「公子乃是塵世間人，原不知風雷雲雨之變，老身誠不敢有所怨懟。只是公子誤殺生靈，不免前功盡棄。」太夫人搖頭長嘆：「是老身誤了公子。」

李藥師不知太夫人意何所指，不敢作聲。太夫人說道：「公子因老身所請，義助行雨，卻因此而失卻百世功德，老身委實無可補償。山居無物，惟有兩名健僕尚差得人意，老身意欲遣之以侍奉公子，尚望公子不棄。公子或是二者並納，或是擇取其一，悉憑尊意。」太夫人言罷，即命兩名健僕出來見客。

但見一名健僕自東廂行來，容色愷悌和悅，怡然而立；又見一名健僕從西廂走出，神情桀驁不馴，勃然兀立。李藥師在大驚大駭、大愧大悔之餘，本不堪接受贈禮；然而此情此景之下，他對太夫人的賞賜，卻又不便峻拒。

他心下暗自斟酌：「我若選那怡然和悅之人，此間人眾或許以為我竟生了懼意，更要將我看輕。我既一向以立功立事為職志，想那和顏悅色之輩，或許膽識不足，難以有助於我。」於是躬身對太夫人說道：「晚輩愆過，累及龍宮，太夫人寬不見責，已令晚輩汗顏無地，實不敢復叨隆惠。然而太夫人既有所命，晚輩卻之不恭，但願擇取西廊那勃然傲立之人。」

太夫人微微一笑，說道：「公子所欲，如此而已？」即命那西廊健僕以主僕之禮拜見李藥師。太夫人又道：「兒輩不時即將返家，老身只怕龍師莽撞，屆時或許竟會遷怒於公子，讓老身為難。依老身之意，公子還是盡速離去為上。」李藥師應諾，當下行禮道別。

那西廊健僕牽過赤驊，服侍李藥師上馬，邊牽著赤驊行出龍宮，邊笑道：「主公，太夫人既有所賜，主公何妨兩僕並納？」

李藥師在馬上搖頭說道：「我有負太夫人所託，以至累及龍宮，方自愧悔萬分，本不敢領太夫人賞賜。只是長者有命，我依禮須當遵行，所以從命而已。擇取其一已有愧於心，豈可兩者並納？」

那健僕道：「主公博古通今，文武兼備，小人早有所聞。那東廊之僕原屬東方太乙木星座下，主公若得他輔佐，日後即可以文章政績澤惠生民，流芳百世。至於小人，原屬西方太白金星座下，如今為主公弼佑，日後僅能以兵權武功戡定天下，名留青史。」

李藥師自從知道自己鑄下大錯，心情十分悒鬱。此時聽那健僕之言，一時豪興大發，將禍福禓祥全數拋諸腦後，昂揚而道：「果能澤惠生民，何必流芳百世？若得戡定天下，豈須名留青史？」

日後李靖果然以兵權武功戡定天下，名留青史。然而他實乃文武兼備之才，也曾以文章政績澤惠生民。史書雖有所載，只是他的武功太過輝煌，蓋過他的文治，以致後世少有人知。

第十四回　鳳折鸞離

那西廊健僕為李藥師先馬，牽著赤驊離開龍宮巨宅。須臾之間，四下雲霧瀰漫，李藥師幡然回顧，只見那龍宮巨宅，瞬時已如海市蜃樓般幻滅於無形，他心下不禁悵然。此時東方天際已微現光亮，然而大雨仍是洸然不止。那健僕說道：「主公，看此雨勢，只怕臨汾附近要起山洪。若不容小人送主公一程，只怕不及與主母相見。」

李藥師急於見到出岫，當即應允，也未及深思那健僕語中涵義。那健僕又道：「主公行雨累及龍宮，誠如太夫人所言，龍師難免怨懟遷怒。主公日後，若在旱地突遇潮水奔漭，恐是龍師來尋，尚請避之為上。」

健僕語畢，即將赤驊韁轡一抖，引馬飛馳。赤驊長嘶聲中，李藥師但覺勁風當身而起，其勢迅如驚雷，其鋒疾於駭電。直有一炷香時分，勁風方才稍止。

待赤驊四足踏地，李藥師定睛一看，四周景物依稀曾識，姑射山龍子祠正在前方不遠之處。

然而，祠前那原本錯綜蜿蜒的水道已成洶洶瀑流，帶著崩石折木，漫山遍野地滾滾湧下。赤驊所立之處，乃是一方青石，四周水流涴淹，幾乎更無力立足之地。李藥師迴目一顧，那龍宮健僕已然不見蹤影。

李藥師心懸出岫，不及思索那健僕何往，當即一抖韁轡，赤驊便踏經幾塊大石，躍過瀑流，朝前方奔去。瞬時來到龍子祠，只見祠前的山路也已成為水道，幸好水流並不湍急。出岫正在祠前簷下倚柱而坐，引領而望，衣衫早已濕透，手中卻仍緊抓著那面軒轅古鏡。她喜見李藥師歸來，掙扎著想站起身來。無奈身孕實在沉重，掙了幾次，卻怎麼也站不起來。

李藥師跳下馬來，直奔過去。出岫倒入李藥師懷中，先是啜泣兩聲，畢竟無法強忍，索性失聲痛哭起來。李藥師知道這一夜來雷霆豪雨，石崩木折，著實讓出岫受了驚嚇。他又疼又愧，一把將出岫緊緊摟在懷中。但覺懷中的身子觳觫顫抖，寒冷有如冰柱。李藥師又憂又急，一時竟不知該如何是好。

只聽得一聲驚天動地的霹靂，祠後的土石竟爾崩坍。赤驊竭嘶厲鳴聲中，山洪帶著黃土巨石，排山倒海般地倒向祠堂①。李藥師本能地抱著出岫向前縱躍，兩人一同摔倒在祠前的泥濘之中。霎時間牆垣坍塌，梁柱傾折，屋脊斷裂，簷瓦椽木混著滾石崩土，直壓向他二人身上。李藥師狠命地拖著出岫，奮盡全身之力往前騰挪，只堪堪躲過那墜落的簷瓦椽木，卻已讓滾石崩土濺了一身。

又是一聲震天價響，祠中那方雕著龍子神像的丈高石板，竟也崩裂傾倒。疾雷暴雨聲中，李藥師竟聽見男童悲音飄忽：「爹、娘，孩兒不孝，無緣侍奉爹娘。孩兒去了……孩兒去了……」語聲雖然隱約，入耳卻又清晰。

那男童悲音既出，出岫手中那軒轅古鏡竟也應聲悲鳴。那男童悲音原本出自祠中，說到「孩兒去了……孩兒去了……」之時，餘音已飄出祠堂，飄向山下。那古鏡悲鳴竟也緊隨在男童悲音之後，帶著一縷清光，追向山下去了。

男童悲音、古鏡悲鳴本是倏忽時間之事，李藥師雖然耳聞目睹，當時卻也無心多慮。他只慶幸山石不再繼續崩坍，雨勢似乎也略為減緩。低頭看看懷中出岫，她卻是雙目緊閉，臉色慘白，呼吸停止。李藥師大駭，抱著他冰冷的身子急喚：「出岫！出岫！」

他忙掐出岫人中，只望能讓她清醒；又探出岫脈搏，但覺脈息雖然微弱紊亂，總算仍然隱隱跳動。李藥師一時憂喜參半，緊抱出岫，但望帶給她些許溫暖。

須臾之後，出岫終於輕咳一聲，漸漸透過氣來。李藥師大喜，連忙又喚：「出岫！出岫！」出岫卻不作聲。

祠傾木折之後，已然無處躲雨。李藥師只好用自己的身子盡量遮住出岫。所幸時序雖是仲冬，當年氣候卻並不嚴寒，所以降雨而不降雪。李藥師本是練武之人，身上又穿著輕裘，總算不至於寒凍。出岫身上也穿著貂裘，然而李藥師抱著她縱躍騰挪之時，衣衫早已凌亂。李藥師怕她受寒，讓她斜倚在自己身上，一面用自己的輕裘再將她罩住，一面伸手拉她衫裙，要將她腿足完全覆於貂裘之內。

一拉之下，衫裙翻轉，李藥師猛然發現，出岫的下半身，竟全浸在血穢之中！他駭然再看，一時驚得神魂離竅。原來適才為躲避崩土坍垣，自己帶著出岫縱躍騰挪之間，出岫竟已失了腹中胎兒。他陡然想起那男童悲音與那古鏡悲鳴相逐下山之事，一時會過意來，當下肝膽俱裂，不自覺潸潸流下淚來。

他不敢移動出岫，只輕輕為她理好衣衫。再看出岫，她已微微睜開雙眼。李藥師心痛難言，望著她直叫：「出岫！出岫！」

出岫倚在李藥師懷中，口唇微動，勉強叫了一聲「藥師」，珠淚涔涔淌下。李藥師低頭為她拭淚，自己的淚水卻混著雨水，點點滴滴又落在出岫身上。出岫強顏一笑，說道：「藥師，你如此待我，我卻終究不能侍奉君子左右，你……你會怨我、怪我嗎？」

李藥師聽她語意不祥，當下猛然搖頭，大聲說道：「不會的！不會的！」他言中之意，自然不僅是不會怨怪出岫而已。

出岫微微一笑，說道：「我原知……原知你……你不會怪我的。」雖然只是短短數語，她話聲卻愈來愈微弱。勉強才說一句話，就倚在李藥師身上閉眼歇息。李藥師一面希望她安心歇息，另一面卻又怕她一旦閉眼，從此就再也不會醒來。

卻見出岫又突然睜開雙眼，斂起笑容，正色說道：「那唐國公竟將我等迫害到如此……地步，咱們……咱們豈可與他干休！」

李藥師一驚，連連搖頭，說道：「不是的！不是的！」他明白這場豪雨山崩，實是自己昨夜行雨之誤，與李淵並無關聯。李淵的追兵先已下山，夜間若是在那山村之內滯留，此刻只怕已然命喪洪澇。

然而出岫卻不明白：「怎麼不是？若非……若非那唐國公相逼，咱們……咱們怎麼會來到這姑射山中，遇見……遇見這豪雨山崩？」她說此話之時，目光散亂無神，語聲已然低不可聞。她原是弱質紅顏，從三原一路來此，歷經顛沛傾倒，本已傷了元氣。這幾日來先受驚嚇，再受風寒，如今又失胎兒，心神早已渙散。只為要對李藥師說幾句話，方才勉力強自支撐。李藥師看出出岫神情，知道無論自己如何解說，她也決計無法聽入耳中，只好一面緊摟著她，一面儘管搖頭。

出岫見李藥師一味搖頭，心中又急又氣。她一生和順，此時失了胎元，魂魄將離，心神已散，竟爾目露凶光，拚著最後一口氣恨恨說道：「我等絕……絕不能與唐國公甘休。我若……若再世為人，必當絕……絕他後代！」她本是勉強掙命，如今一語既畢，再不餘半分氣力，全身頓時垂倒在李藥師懷中。

李藥師見她雙眼圓睜，神色淒厲，一時也亂了方寸，只是緊抱著她，急道：「不要！不要！」然而，伊人卻再也聽不見了。他懷中的出岫，全身頹委癱軟，再無半點血色，再無半點氣息。無論李藥師如何緊抱，也再無法給伊人絲毫溫暖。李藥師只覺懷中身子漸漸僵冷，自己心下也寂寂空空地失了著落。此時卻不覺得如何悲傷，只輕輕為她闔上眼瞼，抱著她木然而坐，渾然忘卻雷雨蔽空……

李藥師抱著出岫屍身，也不知竟在大雨中耽了許久，直至聽見赤驊嘶鳴之聲，他才漸漸回過神來。他抱著出岫，又傷神多時，終於想到該讓逝者入土為安。此時出岫屍身已然濕透，李藥師知道，她決計再禁受不了路途顛跛。在此荒山野嶺，實在無法可想，李藥師只得將出岫連同胎兒，置於龍子祠的斷垣頹壁之間，撿些碎石殘瓦，撒在周身上下。然而，他卻如何也不忍心將出岫顏面掩埋，只望著那張蒼白僵硬的遺容，又憐又慟，又悔又憾。

貽望……再貽望……李藥師輕柔無比地將出岫臉上的塵土，一絲一縷都拭乾淨。只是她眉心之間濺了少許血漬，卻怎麼也清除不去。然那一點朱紅，卻也並未損她顏色。李藥師稍覺心安，輕嘆一聲，閉上雙眼，終於狠下心腸，將身前的碎石瓦礫一推，出岫便入了土中。

李藥師再撿些石瓦，為出岫堆成一個碎石塚。又撿來一塊較大的石片，取出身邊佩劍，稍事思量，當即刻上「三原李門張氏之墓」八個字，立在塚前。出岫雖然尚未過門，然而父母都已應允他二人的親事。何況出岫還曾懷有他李家的孩兒，當然應該是「李門張氏」。

李藥師在出岫塚前默禱許久，方才站起身來。豈料尚未立穩，竟又跌坐在地。此時他才發現，原來抱著出岫縱躍騰挪之際，自己的左足腳踝竟已受傷。適才全心放在出岫身上，竟未察覺傷勢。此時他略為包紮，撿了一根斷木，支撐著站起身來。

李藥師方才站起，轉過身來，卻恰巧見到眼前地上，正是那方雕有龍子神像的石板。原來他撿來為出岫刻墓碑的石片，乃是這石板斷裂的殘片。他見石板雖然傾倒斷裂，龍子神像本身卻無大礙。他便勉力將神像扶正。但見出岫的碎石塚正在龍子神像後方，他想，龍子神靈雖然在雷雨中飄然下山，想來遲早必會歸來。出岫魂魄有龍子神靈相伴，當不寂寞。

李藥師卻不知道，那龍子神靈本已準備出世，如今母親殞逝，失了依歸，杳杳冥冥地飄下山去。先沿汾水下行，又沿渭水上溯，遍尋不著安身之處。出岫累世德澤深厚，今世本有母儀天下之分，所以生於富貴之家。雖然曾遭國亡家破之禍，實肇與李藥師相識之因。如今她竟因夫婿行雨有誤而喪生，卻要那龍子往何處再尋出身？

龍子既行，那雷霆豪雨便也隨著西進，從關東一路將大雨帶入關內。此時李淵正由長安前往隴西，一行車駕停在武功驛館避雨，唐國夫人竇氏已懷有八個月的身孕。李淵正在屋簷下避雨，擔心這兩日難以上路，只怕要延誤行期，竇氏夫人卻已在驛館內室產下一名男嬰。這男嬰雖然尚不足月，卻白胖健壯，生而不啼。

此時正是隋文帝開皇十八年十二月，這男嬰乃是李淵次子，也就是日後的千載人傑唐太宗李世民。《舊唐書．太宗本紀》記載：「生於武功之別館，時有二龍戲於館門之外，三日而去。」此處所謂「二龍戲水，三日而去」，記的就是這場造成水災的大雨，在武功直下了三日三夜之久。

正當李淵在武功驛館喜獲麟兒之際，李藥師卻在姑射山上慟悼愛侶。出岫既葬，李藥師即將離去，便在碎石塚前歌數語屈原的〈思美人〉②，祭奠亡靈：

思美人兮．擥涕而竚眙
媒絕路阻兮．言不可結而詒
蹇蹇之煩冤兮．陷滯而不發

申旦以舒中情兮．志沉菀而莫達
願寄言於浮雲兮．遇豐隆而不將
因歸鳥而致辭兮．羌迅高而難當

李藥師心中悲思，實不止於傷悼出岫。他有滿腔委屈，意欲達之於上蒼。然而正如屈原當年作〈思美人〉之時，苦悶無法達之於楚懷王，李藥師此時歌〈思美人〉之際，惆悵也無法達之於上蒼。李藥師那陽水之年的佳偶終究殞逝了，那火土相生的貴子也畢竟失去了。十年之前玄中子所論的五行吉數不得全歸，則溥天之大，也不再可能為他所有。李藥師隱隱然若有所悟，卻又並不真切。

山雨漸止，李藥師在泥濘中尋得軒轅古鏡，稍稍擦拭乾淨，揣在懷中，蹣跚登上赤驊，下山離去。途中遠遠望見自己與出岫曾經借宿的山村，已成一片水鄉澤國。幾株大樹半身沒在水中，幾棟高屋的屋脊有如水中汀洲，隱隱似有人影移動。

李藥師見狀一怔，想起龍宮太夫人所說「山村夜半，暴雨突襲，平地水漲二十尺，豈能還有人畜存活」等語，心道：「這山村卻能邀天之憐，究竟還有數人存活。」當下他策馬上前，意欲入村以相助村民一臂之力。然而那山村入口已有官府救災的差人把守，禁止閒雜人等出入。此時李藥師滿身泥濘，形容狼狽不堪，官差怎會聽信他的言語，隨意讓他入村？

李藥師無奈，只得踏上歸途。他回到長安家中，才知道父親已由趙郡入京。李詮此來，本意是為李藥師與出岫完婚，誰知他二人竟已天人永隔。李詮靜聽李藥師敘述與出岫出奔臨汾的始末，知道愛子這回實是心瘁神傷。李詮溫言安撫，說道：「出岫雖然尚未與你成禮，然而咱們心中都已將她當成一家人。藥師，日後你當重修墓塚，讓她葬入我李氏墓園之內。」

李藥師聽父親此言，感激莫名，朝父親連磕幾個響頭，抱著父親膝前，又自掉下淚來。李詮見愛子如此，自己也不免痛惜。心病既不可醫，李藥師這段時日，便專心醫治左足之傷。又整理出岫遺物，見她已將玄中子所賜的那卷殘譜整理完全。捧著伊人手澤，自不免又是一番感傷。

李藥師所引發的這場大雨，非但改變了他自己的一生，甚至在朝廷中也挑起波瀾。楊堅雖然明敏有略，勤政節儉，卻也天性沉猜，輕視學術。他曾數度夢見洪水為患，淹沒京城。水盛之時，楊樹棵棵枯死，李樹卻株株開花。這樣的夢境，委實令這位雅好符瑞，嗜信圖讖的皇帝無法安眠。

此時楊堅得到奏章，得知關東大水成災，一面詔命有司賑恤，一面卻更為「水盛之時，楊枯李榮」的夢境所困擾。當時上柱國郕國公李渾有一子名李洪，楊堅懷疑他命應讖言，竟下祕詔將他賜死。自此姓李氏者人人自危，名從水者更是憂懼。李淵既姓李氏，名又從水，當然深自警惕，一時竟慶幸自己身在隴西，不必隨侍君王之側。然而他自忖命應圖讖，私心之中卻也不免自負起來。

第十五回　昆明池畔①

冬去春來，隋帝國的北鄰突厥汗國又生變故。十餘年前，突厥因長孫晟之計而分裂之後，東突厥受隋室與西突厥夾擊，被迫與隋室親好。其後數年東突厥汗位兩易，傳至都藍可汗，長孫晟再設計離間都藍與其弟突利可汗。在韓氏夫人故去，李氏兄弟廬墓之時，隋室以宗室女安義公主下嫁突利，以示親厚。都藍大怒，遂與隋室決裂。長孫晟趁此機會，勸誘突利率眾南下，監視都藍，為隋室作耳目。

長孫晟離間之計奏效，都藍忍無可忍，終於在開皇十九年春季，聯合西突厥的達頭可汗攻打突利。突利兵敗，奔逃入隋。達頭追逐突利，直逼大隋國界。楊堅見邊境吃緊，便依楊素之議，急調江南行軍總管史萬歲往前線禦敵，才將達頭遏阻於隋境之外。

史萬歲兵鋒所指，突厥聞風喪膽，儼然韓擒虎當年雄風。他得勝回京，因功晉位為柱國。李藥王隨在史萬歲麾下，也晉位為大將軍。長兄榮歸長安，李氏三兄弟又得團聚。李藥王聽說出岫

之事，惋惜不已。李藥師則從兄長口中得知，史萬歲與楊素之間相處並不融洽。此次楊素推舉史萬歲出禦達頭，實是要將他調離江南。至於所為何事？李藥王也不清楚。楊素在朝中一言九鼎，聖眷極隆，李藥王自然不願史萬歲與楊素反目。李藥師既與楊玄慶交好②，李藥王便託他擔負起折衝樽俎的重任。

從姑射山回來之後，李藥師絕口不談兒女私情，只將全副精神用在他那駕部參軍事的公職之上。他本有治世之才，如今再加意竭誠敬事，表現自然傑出優異，備受長官矚目。他雖然曾將出岫之事稟報予越國夫人、壽昌公主等人知曉，然而越國公府內的一草一木、一事一物，在在令他觸景傷情。楊玄慶明白李藥師心情，日常相見，或在李府，或在駕部，或相約前往校場跑馬。所以這半年來，李藥師竟未曾踏入越國公府的大門。

這日李藥師身負兄長所託的重任，與楊玄慶相約跑馬，然而不在校場，卻在城郊。此時赤驊為李藥師乘騎已逾十年，馬齒倍增，從姑射山回來之後，又常顯得意興闌珊。李藥師便讓愛馬解下鞍韉，頤養精神，自己另選良駒以備乘騎。然而他先後換了三匹好馬，卻沒有一匹如赤驊那般，能與主人心意相通。

午後時分，楊玄慶如約與李藥師在西門會面。他見李藥師又換一匹坐騎，那馬通體朱紅如火，不帶一根雜毛，惟有前額一道白印，而鬃鬣與四蹄也覆滿雪白長毛，端的是彤雲蓋雪，又兼雪峰出雲。楊玄慶一個勁兒撫摸，不住口地稱讚：「好一匹罕見的駒駿！」

李藥師笑道：「只是紅白分明，太過惹眼。」

兩人出了西門，沿著昆明渠道奔馳。楊玄慶騎的是一匹紫騮，毛色棗紅近紫，隱泛光華，越國公子的坐騎，自然神駿非凡。往常李藥師乘騎赤驊，楊玄慶乘騎紫騮，兩人常能齊頭並進。李藥師的騎術優於楊玄慶，而紫騮竟能帶著主人，不落於赤驊之後。今日李藥師乘騎一匹尚不能隨心駕馭的白蹄朱騢，紫騮自然跑得極是輕鬆。

楊玄慶卻深深被那白蹄朱騢吸引，眼光始終離不開那彤雲蓋雪、雪峰出雲的英姿。若不是紫騮尚能隨著李藥師的指示前進，楊玄慶一人一騎，早已不知跑向何處。奔馳數里之後，李藥師將馬勒住，回身對楊玄慶笑道：「玄慶，我見你實是愛極了這匹白蹄朱騢，可要試騎一程？」

楊玄慶笑道：「固所願也，不敢請爾。」

當下兩人交換乘騎，繼續沿著昆明渠道往西南奔馳。李藥師雖然不曾騎過紫騮，但一人一馬相識已有兩年。如今騎在馬上，竟是說不出的順暢。原來李藥師與楊玄慶交好，赤驊與紫騮也因而經常相處。紫騮比赤驊年輕甚多，一向追附赤驊驥尾，所以習性與赤驊相近，竟也稍能通曉李藥師心意。

兩人雙騎再馳十餘里，眼前現出碧波千頃，清漪逐岸，已然來到昆明池。昆明池是漢武帝劉徹為訓練水軍而開鑿的人工湖泊，據《漢書注》記載：「越巂、昆明國，有滇池，方三百里。漢使求身毒國，而為昆明所閉。今欲伐之，故作昆明池象之，以習水戰。」漢代的身毒就是隋唐的天竺，也就是今日的印度。

當年昆明池周圍四十里，廣三百二十頃。池中有靈臺、靈沼等勝趣，以比《詩經》中文王姬昌與民同樂，「麀鹿濯濯，白鳥翯翯」之象。還有石雕的牛郎織女，對立於東西兩岸，以象天河。又刻玉石為鯨魚，能夠噴水，據說每至雷雨，即可聽見石鯨隨雷聲鳴吼，鰭尾皆迎風雨而游動。池中有游魚無數，其大者盈丈，專供皇陵祭祀之用。百餘年後，詩聖杜甫有〈秋興〉八首，其中第七首寫的就是昆明池的秋景：

昆明池水漢時功
武帝旌旗在眼中
織女機絲虛夜月
石鯨鱗甲動秋風
波飄菰米沉雲黑
露冷蓮房墜粉紅
關塞極天惟鳥道
江湖滿地一漁翁

昆明池北岸有皇室苑囿，是歷代帝王狩獵之處。東西兩岸則遍布公侯園邸、將相別業，楊素自然也有莊園在此。李藥師與楊玄慶今日專為跑馬而來，所以不入莊園。李藥師問道：「玄慶，咱們今日是往北還是往南？」

楊玄慶拍著白蹄朱騴笑道：「只要讓我多與這馬兒親熱一會兒，你愛往哪兒，我都跟著。」他趴在馬兒背上，又撫又抱，又呵又哄，歡喜得像個孩子。

李藥師微微一笑，當先策馬往南行去。昆明池的北方，有苑囿園邸，飛閣流丹，桂殿蘭宮；而南方卻是青山綠水，層巒聳翠，鶴汀鳧渚。此地風貌，道地便是：

鳧鷖散亂棹謳發
絲管啁啾空翠來
沉竿續蔓深莫測
菱葉荷花淨如拭
宛在中流渤澥清
下歸無極終南黑
半陂以南純浸山
影動裊窕沖融間

他倆雖未曾讀過百餘年後的杜詩，此地也非渼陂，然而眼前，菱葉、荷花、菰米、蓮房交織池面，將盛夏的昆明池，點綴得如同繽紛錦繡一般。李藥師見到這般景色，不自覺便讓馬兒放慢了腳步。

昆明池是漢唐盛世的天下第一名池，楊玄慶自然常遊此處。不過往常都是入秋之後，王公皇子來此檢視水軍之時，他隨眾同行，並在池北的苑囿中狩獵。這仲夏時節池南的清幽恬靜，他竟從未見過。此時他從後面趕上李藥師，兩人並騎而立，楊玄慶不禁歎道：「往常我來昆明池，總是儀衛壯盛，典禮隆重，所見到的池景，便好似盛妝的美女；直至今日，才知道佳人淡抹的風情。」

楊玄慶以佳人美女比喻昆明池，登時牽動了李藥師心中最脆弱不堪的一處斷弦。李藥師當下淒然一笑，默然不語。楊玄慶自然明白李藥師心情，當即笑道：「往者已矣，來者可追，藥師，你又何必自苦若此？」他跳下馬來，昂然引曹孟德〈短歌行〉曰：「『人生苦短，對酒當歌』。良辰美景當前，若是不能盡歡，豈非暴殄天物？」

李藥師微微一笑，隨楊玄慶跳下馬來，將馬拴好，與他並肩坐在池畔石上，說道：「不錯，人生苦短，對酒當歌；良辰難遇，切莫蹉跎。只是今日無酒。」

楊玄慶笑道：「山嵐氤氳，樹影婆娑；有酒無酒，其奈我何？」

李藥師見自己無意間說出「切莫蹉跎」之句，恰好諧了「對酒當歌」之韻③，楊玄慶竟當真聯起句來，便也笑道：「峻峻青山，濯濯綠波；樽酒雖闕，池水獨多。」

楊玄慶豈是吟詩聯對之人？他戲言幾句，本是要將李藥師從悲思中引開。此時見他心情已振，便笑道：「若以池水當酒，不出對時，咱倆人就要醉得紅頰酡酡了。」

李藥師也笑道：「你我騎馬舞劍之人，若再如此婆婆娑娑，磋磋磨磨，不待醉得紅頰酡酡，就已愁得白髮皤皤了。」

楊玄慶開懷笑道：「可不是！《詩經》所謂『如切如磋，如琢如磨』，乃是道德文章的君子之事。咱倆人手中拿著馬鞭，腰上懸著佩劍，就算愁得白髮皤皤，也不過成了一對戴雲冠的韋馱。」兩人相與拊掌大笑。韋馱是佛門的護法武將，而雲冠卻是道士的白色文冠。韋馱若是戴上雲冠，那可真成非佛非道、不文不武的四不像了。何況韋馱只有一尊，若是成雙成對，豈不更是無稽？

談笑片刻，李藥師便將談話轉入正題：「玄慶，今日約你出來，雖是良辰美景，跑馬踏青，卻也另有要事。」

楊玄慶笑道：「怎麼，想約我一同改行當詩人嗎？」

李藥師搖頭笑道：「非也。想那王丞相、謝太傅都有詩作流傳後世，若是只為賦詩，卻也無須改行。玄慶，今日約你，乃是因為家兄有事相求。」王丞相、謝太傅乃指東晉名相王導、謝安，他二人均是出將入相，允文允武的人物。

楊玄慶「哦」了一聲，奇道：「令兄才從北方得勝歸來，如今晉位大將軍，功業彪炳，威名遠播，他竟有求於我？」

李藥師點頭道：「不錯，家兄正是有求於你。玄慶，你也知道，家兄多年以來，均在柱國史大人麾下。史大人與家兄曾追隨令尊討平高智慧，均因令尊厚愛，寬錄功勳，才得以總管江南軍務。此次突厥犯塞，也是因令尊之薦，史大人與家兄才得聖詔付予北拒突厥之任，因而得以加官晉爵。令尊德澤，莫說是史大人與家兄，就是在下，也感同身受。」

楊玄慶原本興高采烈，高談闊論，此時聽李藥師提起史萬歲，他神色卻凝重下來，只是望著昆明池的一池綠漪，沉默不語。李藥師轉過身來，面向楊玄慶，誠懇說道：「玄慶，令尊跟前，若有史大人與家兄可以效勞之處，還請直言相告。」

李藥師設辭雖然含蓄，楊玄慶卻怎會不明他言下之意？他二人向來無話不談，然而此時，楊玄慶卻默然良久，方才說道：「藥師，你今日究竟是為令兄而來，還是為史大人而來？」

李藥師道：「實不相瞞，原是家兄囑我為史大人而來。家兄一向尊敬令尊，然而他與史大人，畢竟有多年從屬之誼。」他見楊玄慶並沒有規避話題之意，便把話說得更清楚些：「玄慶，家兄目前處境，著實為難。」

楊玄慶怔怔地把玩著手中馬鞭，不經意地頻頻敲擊池畔草叢。良久，突然轉身望向李藥師：「若是我求爹爹將令兄調離史大人麾下，令兄可有異議？」

李藥師聞言一驚：「事態真有如此嚴重？」

楊玄慶緩緩點頭：「此事已成定局，我也不必瞞你。」他手持馬鞭，隔著昆明池遙指北方：「渭水以北，岐山之陽，便是周原。想那周太王古公亶父晚年，欲將王位傳予少子季歷，泰伯與仲雍便避居江南，以讓王位。④」他收回目光，轉向李藥師：「藥師，你對此事有何看法？」

古公亶父是周文王姬昌的祖父，他因避戎狄之逼，率周人徙居周原，建築城邑，發展農業，使周民族逐漸強盛。古公亶父有三子：長子泰伯，次子仲雍，少子季歷。泰伯與仲雍得知父親有意傳位予幼弟季歷之後，便藉口往衡山採藥，雙雙避居江南。古公亶父死後，季歷繼其位。季歷又稱王季，是姬昌的父親。

此時李藥師聽楊玄慶話中有話，便不置可否地答道：「泰伯三以天下讓，得孔子譽之為『至德』。」

楊玄慶又問：「當年泰伯若是不讓，又便如何？」

李藥師道：「古人事父母，以『無違』為孝道。泰伯乃是有德之人，必不至於有虧於孝道。所以只要太王有意傳位予季歷，泰伯便不會不讓。」

楊玄慶點頭道：「不錯，泰伯若是不讓，豈非有虧於孝道？有虧於孝道的失德之人，又豈可為天下主？」

李藥師聽楊玄慶之言，隱隱與「天下主」、「讓王位」有關，便三緘其口，不肯多話。

只聽楊玄慶又道：「藥師，數年之前，我爹爹曾隨侍皇上前往晉王府邸。只見府中樂器積滿塵埃，琴弦斷而不續，顯然久已不用。皇上當時便讚晉王不好聲伎，綽有父皇之風。這些年來，皇上屢次稱許晉王仁孝賢明，為諸皇子所不及，所以特見鍾愛，甚於東宮。」他殷殷問道：「藥師，泰伯若是生於今世，當會如何？」晉王便是楊廣，東宮則是太子楊勇。楊玄慶乃是以季歷比楊廣，以泰伯比楊勇，謂楊勇應當將太子之位讓與楊廣。

李藥師今日本是受李藥王所託，為史萬歲作說客而來，全然沒有料到，竟會從楊玄慶口中得知，晉王楊廣意欲奪嫡這樣的天大消息。此時他心中極是不安，深深吸一口氣：「泰伯若是生於今世，或許竟會往衡山採藥。」他將話題止於泰伯，不肯牽上東宮。

幸好楊玄慶並未相逼，他只直直注視李藥師，說道：「不錯，我爹爹也認為，泰伯若是生於今世，當會往衡山採藥。只可惜史大人並不同意。」

這次輪到李藥師避開楊玄慶目光，望著昆明池的一池綠漪，沉默不語了。良久，方才說道：「此中關節，家兄卻是全然不知。不如讓我回去，將此事稟明家兄，或許家兄在史大人跟前，還說得上話。」畢竟他今日只是受託而來，如何行止，當由史萬歲、李藥王決定。

只見楊玄慶微微一笑，說道：「我何嘗不希望如此？」

李藥師聞言一征，恍然笑道：「你將此事相告，原來本就是要我回去當說客？」

楊玄慶笑道：「這是何等大事，平白說著玩兒嗎？」

李藥師笑道：「只可惜辜負了眼前這良辰美景。」他站起身來，邊拿馬鞭輕輕撣去周身塵土，邊說道：「此事宜急不宜緩，咱們這就去吧！」

楊玄慶便也站起身來，走去牽過那匹白蹄朱騢，對李藥師笑道：「藥師，我看你愛我那紫騮，甚於愛這白蹄馬兒。不如將牠給了我，你便將我那紫騮騎去，如何？」

李藥師笑道：「『固所願也，不敢請爾。』」這是楊玄慶方才說過的，他此時再重複，兩人登時相視而笑。李藥師繼續說道：「然而這筆交易，卻是你吃虧了。好馬須得眼神清澄有神，呼吸沉穩均匀，毛色澤而不麗。這白蹄馬兒的眼神、呼吸都當得良馬之選，只是這身毛色，卻不免過於豔麗惹眼。」

楊玄慶笑道：「我愛的卻正是牠這身毛色。」他指著白蹄朱騢，邊比劃邊說道：「你看這馬兒，額直體方，四腿修長，肢勢端正，哪一點不合良馬之選？所謂『以貌取人，失之子羽』，若是以毛色評斷馬兒優劣，豈非以貌取馬？」

李藥師大聲笑道：「我卻不知這白蹄朱騢竟爾是馬中子羽，原是我以貌取馬，小覷了牠！」

當下兩人分別上馬，奔回長安城。李藥師回到家中，匆匆將紫騮交予管理馬匹的圉人，囑咐他暫時將紫騮與赤驊養在一處，便趕緊去尋李藥王。李藥王也正在等候李藥師，見他歸來，兄弟二人將房門闔上，李藥師便將楊玄慶的言語，源源本本說與兄長知道。

李藥王聽完李藥師說話，一時也自沉默不語。李藥師笑道：「大哥，當初我得知此事之後，也曾望著昆明池的一池綠漪，怔怔不知如何是好。只可惜此時此刻，眼前的景物，卻不如昆明池。」

李藥王淡淡一笑，問道：「昆明池別來無恙否？」

李藥師笑道：「當今盛夏之日，池上飛魚躍渚，潛鼉浮岸，水中那芙蓉菡萏，更是絲條垂珠，丹榮吐綠。還有一家白鵝……」

李藥王笑著將他話截斷：「白鵝也有『一家』的嗎？」

李藥師裝出一副正經神色：「大哥，那當真是『一家』白鵝，從大到小排成一列，白羽紅蹼，閑閑洄游於清波綠漪之間，著實逍遙自得之極。」他知楊素與史萬歲之間不協，本已讓大哥煩心；如今此事更牽入皇室政爭，兄長處境益發艱困。所以盡量找些輕鬆話題，陪李藥王說笑。

李藥王果然被他引得悠然神往：「那年我從南方回來，咱三兄弟同遊昆明池，也在盛夏，算來匆匆已有十年了！」

李藥師道：「大哥，這些日子左右閒來無事，過兩天我與客師再陪大哥往昆明池走走。」

李藥王苦笑道：「走走又如何？咱們一家人，竟還比不上那一家鵝。」兄弟兩人都想到父親遊宦他鄉，母親遙逝九泉，就是兄弟三人也難得團聚，心下不禁黯然。李藥王也不願讓氣氛過於沉重，轉而說道：「若是有朝一日，能製芰荷為衣，纍芙蓉為裳，傍清波為鄰，與白鵝為伍，那才不枉與昆明池相識一場。」

「製芰荷以為衣兮，纍芙蓉以為裳」原是〈離騷〉中的詩句，李藥師聽大哥此時引屈原流放江南時的淒美吐囑，心中隱隱泛起不祥之感。然而李藥王心情本已煩鬱，他不肯更添兄長之憂，故而仍是笑容滿面，擊掌而道：「好個製芰荷為衣，纍芙蓉為裳，那可比一對戴雲冠的韋馱得體多了！」

李藥王聽得一頭霧水，李藥師便將自己與楊玄慶二人在池畔相戲聯句之事，說與兄長知道。

李藥王聽畢，笑道：「你二人是一對戴雲冠的韋馱，史大人與我豈不是兩個拉弓弦的緊那羅？⑤」他兄弟俱熟讀經史百家，都是文武兼備的人物。李藥王聽李藥師與楊玄慶聯句，句句不離「歌」韻，便也諧了一句「緊那羅」。

「緊那羅」也是佛經名詞，其梵語原意為「人非人」。李藥王與史萬歲處境尷尬，進退兩難，所以自嘲為「人非人」。緊那羅乃是樂神，本應抱琴而彈；他二人卻是武人，只拉弓弦，不撥琴弦。

此時李藥師見大哥將話題轉回到史萬歲身上，知道兄長心中已有計較，便不再多言。

只聽李藥王緩緩說道：「數年之前，咱們丁憂廬墓之時，我曾向爹爹稟告晉王與楊大人往來密切等事。當時爹爹便已料到，晉王與楊大人必有所圖，而史大人不願參與其事，卻又不得脫身，所以心事重重，鬱鬱寡歡。」他尋思半晌：「爹爹還說，史大人不對我說明密談內容，或許竟是保全於我，命我不可以為他有意見外。」他轉向李藥師，語音殷切：「藥師，咱們的爹爹，才真可謂是料事如神哪！」

李藥師恭敬地應了一聲「是」，兄弟二人心中，益發對父親充滿崇仰孺慕之情。

李藥王又說道：「史大人乃是忠義之士，無論東宮與晉王孰賢孰孝，他都決計不肯參與臧否儲位之議。玄慶冀望我能向史大人進言，只怕是緣木求魚。」

他語音一頓，語調充滿情義：「這些年來，史大人對待我等一向推心置腹，我絕不能見他有難，便棄他而去。更何況，他與舅舅還有多年情誼。」他又轉向李藥師：「所以，藥師，將我調離史大人麾下之事，也就不必再提。」《隋書》史臣論史萬歲為人，說他「實懷智勇，善撫士卒，人皆樂死，師不疲勞」。

所謂「慷慨成仁易，從容就義難」。此時李藥師所聽所聞，句句皆是兄長在疾風板蕩之下的勁節特操，不禁又是感佩，又是不忍。當下只應了一聲「是」，便與大哥四掌相握。他兄弟二人心中莫逆，相互更添幾分敬意。

第十六回　漂泊孤客

李藥師將李藥王心意轉告楊玄慶，楊玄慶雖然有些失望，卻也並未相逼。然而他兄弟既然得知朝中隨時可能會有極大變動，言行便也更加謹慎。李藥師本欲避開皇室宮廷這是非之地，自請外調，無奈楊素不允。對於楊府，李藥師既不能斷絕往來，自招楊素之疑，也不願過於熱絡，惟恐惹禍上身。

隋室宮廷之內，太子楊勇雅好書史，秉性寬和，本與父皇楊堅大相逕庭。他又率意任性，奢華豪闊，頗令儉素慳吝的父皇側目；同時廣蓄內寵，落拓不羈，更使個性奇妒的母后不滿。十年之前楊廣伐滅陳國，從南方回來之後，意識到太子失寵，就已生奪嫡之心。他極力矯飾，屏除聲色，以示無改於父母之道。又刻意盡下，結納朝臣，因此名聲鵲起，以「仁孝」著稱於時。

楊素在朝中一言九鼎，聖眷最隆，遂成為楊廣竭力交納的對象。楊素懼內，不敢與廣蓄內寵、落拓不羈的太子接近。如今晉王賄以厚禮，屈意結交，楊素豈有不肯之理？他二人戮力同

心，在內廷聯絡獨孤皇后，在外朝勾結宇文述、張衡等朝臣，對太子肆意誣蔑陷害。浸潤之譖，膚受之愬，皇帝對太子已生疑懼。如今只待可乘之機，晉王便可取儲君之位而代之了。

突利可汗入隋內附之後，楊堅封之為意利珍豆啟民可汗①，在黃河河套南岸的勝州、夏州之間，築大利城以安頓啟民部眾，並劃出四百餘里土地，供他們作為畜牧之用。又因安義公主已死，楊堅再以宗室女義成公主下嫁啟民。

此時隋室對於突厥，雖然尚不能完全掌控，然而與北周、北齊對立時代，處處受制於突厥的窘況相較，則已有天壤之別。如今啟民內附受封，突厥在名義上已臣屬於天朝上國，隋室更覺得揚眉吐氣。

開皇十九年暮冬，啟民之兄，東突厥的都藍可汗為部下所殺，隋室即遣啟民出塞招慰都藍部眾。隋室對於啟民的種種親善措施，本已令西突厥的達頭可汗十分不滿，此時達頭也欲招降都藍餘眾，啟民出塞，便與達頭產生直接的衝突。達頭遂於次年初夏再度進犯隋境。

前次達頭追逐啟民進逼大隋，其勢銳不可當，楊廣、楊素均心存懼怯，不敢輕涉，遂急調史萬歲出塞禦敵。如今達頭已是史萬歲的手下敗將，氣勢大不如前，楊素乃舉薦晉王領兵出師。皇帝依奏，詔命晉王為行軍元帥，出拒達頭。楊廣終於離開江南，有機會涉足北方的權力核心。

前次達頭犯塞，乃是與都藍聯手攻打啟民，率領大軍有備而來。此次再度啟釁，只是因招撫都藍餘眾，而與啟民臨時產生衝突，實則並非傾巢而出。楊廣明知敵勢不強，卻仍大張旗鼓，兵分兩路。一路由他親率楊素、楊玄感出靈武道，另一路以皇子漢王楊諒率史萬歲、李藥王出馬邑道。敵我勢力懸殊，隋軍自然輕易便得全勝而歸。

隋軍凱旋，酬功的褒賞詔書卻遲遲不下。當時皇帝正在新建的仁壽宮內避暑，楊廣前往朝覲，也遲遲不歸。史萬歲、李藥王、李藥師都知道，朝廷大變，已迫在眉睫了。夏日炎炎固然難耐，心焦如焚卻更為難堪。

鵠企一夏之後，復又望穿秋水，皇帝終於在暮秋之月回到朝中。楊堅所下的第一道敕書，竟是廢黜皇太子楊勇及其諸子為庶人，立誅柱國史萬歲，以及左衛大將軍元旻。李藥王竟連與史萬歲訣別的機會都沒有。總算楊素尚念與韓、李兩家多年的情分，沒有讓李藥王牽累其中，只將他調往韓洪虎麾下。

隋文帝楊堅忌下寡恩，他在位期間，幾乎年年都有位列柱國的重臣遭到誅戮。《隋書》記述其事，均寫「以罪伏誅」。惟在此時，卻寫「殺柱國太平縣公史萬歲」、「殺左衛大將軍五原郡公元旻」，可見其冤。《隋書．史萬歲傳》記載得更清楚：「楊素害其功，太子勇事時殺之，冤也。」

隋代重臣鮮克有終，楊堅時代如此，其後楊廣更是變本加厲。隋煬帝一朝中，賀若弼顛殞於非命，為楊廣策劃奪嫡的張衡也遭處決，楊素則是僅保首領以終。韓擒虎得保盛名，在隋王朝實屬例外之幸，雖然他那「生為上柱國，死作閻羅王」的記載，其實疑點甚多。

史萬歲遭到橫冤，李藥王實是悲痛已極。又見皇帝對楊素大加賞賜，楊玄感進位為大將軍，楊玄惠、楊玄慈雙雙晉位為上儀同。當初出塞抗禦突厥，馬邑道的隋軍與達頭大軍正面交鋒，激戰獲勝；靈武道的隋軍只遇突厥側翼，無虜而還。如今楊素為構陷史萬歲，竟使賞罰如此不公，連帶漢王楊諒都頗受委屈，李藥王忿然便欲辭官。韓洪虎極力一再勸解，李藥王自己也知道此時絕非求去的時機，只有強自吞聲隱忍。

李藥師心中明白，與其說楊素忌憚史萬歲的功勳，必欲除之而後快，不如說晉王嫉恨史萬歲不肯為自己所用，因此不容他存活。楊素畢竟保全了李藥王，所以李藥師對於楊素，卻也不能有所怨尤。他實在不願繼續任職宮廷，於是再度自請外調。當時禮部尚書牛弘已升任吏部尚書，他對李藥師乃是真心賞識，於是代為向楊素進言，安排李藥師往汲縣任縣令之職②。

這年李藥師正值而立。他來到汲縣，但見秋風蕭颯，山川寂寥，獨自煢煢孑立，形影相弔。不禁懷想十年之前，楊素曾為自己主持弱冠之禮。當時父母俱在，諸舅交賀，雲荼燦爛，意興風發的情景，真是恍若隔世。中唐詩人劉禹錫有一首五言絕句〈秋風引〉，差可形容李藥師此時情境：

何處秋風至
蕭蕭送雁群
朝來入庭樹
孤客最先聞

然而李藥師畢竟有澄明通透的心性，又有含元守靜的修養。此時他雖尚未達到樂天知命的境界，然對於《老子》精闢的智慧，他絕不只當成若存若亡的過眼雲煙。《老子》既說「曲則全，枉則直」，他便暫且放下兄長的委屈挫折。《老子》既說「和其光，同其塵」，他便韜晦含光，混同塵俗，專心致力於眼前的公職。

汲縣縣令之職，雖不是顯赫的高官，然而卻負一縣行政之責，乃是地方父母，與李藥師以往所任功曹、參軍事等屬官相較，性質頗為不同。如今他可以秉承自己的政治理想，處無為之事，行不言之教，將汲縣治理成無爭無尤的世外桃源。

汲縣是周代尚父太公望姜子牙的故里，當地人民對太公望極其尊崇，有太公祠、太公碑、太公泉、太公臺、太公墓等諸多古蹟。李藥師本對太公望甚為景仰，甫到任即拜訪尚父古蹟，以致敬意。轄下子民見這位新任的縣令如此敬重本縣先賢，自然對他愛戴有加。

汲縣北郊，就是當年太公望助周武王姬發擊潰殷商紂王帝辛的牧野戰場。李藥師來到牧野，只見天地蒼莽，川原遼闊，不禁遙想《詩經．大雅．大明》記載牧野之戰的情景：

牧野洋洋．檀車煌煌．駟騵彭彭
維師尚父．時維鷹揚
涼彼武王．肆伐大商．會朝清明

見到牧野戰場的豪闊，回到縣衙之後，李藥師自然便取出太公望的兵書，如《內謀》、《六韜》等等，再讀一遍。太公望是上古時期厥偉的戰略家，以他為名的著述，多為後人的依託，然而亦不違太公望當年用兵的風範。李藥師此時怎能想到，多年之後他也成為厥偉的軍事家。後人託他之名而成的著述之多，實可謂洋洋大觀，猗歟盛哉，不讓太公望耑美於前。

汲縣屬於衛州轄下，這帶地區是關東重要的糧食產地。隋文帝時代實行「關中本位」政策，關中不但是中央政府所在地，也是重兵屯駐區，糧食消耗極大。當地農作生產不敷使用，須要由關東輸運。關東對京師的輸糧，本為各州分別直接運送，開銷極鉅。開皇初年，楊堅為節省人力物力，將輸糧改為集中收糧、分段運送的方式。當時在黃河沿岸設置多座糧倉，並開鑿廣通渠連接洛陽至長安之間的各倉，以利漕運。隋初所設的第一座糧倉，後世有「天下第一倉」之稱的黎陽倉，就在汲縣。

糧倉直屬於州府管轄，雖位於汲縣境內，卻並不在李藥師治下。然因地利之便，李藥師對此倉也多有瞭解。黎陽倉共有三千窖，每窖可容糧食八千石。僅此一倉，這二十年來所積貯的糧食，便足供政府將近十年之用。而在黎陽倉之外，黃河沿岸另有三座大型糧倉，規模較小者更不知凡幾。若以黎陽倉的貯糧推算，各倉所貯糧食的總和，足可供養全國軍民數十年之用！如此富裕的政府，實是史所罕見。

公事之外，這段期間李藥師形單影隻，心靈上最大的慰藉，便是那卷恩師所賜、出岫補全的琴譜。李藥師雖會撫琴，但音律從來不是他的偏好。因此竟要待得出岫故去，整理遺物之時，方才發現伊人已將殘譜整理完全。如今他展讀卷冊，依譜撫奏，卻覺得疑難重重。

傳統的琴譜只記聲韻、指法，而少有節拍。或可以說，與沒有標點符號的文字，頗有類似之處。撫奏之人有極大的空間，可以自行斷句括節，詮釋抑揚頓挫。因此同一曲譜，非但不同的琴人可以演繹出不同的情懷，甚至同一位琴人每一次撫奏，都能揮灑出不同的意境。所謂「琴操」、「琴為心聲」，即是因此之故。

此外，同一個音，在琴上也有不同奏法。調弦向以中呂均為「正調」，七弦散音、五弦十徽、四弦九徽、二弦七徽相和；六弦散音、四弦十徽、三弦九徽、一弦七徽相和等等。而且，同一弦的同一徽位，又可以大指辟、托，食指抹、挑，或中指勾、剔。也就是說，同一個音，卻有清拙老嫩、陰陽靈樸的分別。

李藥師雖能依著琴譜，將每個音彈得正確，卻無法參透曲譜中更深一層的玄妙。一時不禁喟嘆：「難怪嵇中散要說：『〈廣陵散〉於今絕矣！』」嵇康字叔夜，因曾官至曹魏中散大夫，故後世又稱「嵇中散」。他蒙冤被誅，臨刑前索琴奏〈廣陵散〉，曲終嘆曰：「〈廣陵散〉於今絕矣！」

這些時日，李藥師的生活雖然閒散，然而對於軍國大事，他也從未掉以輕心。除了由糧倉的儲積得知國家的富裕之外，他也知道京師長安之中，政局的波譎雲詭從未暫歇。楊堅廢黜太子楊勇之後，不數月即另立晉王楊廣為太子。次年又改元仁壽，大赦天下。楊素在易儲事件中居首要之功，除豐厚賞賜之外，皇帝又晉封他為尚書左僕射。

至於北方的突厥，達頭可汗得知史萬歲已遭誅戮，再無所懼於大隋，不久之後，便大舉寇邊。皇帝遣柱國韓洪虎出禦突厥，他率領大將軍李藥王、蔚州刺史劉隆等出塞，遭遇達頭大軍。當時雙方眾寡懸殊，隋軍四面受敵。韓洪虎在重圍之下酣戰絕地，率眾拚死突圍，已是身被重傷。此役隋軍死傷大半，突厥的傷亡則更是隋軍的數倍。然而韓洪虎畢竟敗績，還朝之後，劉隆竟被處死，韓洪虎、李藥王也遭除名，同被貶為庶人。

李藥師得到消息，自然極是悒鬱。不久之後，他便接獲兄長的家書。李藥王信中說道，自從史萬歲殞逝之後，自己便已厭倦了功名利祿。如今脫去戰袍，換上布衣，反倒覺得輕鬆自如。他遷出長安的官邸，在昆明池南岸無車馬喧囂、有山嵐飛鳥之處，置了數頃土地，結了幾間廬舍，過起「採菊東籬下，悠然見南山」的隱士生活。

然而，李藥王信中畢竟也提及當日「傍清波為鄰，與白鷴為伍」等語。他不便直書〈離騷〉的哀怨，以免落人口實，說他以楚懷王比喻當今。李藥師卻明白兄長心境。他傚陶淵明「採菊東籬下」之時，能不想起屈原「朝飲木蘭之墜露兮，夕餐秋菊之落英」？他仿陶淵明「悠然見南山」之際，能揮得去屈原「表獨立兮山之上，雲容容兮而在下」？李藥王心中，是不能沒有遺憾的。

隋軍敗績之後，長孫晟繼續對西突厥進行離間分化之策。不出數月，西突厥內亂，達頭可汗出奔吐谷渾。達頭既去，東、西兩突厥最高可汗之位均告懸虛，即刻引起內部勢力爭鬥。相互混戰之下，突厥部族九萬餘口為避難而降入隋室。隋室經略突厥多年，於此不費一兵一卒，即獲得空前的成果，皇帝當然龍心大悅。

至此，長孫晟分化突厥的任務，可謂大功告成。楊堅進封他為右驍衛將軍。此年長孫晟甫得一女，名之為無垢。他認為自己終於得以克竟全功，均是因為此女旺父益家之故，所以將無垢視為掌珠，珍愛異常。十三年之後，無垢嫁入唐國公府，成為李淵的次媳。她，就是大唐太宗李世民的長孫文德皇后。

李藥師聽說達頭出奔吐谷渾，知道乃是長孫晟離間政策成功，得以「不戰而屈人之兵」。然而，吐谷渾在突厥與大隋兩強勢力威脅之下，竟敢收容達頭，他不免對這個國家好奇起來。吐谷渾位於今日青海省的東部，當時是隋帝國的西鄰。除突厥之外，吐谷渾是隋帝國最大的外患。吐谷渾系出鮮卑，其始祖慕容吐谷渾率所部西渡洮水，在洮西建立國家。至其孫，始以祖父之名為國號。

北魏時期，吐谷渾逐漸強大，其酋長夸呂自稱可汗，定都於青海湖西方的伏俟城。西魏、北周時期，夸呂曾屢率族人寇掠邊境，謂之曰「牧馬」。吐谷渾濱臨洮水，中唐時期西鄙人所唱的〈哥舒歌〉，其中「至今窺牧馬，不敢渡臨洮」之句，指的便是吐谷渾的牧馬。

隋帝國建立之初，夸呂仍然寇掠不絕。當時隋室在北方有突厥逼臨，在南方與陳國對峙，實在也無餘力應付吐谷渾。直至伐滅陳國之後，國力日益壯大，夸呂才不敢再肆意寇掠隋境。

夸呂之後，其子世伏繼立。他一改乃父之風，向隋室上表稱藩。楊堅送宗室女光化公主西出青海，與世伏和親。不久，世伏死於吐谷渾內亂，其弟伏允繼立，光化公主依胡俗再嫁伏允。自此伏允年年親來大隋朝貢，實則暗中訪察中土國情。此時吐谷渾收留達頭，其與隋室的矛盾已逐漸明顯。

仁壽二年八月，獨孤皇后崩逝，謚曰獻，葬於太陵。獨孤皇后甫葬，楊堅即不安於室，寵幸後宮宣華夫人陳氏與榮華夫人蔡氏。陳氏是遜陳後主陳叔寶的幼妹，蔡氏也是平陳之後與樂昌公主、出岫等一同以囚虜之身被俘北上的陳室貴裔。出岫的十八姨執掌後宮，李藥師豈不成了皇親國戚？為此，他狂笑三聲。

皇帝如此，已奪得太子之位的楊廣當然不落於乃父之後。此時楊堅常命太子監國，自己前往仁壽宮避暑。父皇既不問國是，母后又長眠陵寢，楊廣的本來面目便逐漸暴露。文帝共有五子，皆為獨孤皇后所出，楊堅常以此自豪。然而此時，長子楊勇已被廢黜，三子秦王楊俊早逝。這年，四子蜀王楊秀又因楊廣構陷，被廢為庶人。如今除楊廣之外，朝中只餘幼子漢王楊諒。

仁壽四年，六十四歲的皇帝已是病痛纏身，日薄西山。楊廣前往仁壽宮朝觀父皇，在御榻之側見到宣華夫人，竟然意欲染指。楊堅得知此事，大為震怒，急命隨侍身邊的近臣宇文述，即刻傳召廢太子楊勇進宮。誰知宇文述不召楊勇，卻將消息傳與楊廣。

楊廣得到消息，忙帶親信朝臣張衡等匆匆入宮。張衡首先進入大寶殿覲見文帝，片刻之後出殿，再與楊廣、宇文述一同進殿。楊廣等人再出殿時，即便痛哭流涕，拜伏於地，謂父皇自知不久於世，適才與自己等人握手辭訣，云云。

當夜，楊廣便召宣華夫人侍寢。三日之後，楊廣發喪，謂父皇於是日賓天。然宮人進入大寶殿時，大行皇帝的遺體已有屍臭。不久，榮華夫人亦充為楊廣下陳。

文帝既崩，楊廣嗣位於仁壽宮，即是歷史上的隋煬帝。他甫登大寶，立時誅殺長兄楊勇。漢王楊諒心知新皇帝早晚要對付自己，索性舉兵謀反。楊諒年少，膽識經驗均不足。楊廣詔楊素出討，輕易便將叛軍平伏。楊諒與楊秀一般，被廢為庶人，雙雙遭幽禁以終其生。一母同出的五個兒子如此相煎，楊堅必在陵寢之內痛心疾首。

此時楊廣封賞朝臣，大赦天下，以博臣民之心。楊素晉位為尚書令，那已是皇帝一人之下，手握實權的最高職位。韓洪虎復起為隴西刺史，李藥王則不願再入仕途。李藥師被調回京師，再度任職宮廷，成為殿內直長。這是皇帝身邊的禁衛，經常親近天顏，乃是多少人求之不得的當紅職位。楊素將李藥師安置在皇帝左右，自然是經過深思熟慮之後而作的決定。

當時李藥師手下有一名三衛，姓李名密，字玄邃，乃是西魏八大柱國之一李弼曾孫，蒲山郡公李寬之子。皇帝的禁衛都是簪纓世冑，李密出身並不特別顯赫。然而他與三國魏晉之際〈陳情表〉的作者，於邑泣訴「臣無祖母，無以至今日；祖母無臣，無以終餘年」，以烏鳥私情委婉辭官的孝子李密同名同姓，倒是引起李藥師的注意。李藥師見他年齡雖輕，卻頗知進退儀節，不免對他另眼相待。

這日正當李藥師率領李密等人值衛，許國公宇文述與唐國公李淵連袂陛見。宇文述曾為楊廣策劃奪嫡，乃是皇帝腹心；李淵雖是楊廣的兩姨表兄，卻並不得聖眷親信。皇帝對待二臣的態度明顯不同，被李藥師看在眼中，李淵還真不是滋味。

皇帝身邊的禁衛，包括李藥師在內，均是儀表堂堂，品貌出眾。惟有李密，卻是身短面黑。楊廣方自高倨暢言，俾倪天下，不經意顧見這名粗短黝黑的三衛，心中一驚，登時便生厭惡之感，話題頓傳，指著李密問李藥師：「殿角那名黑面小兒，是何許人？」

李藥師上前回稟：「此人乃是新進的侍衛之臣，名喚李密，暫充三衛之職。」

楊廣眉頭一皺：「此箇小兒視瞻異常，莫再讓他宿衛。」

李藥師領旨，即命李密下殿，另換他人值衛。當著李淵之面受到皇帝指摘，這下換李藥師不是滋味了。但見李淵眼神斜斜瞟來，嘴角隱隱冷笑。

皇帝退入禁宮之後，宇文述與李淵下殿，命李藥師喚李密來見。宇文述勉勵李密道：「小兄弟，你聽令如此，應當以才學取官。三衛乃是叢脞之職，實非養賢之所③，你何須戀棧？」李密敬謹拜領箴言。「叢脞」出於《尚書．皋陶謨》，意謂總管瑣碎小事而無大略。

李淵接道：「許國公所謂『禁衛叢脞，實非養賢之所』，此言深為有理。小兄弟，你離此而去，以真才實學用於當世，方為正途。」宇文述聞言，看了李淵一眼。連他這旁觀之人也意識到，李淵將「三衛」改為「禁衛」，有意將李藥師牽入其中。

待宇文述與李淵離去，李密對李藥師躬身道：「大人，屬下自忖姿貌難如聖意，原本不敢奢望值衛御前。蒙大人不以醜陋見棄，命屬下入殿當值，屬下感激涕零。如今卻因屬下之故而令大人難堪，屬下委實愧對大人。」

李藥師拍拍李密背膀，說道：「你莫要如此。適才許國公與唐國公均讚你才學出眾，如今離此而去，將來前程當更為遠大。你得兩位大人稱許，我也為你歡喜。」

李密謝道：「屬下自知淺薄，不敢當諸位大人謬讚。然而離此而去，今後卻不知何去何從，尚望大人指點。」當時楊素威令赫赫，炙手可熱，人人均希望得到越國公的青睞。李藥師乃是楊素極力舉薦的人才，與越國公府關係匪淺，此事也是人所共知。李密此言，自然是希望能得李藥師引見楊素。

李藥師怎會不明白李密話中之意？此時聞言而笑：「如今越國公求賢若渴，你何不前往一試？」

李密便也明言：「屬下不才，為主上所棄。戴罪之身，若是不得大人引見，去到越國公府，只怕難得重用。」

李藥師笑道：「越國公府人才之盛，雖然不如孟嘗當年，卻也所差無幾。你縱使由我引見，也未必能得重用。不過，難得你有如此雄心壯志，不如……」他尋思半晌，說道：「越國公最喜勤勉好學之人，你不妨如此如此……」

李密聞言大喜，朝李藥師拜謝不已。

第十七回　再入楊府

不數日，長安皇城之內，越國公府附近的官道之上，便出現一頭黃牛。黃牛背上以蒲席為鞍韉，乘坐一名年輕人，手持書卷，邊行邊讀，牛角上另掛有一帙書卷。皇城之內乃是貴族居處，常人乘騎縱非駿馬，也是健騾。如此乘牛招搖過市，自然極為引人矚目。路人不免好奇，問那年輕人所讀何書？答曰《漢書》。

這日楊素下朝還家途中，也見到這名邊騎牛、邊讀書的年輕人。他命駕前驅，問道：「何方書生，勤學若此？」

那年輕人見是越國公府的車駕，便下牛參拜：「晚生京兆李密，拜見越國公。」①

楊素又問：「你手中所持何書？」

李密答道：「晚生正讀〈項羽傳〉。」

楊素喃喃唸了兩聲〈項羽傳〉，再問：「為何讀〈項羽傳〉，不讀〈項羽本紀〉？」

李密答道：「項氏起於隴畝，三年之間，將五諸侯滅秦，分封王侯，政令咸出，號為西楚霸王。項氏經營天下，達五年之久，所以太史公為之作〈帝紀〉，而不入〈列傳〉。太史公以一介炎漢罪臣，謂項氏為帝舜苗裔，又贊之曰：『位雖不終，近古以來，未嘗有也。』此等膽略見識，豈是班蘭臺能與之匹儔？晚生讀〈項羽傳〉，益發欽佩太史公見解超群。」

《史記》的體例，〈本紀〉以敘帝王，〈世家〉以記諸侯，〈列傳〉以誌人物。而從《漢書》開始，史書就只有〈本紀〉、〈列傳〉，沒有〈世家〉了。司馬遷為項羽作〈本紀〉，乃是正式將他列入帝王的位階。

楊素問為何不讀〈項羽本紀〉，李密便引〈項羽本紀〉中的文句答之。非但巧妙地辯駁自己並非不讀〈項羽本紀〉，更將司馬遷與班固作成比對，闡釋讀《漢書．項羽傳》之後，才益發欽佩《史記．項羽本紀》的見解超群。班固著《漢書》時任蘭臺令史，後人將他的文賦輯為《班蘭臺集》。李密稱班固為「班蘭臺」，隱含自己也曾讀過《班蘭臺集》之意。

楊素是何等人物，自然領會李密言語之中的種種機關，不禁對他大為讚賞，將他帶回府中，讓他輔佐楊玄感。李密本以玄邃為字，因為重了楊氏兄弟的名諱，便另以法主為字。

李藥師巧計，將李密薦入越國公府，自己卻仍在宮廷任職。楊廣覬覦大位日久，奪嫡的過程中為得父皇母后之心，委實屈意承歡，將自己的聲色物欲竭力隱藏，未免痛苦不堪。如今既登大寶，當然要恣意補償。李藥師侍衛皇帝身邊，將楊廣的所作所為看得格外清晰。

楊廣嗣位不久，便聽信術士之言，認為長安不利於己，於是遷居洛陽。為鞏固洛陽防務，他徵調數十萬民伕，在洛陽城外挖掘環城壕溝，沿線設置關防。次年改元大業，又命宇文愷在舊洛陽城的西方修築新城，其規模與楊堅時代所建的大興城，也就是後世所稱的唐長安城相仿。參與此項工程的民伕，每月多達兩百萬人。新洛陽城建成之後，便是隋帝國的東都。相對於東都，長安被稱為西京。

楊廣又命宇文愷在洛水之上建造苑囿性質的顯仁宮，其工程與修築東都同時進行，遠自江南徵調奇材怪石，由邊陲輸入珍禽異獸，從各地蒐集靈花芝草。同年又建西苑，以人工築山掘海，在海中山上廣置樓臺宮殿。楊廣於月明之夜攜數千宮人漫遊苑中，御筆親譜〈清夜遊曲〉，命隨行宮人乘馬吹奏，以助遊興。

隋代最著名的運河工程也同時進行。運河的開鑿始於文帝，當時開廣通渠以利關內與關東之間的漕運。鑿成之後京師長安與東方各地的交通大為改善，長安在唐代成為全世界最偉大的城市，廣通渠厥功甚偉。

楊廣繼續開鑿運河，為的卻是遊樂。此年開通濟渠及邗溝，起於西苑，東入黃河，再南接淮水，通往江都。運河寬四十步，兩岸築有御道，遍栽楊柳；沿途並設離宮四十餘處，單是這項工程，前後便徵用民伕達百餘萬人。

運河既然鑿成，楊廣便攜帶數千後宮，與隨行官員一同由東都南下，遊幸江都。皇帝的龍舟高四十五尺，長二百丈，同行的鳳艒、赤艦、樓船、艫艫等達數千艘。船隻兩側有無數絲縴牽往兩岸，徵八萬民女挽船前行。這個偉大的船隊前後銜接二百餘里，兩岸並有騎兵夾護行進。沿途經過的諸州郡縣均須獻食，所獻的品饌非但必須是水陸奇珍，還得經過層層挑剔。

此時全國只有八百餘萬戶，四千餘萬口。楊廣大興土木，人民徭役負擔之重，實在已到難以承受的地步。幸好當時隋帝國倉廩充溢，富強遠盛於歷代，所以還不至於民不聊生。然而隋帝國的富強，全由文帝一代奠定。楊堅勤儉經營二十餘年，積存一筆龐大的遺產，正好供楊廣作無度的揮霍。

除營建宮室、開鑿運河、遊幸江都之外，楊廣同時對外用兵。大業元年，隋煬帝派兵南征遠在今日中南半島東部的林邑，只為聽說其地出產奇寶。戰事雖然獲勝，南征的士兵卻水土不服，因病死傷其半。同年契丹入寇，大隋當時國富兵強，輕易便將之擊潰。

李藥師雖然曾隨皇帝東出洛陽，卻並沒有南下江都。這年八月，龍舟甫出，他便回到長安，來見楊素。楊素固然缺乏容人之量，畢竟仍是一代人物。他若是少了幾許私心，當年奉楊勇承繼大統，日後或許也輪不到李藥師輔佐唐室成就大業。對於隋煬帝的揮霍無度，楊素當時也曾試圖諫阻，卻引得聖心不豫。皇帝命楊素留守西京，不讓他隨侍御前，以免總得聽這老臣多言，惹人厭煩。

李藥師年前被調回京師時，曾經見過楊素。當時這位七十有半的尚書令精神矍鑠，氣勢磅礡，與六十大壽之年無甚差別。今日再見，楊素由一群婦人簇擁攙扶而出，非但步履老態龍鍾，連身形似乎都不如已往雄偉。短短一年之間，變化竟然如此之巨，李藥師心中又是震驚，又是惶然，甚至還有些許同情。

楊素似乎早已知曉李藥師此來準備說些甚麼，開口便道：「老夫垂垂老矣，近來愈發覺得事力不從心。藥師，往後就看你們年輕人啦！」

李藥師來此之前，早已將楊素種種可能的反應作過推演，此時侃侃而談：「太師，晚輩原知王莽、曹操之輩，實不足與太師比肩。然而若能成就商、周之大業，太師何吝舉足？周代八百餘年天下，皆是文王所肇。文王當年囚於羑里，猶未嘗以『垂垂老矣、力不從心』自況。太師今日身居高位，掌控西京，何以竟出此言？」他抬手朝廳外一揚，語音激昂：「太師請看，此地西濱灃水，東望伊、洛，正是鎬京故地啊！」

楊素既然言老，李藥師便高談文王，希望能激得楊素動心。同時在話中點明伊水、洛水，將目標直指東都洛陽。楊素此時以尚書令兼領太子太師，所以李藥師稱之為「太師」。

李藥師的言辭雖然聳人聽聞，楊素卻不為所動。他淡淡一笑，說道：「藥師，所謂『天作高山，太王荒之』。周的興起，乃是經過父祖數代的經營，絕非一人之功。縱使如此，若是不得商紂昏暴，仍不能成就大業啊！」

李藥師道：「太師，商紂之昏，不過寵一妲己，棄一王叔；商紂之暴，不過鑿一酒池，築一肉林②。如今之昏，卻辱及先王後宮，傷及兄弟手足；如今之暴，更鑿運河三千里，築宮室十餘處，造船艦萬餘艘。」他雙拳緊握，慷慨豪情溢於言表：「太師今日若不舉事，尚待何時？」《尚書．牧誓》譴責商紂「惟婦言是用」，此「婦」即是妲己。又「昏棄厥遺王父母弟」，指責商紂不能納比干忠言。比干乃先王的同母兄弟、商紂的嫡親叔父，所以李藥師稱之為「王叔」。

楊素聞言，卻是苦笑：「正是時機未到啊！藥師，你也知道，遠者夏桀、商紂，近者秦皇、漢武，國家之滅亡，都並非只緣於一朝一夕之昏暴。亂亡之世，短者數十載，長者十餘代，須待得人力、國力消耗殆盡，然後才可以詰之攻之。」他緩緩搖頭：「百姓只消尚有隔宿之糧，朝臣只要還有眼前之利，不到山窮水盡，孰肯置身家性命於萬劫不復之地？」

楊素語音一頓，望向李藥師：「藥師，你在汲縣數年，當知僅僅黎陽一倉，便可供全國多年之食。就算年年鑿運河，月月築宮室，距離山窮水盡之日，至少尚有十年，此乃天時之弗予。老夫遠在關內，而洛陽卻在諸倉環繞之間。一旦兵戎相見，糧餉在於彼端，此乃地利之不逮。如今傜役雖重，但官兵仍有俸可領，黎民尚有糧可食。禍患不及於眉睫，官民便不思征伐，此乃人和之未濟。」

這位老太師長嘆一聲，搖頭而道：「所謂天時、地利、人和，此三才無一有利於我者。倘若今日舉事，莫說商湯、周武之業，縱使欲為王莽、曹操之徒，只恐尚且不能啊！」

仁人志士心中，鮮血涔涔淌下：「難道……難道太師便忍見黎民百姓置身水火之中，多受十年苦楚？」

楊素淒然笑道：「藥師，你可記得令舅當年，所願不過『善終』二字？如今老夫心中所願，也僅是如此而已。你當年鼎力相助令舅之願，何獨今日不肯成就於老夫？」

仁人志士畢竟不能只顧黎民百姓，而必欲置相識十餘年的父執輩於萬劫不復之地。李藥師聽楊素提到舅舅，原本緊握的雙拳，已然緩緩放鬆。面對眼前這位垂垂老者，此時心中慷慨豪情俱去，僅餘些許同情。他暗自嘆息一聲，躬身拜道：「太師此言，折煞晚輩了！」他不忍再以言辭相逼，只陪侍這位老太師閒話家常。少頃，楊素已現倦容，隨即退入後堂歇息。

李藥師與楊玄慶一同步出大廳，兩人心思均甚沉悶。好友一年未見，見面之後，竟是相對默然。倒是李密聽說李藥師到訪，特別來與這位昔日的長官相見。李藥師聽說他得楊玄感器重，也為他慶幸。此時韓擒虎之子韓世諤、韓世鄂兄弟與楊玄感過從甚密，楊府之內更有一班李藥師的舊識，所以眾人一同敘舊，酒宴卻是十分熱鬧。

筵宴之後，李藥師推說旅途勞頓。楊玄慶知他亟思清淨，便代他辭卻眾人盛情，陪他來到當年他曾住過的客房。以往李藥師在京師的家，乃是李藥王的官邸。如今李藥王成為布衣，李藥師在長安已無家可歸，自然便在楊府暫住。自從出岫故去，李藥師便不曾再入楊府內宅，如今匆匆將近七年。此時他與楊玄慶一同步入客房，但見景物依舊，人事全非，兩人都不禁喟然。

李藥師既然亟思清靜，楊玄慶便不堅持相陪，只著人送來香爐、茶具。雖說人事已非往昔，友誼畢竟仍舊溫馨，李藥師也自動容。他燃起一爐香，煎成一鼎茶，憑几獨坐。但見屋外那棵老槐樹，仍自修柯戛雲，黛色參天。良木華麗若是，誠如曹子建〈槐賦〉所云：

在季春以初茂
踐朱夏而乃繁
覆陽精之炎景

想當年，自己月夜舞劍，出岫就是從這棵夭矯崔嵬的老槐樹之下走出來，將樂昌公主尋夫之事相託。

爐香既盡，他再燃一爐；鼎茶將殘，他再煎一鼎。老槐樹的樹影逐漸拉長，篩向庭前的月季花上，池蛙也開始此起彼落地交鳴。十餘年前，就是這樣的秋日午後，他坐在同樣的位置上等待出岫。眼前是樹影疊著花影，耳邊是蛙唱和著梵唱……只是，今日卻無梵唱。

李藥師又燃了一爐香，煎了一鼎茶，深深沉浸在回憶之境。在他耳中，池蛙疏引之聲，漸次融入了木魚磬音；在他眼中，樹影婆娑之下，也緲然浮現出一褶綽約的幞帽黑靴、紫衣銀帶。他心中一懍，定神再看時，枝葉空自在微風中輕盪，池蛙蕭然在夕陽下悲鳴，哪有甚麼木魚磬音、紫衣銀帶、幞帽黑靴？只是不知何時，已近黃昏。

李藥師輕嘆一聲，為自己再燃一爐沉香，再煎一鼎茗茶。此情此景之下，他是寧願以茶代酒，將自己灌得宿醉，也不知伊人是否能來入夢？金風輕拂柳梢，他移坐窗前，只見又是一輪明月，低掛天際。他斜倚窗前，縱容自己神遊物外，且隨那梵唱融入蛙唱聲中，任由那清影浮現樹影之間。

也不知是醉是夢，那樹影間的綽約身影竟然逐漸清晰，當真現出一褶幞帽黑靴、紫衣銀帶，亭亭步出樹影，翩然來到房前。李藥師懞懞然開門相迎，但見膚如凝脂，齒如瓠犀，巧笑倩兮，美目盼兮，竟然真是出岫！他如醉如痴，不敢眨眼，只怕定神再看，伊人又要幻滅於無形。當下但知怔怔地煎茶，默默地與伊人對飲。

果然正如十餘年前的中元月夜，伊人一碗既盡，頰泛酡紅，眼神脈脈含情，伸手除下幞帽，散下萬縷青絲，將螓首倚上李藥師肩頭。兩人相對輕解羅衫，在這越國公府的客房之中，再一次由明月為證，沉香為憑，茗茶為媒，相互許了終身……

纏綿繾綣之後，李藥師恍恍惚惚，朦朦朧朧，生怕伊人就要從懷中溜走。只緊緊摟著軟玉溫香，輕輕吻著柔絲嬋鬢，頻頻喃喃唸著：「出岫……出岫……」

豈料懷中伊人淺笑輕盈：「出岫是阿姊，阿儂是出塵！」

李藥師聞言大驚，皤然坐起，定睛看去。伊人轉過身來，但見延頸秀項，皓質呈露，明眸善睞，脩眉聯娟，盈盈然便是出岫。然而嘴角那一抹頑皮的笑靨，眼中那一瞥黠慧的神氣，卻絕非出岫所有。那笑靨，那神氣，李藥師也曾見過的。多年之前，在那不是爬樹，就是騎馬的娃兒臉上見過的！

只聽得出塵輕笑道：「看你神色，可是又要責我胡鬧？李公子，出塵長大啦！知道甚麼能胡鬧，甚麼不能胡鬧。」她螓首半垂，語帶嬌羞：「公子，出塵身處越國公府十餘年，何等樣人不曾見識！實不曾見到一人，能望公子項背！」

李藥師卻是怔怔望著出塵，沉默良久，突然一把將她摟入懷中：「出塵，妳……妳可別學妳阿姊，將我一人丟下！」

出塵卻將李藥師推開，俏臉半嗔半笑：「當年你若早早攜同阿姊遠走高飛，或許就不至於讓阿姊將你丟下啦！公子，你已誤了阿姊，可別再誤出塵！」

李藥師輕聲說道：「不會的！不會的！」他再輕手將出塵摟入懷中，柔聲說道：「出塵，事到如今，妳還稱我『公子』嗎？」他第二度說同一句話，自己都釐不清心中是甚麼滋味。

出塵低垂螓首，輕喚一聲「藥師」，神情喜樂無限，與出岫當日一般。李藥師心中激動，眼角濕潤。他斜斜抬頭，試圖將淚水留在眶中，卻望見窗外明月，似乎正朝自己微笑。他陡然想起，今日乃是中秋，並非中元。十六年前，就在這樣的仲秋月夜，破鏡得以重圓。

第十八回　立馬中原

不數日，李藥師便帶著出塵辭別楊素父子，相攜步出越國公府。此時壽昌公主、越國夫人均已辭世，出塵在楊府已無牽掛。兩人雙騎先沿渭水下行，渡過黃河，再轉汾水上溯。出塵想往出岫葬身之地祭拜阿姊。

這條由秦入晉的馳道，乃是秦代所築，世稱咸陽古道，秦始皇帝嬴政統一天下之後，為臨觀遊幸，以當時的首都咸陽為起點，向四方修築馳道，東窮燕齊，南極吳楚，江湖之上、瀕海之觀畢至。渭水兩岸均築有馳道，北岸一道出渭水、渡黃河、溯汾水，越過太行山脈，經由黃淮平原北部直入遼東。南岸一道則沿渭水、黃河下行，至洛陽分為兩線，一線往北，至東垣與北道會合，秦代的東垣即是隋代的趙郡；另一線則往東，直入膠東。前次李藥師與出岫出奔趙郡，走的是北岸一道，此次他便帶出塵重出北道。

當年李藥師駕著烏篷騾車，帶著懷有身孕的出岫匆匆而行，乃是為躲避李淵追兵。今日卻是

言笑晏晏，意興陶陶，與出塵並轡執韁。行程雖是同一條咸陽古道，相伴也同樣是紅粉知己，然而心境卻何其不同！雲淡風輕，微雨初晴，出遊恰遇良辰，怎不令人胸懷大暢？

秦代馳道寬五十步，以金屬製鎚為路基，路面平坦而堅固。道旁每隔三丈植青松一株，備極雄偉壯闊。渭水兩岸的馳道更是秦始皇帝出巡的必經之途，數百里間布滿離宮別館。然而秦代以降，至隋代已有八百餘年。馳道雖經歷代修繕，終究已不復秦代舊觀。青松的倖存者雖是盤根虬幹，卻已不再儼然成列。離宮別館的往日繁華更是過眼雲煙，早已成為廢墟。李藥師與出塵睹物思情，不免感慨萬千。

渡過黃河，便入安邑、絳州。這一代是虞夏故地，相傳后稷曾教民稼穡於此；伯益為驅逐鳥獸蟲蛇，曾烈山焚澤於此；而大禹奔走治水，亦曾駐足休憩於此。李藥師與出塵循古聖踵跡，訪先賢遺澤，欽慕瞻仰，緬懷盛德之巍巍。

再向北行，便入汾水河谷。行至此處，李藥師遊興頓減，代之而起的，是滿懷感傷。他帶著出塵渡過汾水，默默來到姑射山下，再沿溪澗探路上山。但見當年遭洪水沖坍的山巒如今已遍覆濃綠，周遭新木也蔚然成林。《老子》所謂：「萬物並作，吾以觀復。」乍見這生機蓬勃的復甦景象，李藥師震懾於天水滋養、地氣化育的淵兮湛兮，只覺自己往日的愆過，或多或少已得上蒼赦免。他深深吸一口清涼浸爽的山林精氣，嘴角微微露出笑意。

山中原有的小道早被沖毀，眼前的山徑乃是山洪之後，附近村民篳路藍縷，重新開啟的山林，與七年之前的景象已是全然不同。幸好山巒形狀依舊，李藥師憑著依稀彷彿的印象摸索前行，輾轉倒也尋著龍子祠舊地。只是祠堂已毀，只餘斷壁頹垣，隱沒在荒叢蔓草之間。那殘缺的龍子神像兀自傲立，與仲秋煙飛雲斂的慘淡天色相伴，格外顯得蕭索淒清。出岫的碎石塚，就在龍子神像後方。

出塵取出香燭黍梗①，與李藥師一同奠於出岫塚前。出岫愛茶，當年李藥師與伊人結緣，也多虧茗茶為媒，此時自是以好茶酹於靈前。李藥師又想，出岫或許希望再看看那軒轅古鏡？當下便由懷中取出，再度與出塵一同獻祭。可惜此行並未攜帶瑤琴，無法獻奏於靈前。

祭事已畢，出塵才得以細觀那龍子神像。那龍子原本浮雕於石板之上，遭山洪崩裂傾倒之後，石板邊緣碎裂震落，所餘神像浮現殘石之中，依舊倔然而立，怒目而視，威風凜凜，神氣揚揚，竟好似即將由石中掙脫一般，益發顯得英姿勃發，精采驚人。出塵只覺這龍子神像好不靈活生動，當下便在神前祝禱，請祂庇佑阿姊。

只聽李藥師說道：「想當年，妳阿姊與我同來此處，本為前往趙郡拜見爹爹。豈料非但不能如願，竟成永訣。」他仰天長嘆：「鶉之奔奔，鵲之彊彊……鵲之彊彊，鶉之奔奔……」

出塵接道：「棲則相從，飛則相隨。」她深知李藥師想到鶉鵲尚居有長匹，生死相隨，而今他卻不能從出岫於地下，故而興嘆。出塵蕙質蘭心，此時表明心跡，意謂自己但願相從相隨，並無求於其他。

李藥師聞言回首，只見出塵眼神堅定而誠懇。他澹然一笑：「由三原到趙郡，這行程妳阿姊只走了一半。」他將出塵那雙潔如柔荑的素手輕握掌中：「出塵，如今妳我不妨同往趙郡，完成妳阿姊未竟之願。妳阿姊在天有靈，必也樂見其成。」

出塵聽李藥師要帶自己同去趙郡，那自然是要請父親做主，完成大禮了。當下雖不免仍為阿姊惋惜，然而畢竟忍不住也為自己羞在心底，喜上眉梢。

兩人雙騎下了姑射山，繼續沿馳道朝北而行。過了臨汾、霍縣、西河，尚未進入太原，只見左方一山懸谷如甕，景象煞是奇偉。出塵說道：「《水經注》記載：『際山枕水，有唐叔虞祠。』聽說那祠便在懸甕山下，晉水源頭。此山懸谷如甕，不知是否便是懸甕山？」

李藥師笑道：「那唐叔虞祠果然便在這山麓上，妳若有興一遊，咱倆便繞一程，又有何妨？」當下兩人調轉馬頭，朝那懸甕山而去。

唐叔虞祠乃是為紀念晉國始祖唐叔虞而建，關東一帶地方自古即是帝堯陶唐氏之域，西周建國之後，周成王封其幼弟叔虞於此陶唐故地，是為唐叔虞。陶唐南方有晉水，唐叔虞之子燮繼位後，將國號改為晉，所以唐叔虞祠亦稱晉祠②。

他二人入祠覲謁唐叔虞之靈位，只見那晉水源頭便在祠堂左側。清泉水質晶瑩澄澈，當此商秋，泉水竟爾觸手生溫，水上更有青萍，翠綠欲滴。無怪乎百年之後，青蓮居士李太白遊觀此處，也不免賦詩詠讚：「晉祠流水如碧玉，傲波龍鱗沙草綠。」

唐叔虞祠與晉水泉源之間，有數株柯如青銅、根如磐石的古柏，據傳乃是周代所植，樹齡已逾千年，卻仍是生機勃勃，鬱鬱蒼蒼。他二人瞻視仰望，但見根幹犖犖盤踞於地，枝葉冥冥孤高入天。若非神明扶持，造化參功，只怕難得如此崔巍崢嶸。

謁畢晉祠，瞻罷周柏，他二人正要轉身離去，卻見那晉祠右側，另有一片青槐。青木雖尚稚幼，也是葳葳蕤蕤，欣欣向榮。出塵有感而道：「卻不知這些青槐，可有幾株也能得神明扶持，造化參功，屹立千載之後，讓人瞻仰讚歎！」

豈料一語成讖，竟有一株青槐果然屹立千數百載，如今與那齡逾三千的周柏並列晉祠之內，供千秋百代瞻仰。又豈知她與李藥師的事蹟，也成為千古豔史，為後人傳誦詠讚，萬世不絕！

既出唐叔虞祠，但見前方山巒綿亙，極是雄渾壯闊。李藥師道：「〈夏書〉曰：『惟彼陶唐，率彼天常，有此冀方③。』此地正當〈禹貢〉冀州之域，太行、恆山之西，太原、太岳之野，乃是陶唐故地，咱們何不前往一觀？」

出塵應了，兩人拍馬向前馳去。來到山巔，但見其地銜山接水，形勢好不險峻。遙望東方，太原城安然倚偎於河谷之間，顯得格外靜謐。只聽出塵說道：「太原一地，東有太行為其屏障，西有黃河為其襟裾，真乃被山帶河，居天下之肩脊。」

李藥師聞言一驚，在他心中，出岫是難忘的倩影，而出塵與妙常捉蟈蟈兒的嘻笑，卻也深植腦海。誰知……誰知這娃兒似乎當真是長大了。於是他語帶讚許：「難得妳也懂得地形！」

出塵道：「《孫子》曰：『兵者，國之大事。』地形乃是兵家五事之一。」她嫣然一笑：「怎麼？只你一人能讀兵書嗎？」她遙指四方，侃侃而道：「此地北有陰山、大漠為其邑壘，南有孟津、潼關為其門戶。古人所謂『四塞之國』，太原當之無愧。藥師，斯地實乃是河東的根本啊！」

李藥師陡然驚覺，原來這小妮子腹中大有機關，與她阿姊那柔弱纖細，實是絕然不同。他一時不禁對出塵另眼相待，試探道：「太原形勢若真完固如此，當年三晉卻又何以積弱？」

出塵嬌笑道：「師父，你這是考我嗎？」往常李藥師教她騎馬舞劍，她有時也以「師父」相稱。「太原形勢若不完固，當年晉文公如何能夠會師踐土，稱霸天下？至於三晉之積弱，當與……當與三家分晉不無關係。」

李藥師聞言，微微一笑：「晉文公當年稱霸天下，西抗強秦，南拒荊楚，三晉雄踞中原二百餘年，春秋戰國之霸業，無出其右者。其間魏惠王重用李克、吳起，曾經獨霸東方。而趙武靈王胡服騎射，秣馬厲兵，更以趙奢、廉頗重創秦師。只可惜他耽於遊宴，身死沙苑。加以韓、趙、魏雖同處於四塞之地，卻爭勝於蕭牆之內，不知聯手同禦外侮，才予齊、秦以可乘之機。」說到此處，想到「前車之覆，後車之鑑」，他不免又輕撫懷中那鑑往知來的軒轅古鏡。

此時李藥師轉而凝視出塵，含笑說道：「所以三晉之積弱，與三家分晉確實不無關係。」出塵心中卻明白，自己所謂「與三家分晉不無關係」云云，與李藥師此番精闢的論述實則相去甚遠。她明知君子有意相讓，當下只是自顧低頭含笑不語。

李藥師則策馬上前，將眼前形勢稍事觀察，又道：「當年三晉如若能知天下大勢，合力以拒秦師，在馬邑、上黨各置強兵，與晉陽形成犄角之勢。如此退可以守，進可以攻，則天下之大，莫不盡在掌指之間矣。」他語聲軒昂：「雖有百萬秦師，其奈我何？」戰國初期趙都晉陽，其地鄰近太原，就是他倆現下所在之處。

此時李藥師立馬山巔，疾風將他那巾帩幅帶吹得捩捩作響，與紫騮的鬃鬣毿毶一同迎風而揚，尤其顯得英姿颯颯，浩氣泱泱。出塵聽得神往，看得更是心儀。對於這位「師父」，她本就是由敬生慕。如今這一席議論，讓那伊人芳心，不知更為君幾折矣！

由太原往東，橫越太行山，便到天挂山。李藥師曾從玄中子習業於此，自然攜同出塵重遊舊地。然而，師父往日修真的洞府已為猿公所封，如今僅餘側邊數洞。出塵見這側洞景象，已是四壁石乳如花，凝岩奇姿異態，石洞長達百數十尺，清邃深幽，奧祕玄遠。她聽李藥師描述昔日洞內有洞、山重水複的奇景，不知更是幾番引人入勝。

李藥師又帶出塵來到北坡，那是他當年得遇猿、鶴二公之處。出塵但見古猿縱躍，啼嘯錯落，閒鶴翱翔，舞翥翩躚。忽地一陣金風，竟隱隱然帶有猿猱往復、鶴吟迴旋的琴音，出塵驚道：「原來阿姊那琴譜，乃是猿猱鶴吟！」

李藥師聞言一驚：「甚麼琴譜？」

出塵道：「藥師，當年你曾將尊師那卷琴譜交予阿姊。雖然不久之後，原譜奉還君子，阿姊卻已抄錄一份留在身邊，將譜補全，日日彈奏。」

李藥師「哦」了一聲：「原來如此。」想想又道：「可妳，竟也能知琴音，聽出其中猿猱鶴吟？」

出塵笑道：「師父啊，阿儂畢竟在楊府十餘載，不學些女伎當習之藝，成嗎？」

李藥師驚道：「妳也能撫琴？」突然發現這話問得多餘，不禁訕然失笑。他登時急著想要趕往趙郡，父親那兒有琴，便可與出塵一同參詳琴譜。

下得天挂山，往東便是一望無際的綠野平疇。前行數十里，已是趙郡。李藥師領出塵前往府衙拜見父親，李詮安排花燭，在府衙之內為愛子成合巹之禮，總算了卻心頭一樁大事。

婚禮之後，父子二人才得閒暇。李藥師便將這一年以來，自己侍衛皇帝身邊的所見所聞，以及月前往見楊素的種種，擇要說與父親知道。隨後又道：「所謂『邦有道不廢，邦無道免於刑戮』，爹爹，楊太師之舉，或許可謂『知幾』？」他所引之語，前者出於《論語》，後者出於《易傳．繫辭》，均為孔子論述。④

李詮靜靜聽完，問道：「何謂『邦有道』？何謂『邦無道』？」

李藥師敬謹答道：「『君君、臣臣、父父、子子』，或可謂『有道』；『君不君、臣不臣、父不父、子不子』，或可謂『無道』。」父親既引《論語》相問，他便也引《論語》回答。

李詮點點頭，又問：「如何『不廢』？又如何『免於刑戮』？」

李藥師答道：「『邦有道，危言危行』，或可『不廢』；『邦無道，危言行孫』，或可『免於刑戮』。」

李詮深深凝視愛子，再問：「藥師，孔老夫子當年周遊列國，可曾來到一處有道之邦，得遇一位有道之君？又可曾有一位國君，自謂治下為無道之邦，自知己身為無道之君？」

李藥師聞言一怔，略一思索，頓時明白父親意何所指，當即再拜道：「孩兒知錯。邦國之有道無道，實非孩兒所當議論。」天下既非有道之邦，無道之君卻又自命不凡，身處亂世，行為雖仍崔嵬高潔，言語卻宜謙虛遜抑。於此時議論邦國之有道無道，已然有違「危行言孫」之道。

李詮聽愛子此言，微笑頷首，溫言而道：「所謂『君子欲訥於言而敏於行』，那才是處世的不易之道啊！孩子，你當謹記。」李藥師躬身稱是。他果然謹記父親箴言，日後立身廟堂，「誾誾如也」、「恂恂如也」，以沉穩敦厚著稱於世。

此時李詮又道：「所謂『有道則知，無道則愚』，『有道則見，無道則隱』。」他輕嘆一聲，負手踱步，緩緩沉吟：「『歸去來兮！田園將蕪胡不歸』！」

李詮語意，分明認為當今無道，言辭之間卻無一字著跡。對於父親處世之圓融，李藥師益發心折。又聽爹爹口誦陶淵明《歸去來兮》之辭，他知道父親已經決定「則愚」、「則隱」，即將掛冠懸車，告老歸里了。

辭出父親的書齋，回房之後，李藥師自是迫不及待，取出恩師所賜、出岫補全的那卷琴譜，與出塵一同參詳。傳統琴譜只記聲韻、指法，而甚少記節拍。如果知道曲名，尚可略窺琴意；再有師承傳習，便可習得曲調。然而當年玄中子匆匆將琴譜交予李藥師之後，未及傳曲，便封關雲遊去也。加以原譜扉頁已殘，曲名亡佚，就連此譜所欲闡發的琴操，竟也無法得知。

如今李藥師與出塵，各自依琴譜奏出一連串的琴音，便好似一連串互不相關的文字。其間如何斷句括節？如何抑揚頓挫？兩人的詮釋竟爾全然不同。因此兩人所奏，琴音雖然相同，琴意竟似兩首不同的樂曲！此時兩人也只好各依己意，各彈己曲。有時心血來潮，也互奏彼此的詮釋，倒也其樂融融。

這些時日之間，慈父為師，嬌妻為侶，李藥師盡享天倫之樂。旬月之後，他依依辭別父親，與出塵離開趙郡府衙，往南朝洛陽行去。他二人燕爾新婚，雙騎連袂，何彼襛矣？君子陽陽！其風光之旖旎，實如鸞鳳之于飛，琴瑟之和鳴。蕭史若於此時乘龍而過，弄玉之吹只怕也要相形失色。

時序已入暮秋，金風薦爽，桂子飄香。他二人沿著洨水河谷，伴著東籬黃菊前行。只見霜露凝素，槭楓流丹，洨水映著這素白丹紅，格外顯得青藍碧綠。出塵為眼前美景所染，不禁脫口讚歎：「原來所謂『丹青』，便是在天地蒼莽之間揮灑這深秋的顏色！」

她一語未畢，卻見遠方丹楓之野，青波之涯，盈盈然竟浮上一座拱橋。這拱橋在遙遙天際孅孅一抹，孅孅一描，映著清漪蕩漾，娉娉婷婷似乎便在這天地蒼莽、丹青顏色之間輕舞。她一聲喝采，催馬趕上前去。

那拱橋逐漸清晰，悠然掩映楓蔭之下，宛如一握銀帶；陶然跨越碧水之上，又似一彎飛虹。此時出塵赫然發現，那孅孅孅孅、娉娉婷婷的一彎一握，竟是大石所造！大塊青石在秋陽斜照之下銀輝熠熠，隱泛光華。石橋之上人車如蟻，絡繹不絕，她一時看得瞠目結舌。

此時李藥師也已趕上前來，兩人並轡朝那石橋行去。來到近處，只見那橋長近兩百尺，寬逾數十步，其規模之宏大，直是匪夷所思！出塵歎道：「大哉此橋！遠望靈秀無比，近觀壯闊絕倫，溥天之下，只怕難有其頡頏！」

李藥師點頭道：「當年我初見此橋，也是感慨莫名。」

出塵又問：「此橋看來竣工未久，莫非竟是爹爹任內所造？」

李藥師再度點頭，說道：「不錯。」想想又道：「雖說是爹爹任內所造，然而若論厥功甚偉，應當首推匠人李春⑤。這趙郡李氏，實是人才濟濟啊！」此話既出，自然便想到唐國公李淵。

出塵細看那橋，但見飛梁柔和，弧拱平緩，斜斜架於兩岸之間，水中並無橋墩。橋肩敞開，兩端各建兩座小拱，更增流暢優美。她尋思須臾，問道：「橋肩上這四座小拱，看來並非專為美觀而設？」

李藥師眼神流露激賞，笑問：「果真？那卻又是為何而設？」

出塵道：「若是河水暴漲，那急流便可由小拱孔洞之間通過。如此非但洩去洪流，而且水勢減緩，也不至沖毀橋基。」

李藥師擊掌讚道：「妳真不愧是這大石橋的知音啊！此橋有靈，當與妳浮一大白！」

出塵得到夫婿讚許，含羞帶喜，回首他顧，一抖韁轡，率先行上那大石橋。李藥師隨她上橋，兩人並騎立馬橋頭。淑人君子，其儀一兮！如此青春佳偶，惹得過往人車頻頻瞻顧。

經過大石橋，再南行數日，便到汲縣。李藥師曾經遊宦其地，自然便帶出塵遍覽名勝古蹟。周武王翦滅商紂之後，將殷商舊都附近之地封予王弟康叔封，是為衛國。汲縣在衛河、淇水之南，正是衛國故地。《詩經．衛風》有言：「瞻彼淇奧，綠竹猗猗。」又曰：「籊籊竹竿，以釣于淇。」汲縣多竹，鬱蓊蔓薱，檽棲欘槮。當年李藥師公餘之暇，便仿太公望坐茅以漁，釣於磻溪的故事，自己傍竹以漁，釣於淇水。那時形單影隻，已頗自得其樂。今日知心相伴，情懷更是融融。他當下又豈能預知，數十年之後，自己爵封衛國公。彼時君臣相知，父子相期，夫婦相隨，兄弟相輔，朋友相成。人世間的至樂，無有過於此者。

出汲縣之後，轉往西行，不日便到河陽。他二人由長安一路行來，前半程均在燕、趙北地。出趙郡之後，才漸往南行。這些年隋煬帝鑿運河、築宮苑、造船艦，主要禍及徐、袞一帶，對河北的影響遠不若河南之大。所以他二人前半程儘管遊興勃勃，然而行過大石橋之後，只見原本該是秧歌處處的田疇沃野，如今竟是鴉飛蟲鳴，一片荒蕪，興致便也隨之低落下來。

這日來到河陽，此地乃是河北重鎮，與孟津隔河相望。這帶河中沙洲星羅棋布，自古便是大河的重要津渡。據傳大禹導河，即曾東至於此。西晉以降，河陽、孟津之間便已建有河橋。如今他二人並騎來至橋頭，出塵問道：「當年武王伐紂，不知是否就由此地渡河？」

李藥師點頭道：「正是。武王當年與諸侯會盟於此，渡河北上，肆伐大商，遂稱此地為『盟津』。然而年代湮遠，後世逐漸訛『盟』為『孟』，成為『孟津』。」

李藥師邊說邊策馬前行，遙望四方，侃侃而道：「此地歷來是兵家必爭之地，所以東漢置關於此，屯兵戍守，是為雒陽八關之一。北魏又築河陽三城，以鞏固洛陽、金墉之防務。」「洛」本作「雒」，曹魏時改之。

出塵隨李藥師上橋，夫婦二人邊談古論今，邊過橋渡河，往南朝洛陽行去。但見五步一樓，十步一閣，廊腰縵迴，簷牙高啄。沿途離宮別館之盛，實是目不暇給，美不勝收。

第十九回　西嶽獻書[1][2][3]

洛陽乃是華夏古都，自周代起即是成周的行政中心。其後東漢、曹魏、西晉，以及北魏後期均定都於此。而今既成為大隋的東都，不特是帝室王畿，而且文華薈萃，商賈雲集。此時兼又大興宮室，尤其顯得熱鬧非常。

洛陽城西白馬寺乃是華夏中土的第一座佛寺，背負邙山，南臨洛水，古剎高塔聳立，規模雄偉宏闊。城南伊水兩岸，又有雙闕對峙，闕上遺有北魏石窟，窟內雕刻佛像無數，富麗多彩，精美絕倫。城東百里之遙，則有「崧高維嶽，駿極于天」的中嶽嵩山。山有太室、少室二部分，各有三十六峰。少室北麓五乳峰下，便是少林寺。山川雖壯麗若是，然而李藥師與出塵由趙郡一路行來，沿途但見田園荒蕪，沃野廢耕，對照這長橋臥波、複道行空的宮館玲瓏，尤其令人扼腕。所以他二人只前往少林寺二祖庵祭拜慧可大師，也就是神光大師。至於其他，一時卻也提不起遊觀興致。

楊廣在舊洛陽城的西方營建東都，為使新城顯得繁榮昌盛，早已詔命天下富商巨賈，以及豫州百姓數萬戶徙居東都。此時皇帝南遊江都未歸，新城也尚未竣工，那奉召實京的商賈百姓卻已陸續到來。富商巨賈來到洛陽，自然使古都市肆益發興隆。然而豪客麇集之下，那初到洛陽的黎民百姓，竟難覓一席棲身之地。如今荒庵廢寺，廡間廊下，隨處可見襆被而居的流民士庶。其間偷搶拐騙，恃強凌弱，自是無庸贅言。此等情事偶被李藥師與出塵撞見，雖可略伸援手，懲奸除惡，然而他二人畢竟勢單力孤，終究也管不了許多。

出塵出身南陳貴裔。當時遜陳宗室，宣華夫人雖曾嬖倖後宮，無奈紅顏薄命，已然謝世。陳後主陳叔寶之弟、出塵之舅陳叔達，則仍仕隋為官，如今正在洛陽。李藥師本與陳叔達相識，因著出塵之故，往來自然略比已往熱絡。陳叔達本是南朝帝裔，加以仕隋日久，與朝中一班紈綺膏粱、五陵貴胄交好。李藥師因而結識宇文述之子宇文化及、宇文智及兄弟，以及雲定興、溫大雅等人。

當時宇文述聖眷正隆，宇文兄弟因著父親熾燄，驕蹇不可一世。而雲定興則任職太府，襄助太府少卿何稠修製儀仗，準備迎接聖駕回鑾。何稠源出西域，精於工藝技術，他為皇帝設計的輿服儀仗，均廣用彩羽翎翮，皮毛氅毦之屬。當時向全國州縣課徵毛羽，因此天下之水陸禽獸，凡有一絨一毫堪用者，幾乎被蒐捕殆盡。宇文兄弟藉著與雲定興交往，居中上下其手，營謀取利。

惟有溫大雅人如其名，溫文大度，雍容爾雅。他年齡較李藥師略長，家中也是兄弟三人，溫大雅居長，溫大治行次，溫大有最幼。與李氏兄弟一般，溫氏兄弟也是宦遊各方，如今只有溫大雅一人身在洛陽。相談之下，原來在李藥師之後，溫大雅也曾任職於長安縣，他二人不免更為惺惺相惜。

轉眼秋去冬來，冬盡春生，洛陽新城築就。皇帝遂於暮春之月駕發江都，與隨幸的后妃皇子、文武臣僚同於孟夏之月返回東都。何稠鋪陳繽紛絢爛的儀仗法駕，千軍萬騎簇擁著龍車鳳輦，進駐嶄新的東都。一時洛陽新城果然正如楊廣所願，人車潮湧，繁榮昌盛。皇帝龍心大悅，策勛百轉，賞賜千彊。高官巨賈人人歡慶，交相筵宴不已。

這日李藥師在陳叔達府中，偶遇甫自江都北返的蕭瑀、宇文士及等人。宇文士及是宇文述幼子，化及、智及之弟，尚隋煬帝之女南陽公主。他與李淵交往甚密，李藥師自然對他有所提防，不過宇文士及似乎並不知道李藥師與李淵之間的過節。

蕭瑀則是隋煬帝蕭皇后之弟，後梁宣帝蕭詧之孫，後梁明帝蕭巋之子。後梁雖亡，然而蕭瑀因著乃姊，身分仍然炙手可熱。他出身南朝皇室，個性高亢剛直，頗有睥睨顯貴之姿。然而對於李藥師，他倒是相當熱絡。無奈李藥師對於這些皇室懿親素來無意深交，所以只是虛與委蛇。

蕭瑀卻以為李藥師恪於自己乃是國舅之尊，方才顯得生分，當下笑道：「閣下何以謙抑若此？嫂夫人當年在南朝，何等殊榮尊貴，豈是我等所能相比？」

李藥師淡淡笑道：「拙荊長於越國公府，在下只知越國夫人對待拙荊一家，著實恩惠親厚。」

蕭瑀面露驚色：「原來吾兄竟是不知！嫂夫人的高祖父，乃是我文獻皇后之弟，曾祖母是我武帝之女富陽公主，祖母是我簡文帝之女海宴公主。他張氏一門，在我南朝由梁至陳，世代富貴絕倫。」文獻皇后張氏，是南朝梁國開國皇帝梁武帝蕭衍之母。他張氏不愧吳越大姓，一門四代，有五人尚南朝公主。

出塵的家世，李藥師確實不如蕭瑀清楚。然而他本無意與蕭瑀深交，如今聽他言語，又用「我」文獻皇后、「我」武帝、「我」簡文帝，而不用「遜梁」之稱，顯然心懷故國。李藥師頓生警惕，言下卻不露聲色，只當攀上蕭瑀這門貴戚：「原來拙荊乃是皇后懿親，日後對於拙荊，在下是益發不敢怠慢了！」

回家之後，李藥師不免將此事細問出塵。出塵卻笑道：「藥師，且聽我說個故事！」她幽幽說道：「遠古之前，逍遙之方，有一位英明睿智的國君，他有一位文采軒翥的太子。可惜這位太子未及即位，便英年早逝。國君駕崩之後，太子之弟即位，太子之子卻心有不甘。當時國家已亂，朝政遭亂臣賊子把持。太子之子非但不知勤王，反而依附鄰國，另建王位。其位全恃鄰國而存，直與傀儡無異！」

李藥師笑道：「這位太子之子，只圖王位之名，不計國君之實，平生冀望榮登大寶，殷切以至於斯，無乃太過？所以不獨可嘆，亦復可悲。」出塵含笑頷首。

李藥師又道：「文采軒翥卻英年早逝，莫非天妒其才？想來惟有昭明太子，差堪當得如此褒語。至於那亂臣賊子，想必便是侯景。」他心中明白，那國君便是梁武帝蕭衍，那太子便是編纂《文選》的昭明太子蕭統，那太子之弟便是出塵的曾外祖父梁簡文帝蕭綱。至於那「只圖王位之名，不計國君之實」的太子之子，則是蕭瑀的祖父後梁宣帝蕭詧。後梁所依附的鄰國，先是西魏，再是北周，後是大隋，然而後梁終究為大隋所滅。

出塵點頭道：「正是。」她想想又道：「那冀望『榮登大寶』之殷切，難道也會世代相傳，致其孫而不絕？」

李藥師微微一笑，說道：「那太子之弟，卻也育有一對如花似玉的外曾孫女，本應當生長於錦繡繁華之都，不想卻淪落至北狄胡虜之域。堂堂金枝玉葉之尊，怎無奈，竟棲於櫄櫟支離之末。」

出塵嫣然笑道：「若是尋得那如意郎君，只怕也顧不得甚麼錦繡繁華之都，離不開這般北狄胡虜之域啦！所謂『不材之木也，以至於此其大也』。焉知棲於櫄櫟支離之末，不是出於幽谷，遷於喬木？」「不材之木」出於《莊子．人間世》，闡釋無用之用，乃為大用，所以至人韜晦含光，以保全真。李藥師自比為櫄櫟支離，出塵輕輕巧巧一轉，那櫄櫟就成了喬木。

李藥師聞言，不由得深情將愛妻摟入懷中，歎道：「須得幾生修持？才堪這般消受！」他夫妻在閨中雖然溫柔無方，卻深知在朝中不知尚有多少異志。李藥師任職宮廷，便也更加謹慎戒懼，如臨深淵，如履薄冰。他秉承慈父訓誨，訥於言而敏於行，以期免於刑戮。

未幾，皇帝特下恩詔，加封楊素為司徒，並晉爵位為楚國公。又著司隸大夫薛道衡為欽使，前往西京宣詔。出塵思念楊府，李藥師便安排自己隨薛道衡西出長安。出塵則另駕一篷騾車，尾隨欽使而行。

此時楊素經常臥病在床，起身接旨已屬勉強，遑論其餘？薛道衡原本是楊素舉薦入仕，與楊府親善，此行便由楊玄感接待。李藥師與出塵則在楊玄慶陪同之下，趁空往楊素榻前問安。

豈料楊素竟然屏退左右，甚至連楊玄慶也不得留下。這位老太師斜倚榻上，說出一番話來：「藥師，你道皇上何以突然想起老夫，又將老夫加官晉爵？」

李藥師回道：「皇上思念太師功勳……」

楊素將他話截斷：「藥師，你這是言不由衷！且聽老夫說吧。」他輕嘆一聲，微微苦笑：「所謂『高鳥盡，良弓藏』，古人之言，誠不我欺！」他再嘆一聲，轉向李藥師：「近日間熒惑入太微，你可知道？」熒惑即是火星，因其光呈紅色，熒熒如火，而且行跡繁複，令人迷惑，所以古人稱之為「熒惑」。

李藥師俯首應了一聲「是」。

楊素繼續說道：「熒惑入太微，不利尊長，更不利西方。天下之尊，無過於天子；而天下之長，只怕就屬老夫啦！」這位老太師無奈自嘲：「所以那堂堂天子便將老夫晉位三公，以兆其尊。」三公指司徒、司空、太尉，天子之下，再沒有比三公更為尊榮的職銜。

只見楊素緩緩搖頭：「此刻天子在東都，老夫在西京，那堂堂天子竟然意猶未足，更將老夫再往西挪，必要應了這劫數才罷！」當時國公封號雖與封邑沒有直接關係，但畢竟越地在東，楚地在西。楊廣改封楊素為楚國公，表面上是加大他的封邑，實際上確如楊素所言，是要將這老臣「再往西挪」。

李藥師雖然早知皇帝加封楊素，其意匪善，卻也不知其中竟有如許機關。此時聽楊素之言，隱隱覺得惶然惕然。他與出塵面面相覷之餘，也只得安慰這位老太師：「如今牛大人、薛大人皆在朝中，頗得聖意親信，情勢或許並不如太師所慮之險，尚請太師寬心。」牛弘、薛道衡俱為楊素所薦，當時均居於臺閣之位。

楊素伸出乾如枯枝的右手，邊搖邊說：「你何須安慰老夫？但瞧老夫這身病痛，也當有自知之明。毋庸天子加封，老夫也離那崦嵫國不遠啦！」崦嵫國指焉耆、龜茲之域，其地位於西極，相傳為日落之處，故常以「日薄崦嵫」比喻接近衰亡。

李藥師見楊素如此，雖然痛惜，卻不敢再出言安慰。只聽楊素又道：「藥師，難得你今日來此，總算還沒有將老夫忘記。老夫也確有一事相託，盼你不棄。」

李藥師躬身拜道：「太師折煞晚輩了！太師但有所命，晚輩定當全力以赴。」楊素於他，畢竟有恩。

楊素點點頭，緩緩說道：「常人之疾，在知行而不知止，知進而不知退。《老子》所謂『反者道之動，弱者道之用』，便是教人須得知止、知退。」他長聲喟嘆：「老夫若是早些時日明白這知止欲、知謙退之道，今日也不至淪於此等地步啦！」

李藥師聽楊素說知止欲、知謙退，心中所思卻是師父當年的諄諄教誨。又想起那夜乘龍馬代天行雨，當時若是知止、知退，不擅自降那二十滴天水，也不至於……他心下之黯然，實不下於楊素。

只聽楊素又道：「藥師，老夫平生，閱人何止千百？若說知止、知退，差堪僅你一人。」他掙扎坐起身來，神色凝重：「藥師，老夫身後若有不測，還盼你照看玄慶！」

李藥師連忙再拜：「太師何出此言？莫說太師吉人天相，就憑晚輩與玄慶相交十餘載，縱使不能同生共死，這朋友之義，如何竟能不顧？太師言重了！」

楊素聞言，緩緩倚回榻上，氣息奄奄：「如此……如此老夫便可以放心了。」他隨即喚楊玄慶進來，命他拜謝李藥師。李藥師自是不肯受禮，無奈楊素堅持，只好由出塵還禮。楊玄慶雖然不知父親所為何事，但明知李藥師絕不會說，他便也並不動問。

楊素託孤於李藥師，而非薛道衡，實有先見之明。薛道衡頗有文采，卻也不免恃才傲物，為皇帝所猜忌，終於賜他自盡。他死之後，楊廣猶恨恨說道：「更能作『空梁落燕泥』否？」薛道衡自保尚且不足，焉能照看楊玄慶？

然而當時，薛道衡仍在長安，日日接受楊府燕飲之邀。因為距離回洛覆旨之期尚有旬日，楊玄感便投其所好，詩書雅敘，文酒會友，薛道衡實是樂不思歸。至於李藥師與出塵，則因為有感於宮廷權術之無所不用其極，不免悒鬱。

這日他夫婦並騎出遊散心，沿著渭水下行，不覺竟來到當年樂昌公主失鏡跳車、李藥師走馬相救之處。彼時出塵尚幼，只隱隱約約記得其事，如今便要求李藥師詳加敘述，聊慰思親之情。又見馳道南側崇山絕嶺，千仞疊秀，那太華西嶽便在眼前。其時正值盛暑，渭水河谷頗為燠熱，想那山上必定清涼。惜然天色已暗，他二人便決定暫住一宿，次日再登太華。

太華是中土五嶽中的西嶽，北瞰河渭，南連秦嶺，西接終南，奇峰峭拔，峻秀絕倫。《山海經》記載：「其高五千仞，其廣十里，鳥獸莫居。」《水經注》記載：「遠而望之又若華狀。」《華山記》記載：「山頂有池，生千葉蓮華，因名華山。」此山四壁如削，山形奇險，攀登極為不易，因此多有神話傳說，自古便是仙人修道之處。

次日李藥師與出塵清晨即起，並轡入山。但見那巍巍大山，嵯峨縹緲，誠如郭璞〈太華讚〉所云：

華嶽靈峻．削成四方
爰有神女．是挹玉漿
其誰遊之．龍駕雲裳

他二人行不多時，眼前山道漸窄，李藥師便趨前引路，出塵則隨之上行。才至山腰，但見香煙繚繞，又聞晨鐘磬音，前方竟是大片廟宇，原來已到西嶽神廟。李藥師道：「北周時期，帝王上西嶽封禪，都在此處駐蹕，咱們何不前往一觀？」

出塵答應了，卻邊行邊笑道：「自古帝王封禪，均往岱宗，乃是因為東嶽主王土臣民、貴賤壽夭之事，攸關帝位之興替。而這西嶽所主，卻是金銀財寶、羽翼飛禽之事，來此封禪，不知何益？」

李藥師聞言一怔。他生長於京兆，自幼即見皇帝往西嶽封禪，從來不覺有何不妥。此時經出塵一語點醒，方才驚覺，原來北周立國於秦隴關中，東嶽、南嶽、北嶽、中嶽皆不在境內。幸有西嶽太華，以奇拔峻秀冠絕天下。所以北周帝王上西嶽封禪，也可稍嘗「登華山而小天下」的心願。

尋思及此，李藥師不禁莞爾失笑：「咱們且入廟去，瞧瞧這元倉真君，究竟有何能耐？賺得帝王封禪！」相傳華山君姓浩，名元倉，是以李藥師稱之為「元倉真君」。

兩人進得廟來，便在神前捻香，虔心祝禱。膜拜之後，李藥師見廟內碑石甚多，便前往遊觀。出塵隨在身後，卻是一語不發，出奇地安靜，與往常頗有不同。

李藥師回身瞻顧，但見出塵明知自己看來，卻故意望向他方，嘴角含著諏詭的笑靨。李藥師奇道：「啥格物事如此有趣？」他與伊人相處日久，不時也會戲摻幾字吳語。

出塵被他引得一笑：「阿儂底格弄勿清爽哉，君子神前祝禱，問的是王土臣民，還是金銀翎羽？」

伊人雖是軟語淺笑，李藥師卻被問得心頭一震。只聽出塵繼續說道：「君子所問，自是王土臣民。只不知那西嶽聖君，如何作答？」

這兩年來，李藥師眼見皇帝荒淫昏暴，心中早已悒鬱。年前他本欲說服楊素起事，惜然未果，不免益發惆悵。這次楊素期期託孤，更讓他心中所積的憤慨，油然如騰如沸！雖則許多年來，父親、師父、甚至楊素，在在以訥於言、知止欲、知謙退為勉。然而他方當壯盛，奮欲有為，實是思進而不思退、欲行而不欲止啊！如今被出塵隱語相激，他頓生試探這華山君之意，當即宣洩心志，竟揮灑出一篇浩歌干雲、氣蓋宇內的〈上西嶽書〉④：

「京兆後生，不揆狂簡，獻書西嶽大王閣下：竊聞上清下濁，爰分天地之儀，晝明夜昏，乃著神人之道。又聞聰明正直，依人而行，至誠感神，信不虛矣。

「伏惟大王，嵯峨儃德，肅爽凝威，為靈術制百神，配位名雄四嶽。是以立像清廟，作鎮金方。遐觀歷代哲王，莫不順時禋祀。興雲致雨，天實肯從，轉孽為祥，何有不賴？

「嗚呼！夫後生者，一丈夫爾。何得進不偶用，退不獲安？呼吸若窮池之魚，行止似失林之鳥，憂傷之心，不能自已！社稷凌遲，宇宙傾覆，奸雄競逐，郡縣土崩。遂欲建義橫行，雲飛電掃，斬鯨鯢而清海嶽，卷氛祲以闢山河。使萬姓昭蘇，庶物昌運，即應天順時之作也。

「又大寶不可以妄據。欲仗劍竭節，未有飛龍在天。將捧忠義之心，傾濟世之志，斯吐肝膽於階下，惟神鑑之。願告進退之機，得遂平生之用，有摶德之時。

「終陳擊鼓。若三問不對，亦何神之有靈？即請斬大王頭，焚其廟，然後建縱橫之略，亦未晚也！惟神裁之。」

李藥師書就這洋洋灑灑的獻書，與出塵再朝那華山君祝禱，隨即焚書獻神，擲爵三酹，然後佇立神前。然而他二人在廟中默候良久，惟見過往人等探頭探腦，指指點點，卻不聞那西嶽山神有何回應。

李藥師佯怒道：「如此山神，何德何能，竟敢竊據此位！」他既存試探這華山君之意，登時轉身出廟，作勢便欲尋些柴草，將這西嶽神廟焚毀了事。

豈料才出廟門，李藥師卻見一老一少，由前方飄然行來。那老者丰神清奇，鬚髯飄飄，玄襟鶴氅，古冠高屐，手執一柄麈尾拂塵，遙遙含笑而道：「李公子，多年未見，緣何辭色亢厲若此？」他語音未畢，卻已來到近旁，果然便是徐洪客。

李藥師大喜，趕緊上前見禮，並為出塵引見。徐洪客軒然笑道：「所謂『夫以耿介拔俗之標，瀟灑出塵之想，度白雪以方潔，干青雲而直上』。孔德璋作〈北山移文〉，這『瀟灑出塵』之句，竟是專為你二人而成！」

李藥師與出塵連忙謙謝。徐洪客也引見身邊那少年：「此子袁天綱，乃是老道師侄。今日我二人偶然興起，相偕往後山採藥，不想這遮風避雨的處所，差點兒就讓人給燒啦！」他邊說邊捋鬚而笑。

李藥師長揖笑道：「在晚不敢。」又問：「多年不見，道長一向可好？」徐洪客語意詼諧：「可不好哪！今朝築宮室，明日鑿運河，老道那幾處棲身之所，都快讓人給挖完啦！」

李藥師被徐洪客一語道中痛處，當下默然。徐洪客笑道：「賢伉儷既來山中，何不往老道下處稍坐？」

李藥師正盼與徐洪客深談，當下應了，與出塵各自牽過坐騎，同著徐洪客行去。袁天綱也挑起草藥，隨後跟來。

第廿回　初見虬髯①②③④⑤

華嶽本已是千巖競秀，萬樹爭榮，然而李藥師與出塵隨徐洪客在山中三彎兩轉之後，眼前景色竟爾又自不同。但見迴崖沓嶂，屏峰九疊，好個空靈境界；又有青鳥翔集，赤松蔽空，端的仙家風流。

再一轉折，左近竹籬低繞，藥圃縵迴，款款圍起一方小院，當此仲夏時節，觸眼綠意盎然。李藥師與出塵將馬栓在院外，隨徐洪客進入院中。只見那盎然綠意之間，一彎白石小徑，委蛇蜿蜒，通向一明兩暗三間靜舍。靜舍陳壁蒼瓦，疏疏落落幾株桐桂之屬，綽約搖曳其側，枝葉清影輕綴在陳壁蒼瓦之上，入目暑氣全消。

疏木靜舍之前，又有小小一池蓮花，芙蓉菡萏，亭亭淨植。出塵心道：「華嶽之名緣自蓮華，然而入山之後觸目皆是勁松，只在這裡見到蓮花。」尋思及此突然發現，登山上行之後沿路甚乾，各地名山常有的飛湍瀑流，卻不見於此處。

蓮池接近靜舍的一端，立有數方大石，前後高低錯落。石前一只石鑿水缽，內貯清水。一路行來，已略有風塵僕僕之感。徐洪客帶他夫婦在此淨手漱口，滌淨塵慮，才將他倆延入靜舍。

那靜舍正中，一間雲堂淨室，清然寂然。室內一張方几，數個蒲團，窗明蓆潔，點塵不染。中堂好大一幅顧野王的設色山水，由屋梁直垂至地。几旁散置幾部道經，除此再無他物。當下主客憑几圍坐，袁天綱奉上香茗。李藥師見那茗茶色呈金黃，芳香襲人，依稀似曾相識。再嘗其味，但覺入口生津，甘美無方，他才陡然想起，這茶與代天行雨之夜，在龍宮所吃之茶，竟爾完全相同。

只聽徐洪客笑道：「兩位乃是此中方家，老道這一碗薄茶，不知可還對味？」

李藥師笑道：「仙家玉食，豈是我等凡夫俗子所能管窺蠡測？不過，數年之前機緣偶然，在晚得嘗一碗清飲，倒與此味略同。」

徐洪客奇道：「當真？」又佯怒道：「溥天之下，竟有他人也能煎成此茶！老道這多年來，尋靈芝、嘗百草，幾經試煉，才得其味。本以為獨步天下，無人能及，孰料卻為他人竊用！老道多年心血，豈非盡付東流？李公子，那竊占老道茶方之徒，究竟是何許人物？」

李藥師笑道：「道長莫怪。上回在晚得嘗此茶，乃是龍宮太夫人所賜。」於是他將代天行雨的諸般始末，娓娓說予徐洪客知道，自然不免也提及出岫與龍子等旁枝。只因徐洪客風趣詼諧，先以茗茶插科打諢，是以李藥師此時敘述斷魂往事，竟能不摻唏噓悲音。他只覺徐洪客無比平易親切，兼又通明玄理，所以心中許多不便對父兄訴說的情事，此刻便在這雲堂淨室之中，鉅細靡遺地對徐洪客盡數傾吐。其中幾處細節，竟連出塵也是首次聽說。

李藥師傾吐心聲，漸覺胸腑淤塞盡除，通體舒暢無比。他訴說已畢，緩緩長舒了一口氣，說道：「在晚慚愧，漫言這許多無聊心事，實有擾道長清聽。」

徐洪客笑道：「此話豈不見外？」

李藥師笑道：「在晚不敢。」他突然想起一事，問道：「道長，卻不知那轉世輪迴之說，可是真有其事？」

徐洪客笑道：「如若不真，咱們這身皮囊化去之後，那三魂七魄卻當何去何從？」

李藥師喜道：「如此說來，出岫當年所謂『再世為人』等語，竟是也能成真？」他語意頓轉殷切：「道長，出岫再世為人，我等可還能夠與她相見？」旁邊出塵，也是滿臉殷切。

徐洪客見他倆如此，輕嘆一聲：「便能再見，又當如何？」

只見李藥師滿臉希冀神色：「在晚只求知曉她的去處，不敢奢望其他。」旁邊出塵也自跟著點頭。

徐洪客輕嘆道：「既然如此，老道便不妨直說。出岫姑娘殞逝於非命，如今尚在幽冥，並未出世。只因她也極為思念你等，所以出世之後，與你二人倒還有一面之緣。」

他夫婦雙雙面露喜色：「當真！」李藥師卻又擔心：「雖有一面之緣，然而出岫再世為人，我等卻如何相認？」

徐洪客笑道：「待得見到她時，自然便能識得。」他想想又道：「天機既洩，老道便再贅言一二。二十年後，天下昇平，屆時當有武官攜眷入京，你等不妨在東城相候。」他轉向袁天綱：「天綱，待得那時，就煩你走一趟吧。」袁天綱應了。

他夫婦雙雙將徐洪客言語默記在心。李藥師卻又說道：「道長，在晚另有一事，不吐不快。」他赧然一笑：「家師當年，諄諄戒以之止欲、謙退。如今既然已問出岫之事，本不該更問其他。然而在晚難得遇逢道長仙顏，此時若是不問，殊不知得等到何年何月。」他又現希冀神色：「道長，那龍子，不知又是去了何處？」他只當那龍子是自己與出岫的孩兒。

徐洪客笑道：「那龍子與你倒是有緣，不怕見他不著。」

李藥師聞言大喜，不禁追問：「那龍子現下當已出世，他……可還好？」他本欲問見到龍子時該當如何相認，但想徐洪客必說「自能識得」，所以改問龍子近況。

不料徐洪客卻笑道：「你現下可想見他一面？」

李藥師大驚：「他現下便在此處？」

徐洪客笑道：「你且別急，何妨便在此處稍候？」他言罷起身，手中麈尾拂塵輕颺，飄然進入內室。袁天綱朝李藥師與出塵一揖，也隨徐洪客離去。

李藥師與出塵在那雲堂淨室中靜候多時，也不見徐洪客或袁天綱出來。室內清幽寂靜，惟有中堂那幅設色山水龐大無比，特別引人注目，他夫婦便起身細翫顧野王這幅巨作。顧野王是南朝名家，非但精擅繪畫，於經典史籍、天文地理也無一不通。他所著《玉篇》、《輿地志》等書，均是學術巨獻。

李藥師與出塵正在畫前游觀，卻聽得一聲馬嘶，彷彿來自畫上。不知何時，那畫上竟出現一匹駿馬，正自搖頭擺尾，昂首嘶鳴。李藥師不看猶可，一看之下大為驚愕，那馬兒竟然便是赤驊！只見牠躩地而鳴，若非頸上一束韁轡將牠勒在樹下，牠便要奔來李藥師身前。

李藥師一時忘卻眼前乃是一幅圖畫，赤驊早已埋骨黃土。他只覺與赤驊睽違多年，好不思念，趕緊上前與牠親熱。那樹下另有一口水井，井沿放著馬刷。赤驊身上沾了不少黃土，李藥師便取過馬刷，仔細為赤驊梳理一過。那水井之上又有轆轤，出塵便轉動繩索，汲取井水，助李藥師清理馬匹。

他二人在畫中閑閑汲水刷馬，殊不知徐洪客在外間正急得不知如何是好。他欲引那龍子來與李藥師相見，然則那龍子乃是真命天子，豈由得徐洪客呼之即來，揮之即去？徐洪客用盡十餘種方法，都無法將那龍子元神攝來。

只聽得袁天綱在一旁笑道：「那龍子想是不能來了。」

徐洪客心中正無好氣，啐道：「他怎敢不來？四年之前，我在岐州道上曾經見過他一面，當時他才只四歲，卻已有龍鳳之姿，天日之表。我才說『年近二十，必能濟世安民⑥』，他那爹爹懼人怕事，竟想殺我滅口！」他邊說邊鼓起蓬蓬大袖，繼續作法。

袁天綱卻仍是嘻皮笑臉，見徐洪客作法不成，便笑道：「一法不靈用再法，此老袖中千萬法。」

徐洪客白了袁天綱一眼，斥道：「此偈千餘年後才得出世，現下如何說得？」

袁天綱涎臉道：「尚未出世，便使不得嗎？」

徐洪客被他一語提醒，笑道：「你這頑皮孩子，竟敢拿你師伯調侃！」他當即大袖一揮，從袖中取出一束卷軸。他將卷軸張開，掛在牆上。那軸上空無一物，徐洪客便在畫前焚香祝禱，揮天指地，步罡唸咒。不過一炷香時分，那軸上竟然果真杳杳冥冥，現出一軀身影！

那身影本是若即若離、若隱若現，徐洪客繼續揮指呼唸，那身影便也逐漸清晰。但見此人黑帽黃袍，革帶皮靴，唇上兩翹虬鬚，手握腰帶挺立，實是英姿穎發，儀表非常。徐洪客一見，喜道：「是了！是了！」

袁天綱上前細細看那畫像，問道：「八百年後要出世的，便是這幀圖像？」

徐洪客笑道：「不錯。」他仔細再看畫像，卻又叫道：「錯了！錯了！」他當下提起墨毫大筆一揮，那畫像唇上的兩翹虬鬚，登時成了一部虬髯。他甚是得意，擊掌而道：「如此才是！」

徐洪客再度焚香祝禱，揮指呼唸，突然間大喝一聲，將手邊塵尾拂塵擲向畫上那人。那拂塵與畫像竟爾合而為一，畫中那虬髯人像便冉冉自牆間壁上浮出。徐洪客與袁天綱一左一右，將那虬髯客由畫中攙扶下來。只見那虬髯客挺身而立，不怒自威，英氣逼人。

此時袁天綱笑道：「師伯，他這身裝束，可是不成。」

徐洪客定睛一看，當下一邊搖頭，一邊除去那虬髯客的冠戴。袁天綱取來一襲絳紫寬袍，讓那虬髯客換上。徐洪客上下審視，笑道：「這可成了！」伯侄二人便將那虬髯客引入雲堂淨室。

淨室內那幅巨大的設色山水裡，李藥師已將馬兒洗淨，正在刷理馬毛。出塵則在汲水之際，偶爾由井中照見雲髻微傾，此時正映著井水整妝。李藥師見狀，便取出軒轅古鏡，放在井沿之上。出塵嫣然一笑，散下一頭長及足踝的烏亮秀髮，站在井旁，對鏡梳妝。就在這當下，一名紫袍虬髯的壯士，騎著一匹黑驢，從遠處行來。見到出塵，當即下驢，過來斜倚在水井之旁，目不轉睛，笑看美人梳頭。

李藥師見這虬髯客甚是無禮，正要發怒，卻看見出塵一手握著秀髮，另一手在背後輕搖，要他息怒。出塵匆匆理妥嬋鬢，轉身朝那虬髯客斂衽為禮，問道：「尊客貴姓？」

那虬髯客甫自畫中出來，本無名姓，因知出塵姓張，便說姓張。出塵喜道：「小女子也姓張，不妨以兄妹相稱。」說罷便以兄禮拜見虬髯客，又為他引見李藥師。李藥師見那虬髯客極為豪爽，言行頗有胡人氣息，想來他笑看出塵梳頭，也是習俗使然，並無他意，所以當即釋懷。他夫婦與虬髯客一見如故，相談甚歡。

那虬髯客甚是健談，他所言所道，竟有許多人物事故，連李藥師也從未聽過。李藥師不禁好奇，問道：「吾兄所知所聞，實是淵博無比。想來必曾廣歷名山大川，才得有此見識？」

虬髯客笑道：「我自遠方來，故知遠方事。賢弟所言所道，也有許多是我未曾聽說的啊！」

李藥師正要問他由何處來，卻見遠方又來了一名童子。那童子不衫不履，裘衣散結，兩袖高捲，昂首闊步地行來。李藥師與出塵見這童子舉手投足之間，威風凜凜，神氣揚揚，堪堪竟似那姑射山上的石雕龍子，由石板中走將出來一般！他二人看得瞠目結舌，李藥師當時便迎上前去。

出塵原本也要上前相迎，卻見那虬髯客瞬間色作，慌慌忙忙便欲離去。出塵叫道：「虬髯兄，何事如此匆匆？」

虬髯客急道：「真主兒來啦！我豈能不走？」說罷便即轉身。出塵一時情急，便想拉住虬髯客，希望將他留下。豈料一抓之下，手中僅僅握住一柄拂塵，虬髯客已然不見。她登時怔住，愣在當地。

李藥師聽到出塵與虬髯客拉扯之聲，回頭一看，但見出塵握著徐洪客的拂塵，怔怔立在井旁。當時日已過午，光豔昳麗，透射拂塵，將那塵尾映成彤紅顏色，李藥師一時也看得迷惘了。

只聽得徐洪客的笑聲由後方傳來：「李夫人，老道那柄拂塵，怎地讓妳染成了紅色？」

李藥師與出塵同時回頭，但見徐洪客袍袖飄飄，踏著大步，與那童子一同行來。原來徐洪客幾經試煉，畢竟將那龍子的元神攝來，好讓他與李藥師相見。那紫袍虬髯客只是拂塵所化，此時見到元神，自是忙不迭地離去。

李藥師與出塵卻看著徐洪客身旁，那龍子大步前行，似乎每行一步，形貌均約略有所改變。十餘步之後，那龍子竟長成為一名虬鬚壯士，與那紫袍虬髯客，除鬚髯略有不同之外，彷彿一般無二！但他仍是衮衣散結，兩袖高捲，威風凜凜，神氣揚揚，完全是那龍子形象。

徐洪客與那虬鬚龍子雙雙足踏風雲，瞬即來到一處石亭。那虬鬚龍子轉身入亭，徐洪客隨即跟進。李藥師與出塵趕緊過去，卻見徐洪客與那虬鬚龍子已在亭中對弈。那虬鬚龍子丰神清朗，滿座風生，顧盼煒如，絕是精采驚人。見他夫婦進來，當即相互長揖見禮。只因棋局方酣，四人均自靜觀不語。

不久棋局已殘，那虬鬚龍子只略坐片刻，便即告辭，徐洪客也不相留。李藥師只覺這虬鬚龍子，雖然本當是自己與出岫之子，反倒不如那紫袍虬髯客來得親熱，當下心中空空盪盪，彷彿若有所失。他恍恍惚惚，過去觀看那局殘棋。只見棋枰四周俱被黑子占有，中間空著一片地帶，居中一碇白子，竟是中押！

李藥師不禁好奇：「所謂『中押者敗』，道長，那白子緣何竟下此手？」

徐洪客臉色凝重：「不然，這乃是『一子定中原』，那白子已然穩占地利，如今可以放眼四方。」李藥師一時不能領會徐洪客話中奧妙，只道乃是自己棋藝不精。當下棄了棋局，與徐洪客、出塵一同步出石亭。

出得石亭，李藥師與出塵方才發現，竟已回到雲堂淨室之內。中堂仍是那幅設色山水，然而不知何時，畫上竟已多了一口水井、一座石亭。那井沿上似有一物，光華隱泛，渙渙昱昱，奪人目精。出塵失驚道：「藥師，那軒轅古鏡還放在井沿上呢！」

李藥師尚不及回答，徐洪客卻已大驚失色：「甚麼？那軒轅古鏡遺在圖畫中了？」他臉色大變，仰天長嘆：「天意！天意啊！」

李藥師與出塵一時不明所以，只見徐洪客神色慘然：「李公子，你行雨雖然有誤，但若得那軒轅古鏡之助，還大有可為於天下。如今那古鏡卻已遺在畫中，這可如何是好？如何是好啊！」

李藥師卻並不驚惶：「道長，當初行雨有誤，龍宮太夫人便說在晚已失卻百世功德。在晚誤殺生靈，不免前功盡棄，只怕要辜負道長厚望了。」他歉然一笑：「在晚適才還想，該將那軒轅古鏡奉還予道長，豈料卻遺在圖畫之中，實是在晚之過，在晚慚愧萬分！」

徐洪客臉色已然緩和許多，他輕嘆一聲：「也罷！老道原是不欲見這大好江山落入胡兒手中，故爾將那軒轅古鏡交託予你，希望助你成就大事。」他再嘆一聲：「如今想來，便是讓那胡兒當家，也未必有甚不妥，老道卻未免執著了！」

李藥師此時卻面現毅然之色：「天命雖有不逮，難道人力便不可為！」他英風頓現：「道長，石亭中那一局棋，在晚已有所悟。」

徐洪客喜道：「當真？」他當即取過棋枰，便在几上布子，將石亭中那局殘棋重新擺成。

李藥師眼觀棋局：「中押既已占盡地利，四方這些黑子，若是不能相互聯絡聲氣，便無一子可活。」他已領悟此局所布，並非雅士對弈，而是豪客綜論天下大勢。

徐洪客笑道：「不錯，這中押白子穩居主勢，遲早要將四方那些黑子各個擊破。」他手指棋局：「惟有東北角上這兩路黑子，形勢最為可觀，暫時可得存活。老道只怕，這兩路黑子也難免自相殘殺。」他輕嘆一聲：「不想天下之大，竟是被這一碇白子盡數收入掌握！」

李藥師卻面帶微笑，取過一枚黑子，穩穩點在西北六九路上⑦⑧。徐洪客擊掌讚道：「好棋！」他看看又道：「可惜與東邊那路黑子無法聯絡，否則與中央白子爭衡，則平分天下矣！」

李藥師當下默然。但見太陽西斜，他二人便向徐洪客告辭。徐洪客與袁天綱直將他夫婦送至西嶽神廟，方才回轉。此時已近黃昏，山嵐沆漭，回首徐洪客等二人身影，已沒在雲封霧鎖之中。李藥師不禁嘆道：「他日若想找來，只怕難免『尋向所誌，遂迷不復得路』。」「尋向所誌，遂迷不復得路」引自陶淵明〈桃花源記〉。

出塵嫣然一笑：「何須找來？他若願意見你，自會前去找你。」

李藥師澹然一笑，便也釋懷。兩人當即上馬，並轡下山而去。

第廿一回　西京救孤

李藥師與出塵下得華山，回到長安，不數日便隨薛道衡同返東都覆旨。詎料未出半月，楊素竟已薨逝。他二人得到消息，大為震驚，只覺怵然悚然，極不自安。當時正逢皇太子大喪，他夫妻竟不得離開洛陽，前往長安祭奠楊素。

大業三年初夏，楊廣大排車駕，巡狩北地。御駕出塞，啟民可汗親自來朝。自從達頭可汗出奔吐谷渾之後，啟民已接收達頭舊部，成為東突厥的最高領袖可汗。他的地位由隋室一手成就，自然對大隋惟命是從。此時北起突厥，西至高昌，諸國均對大隋上表稱藩，年年入貢。惟有那吐谷渾卻仍是蠢蠢欲動。皇帝不豫，派人勸說鐵勒部落出兵，與隋軍夾擊吐谷渾。伏允兵敗，竄逃入山，大隋獲得降人牲畜無數，並接收吐谷渾大部分的地盤。

至此西北底定，然而那東夷高麗國主，卻不肯入京朝覲。楊廣一怒之下，詔命開鑿永濟渠，準備運輸兵馬糧械，東征高麗。朝臣上表勸諫，竟一一遭到誅戮。

永濟渠乃是將黃河、沁水、衛水、沽河打通，以便由洛陽直通涿郡。此項工程雖然並不經過趙郡，然而影響所及，河北那一望無際的綠野平疇，勢必也要變成荒村野塚。李詮身為趙郡太守，既無法上表諍諫，又不願荼毒百姓。幸好他早將辭職書啟上呈吏部，此時已獲批准。他便收拾行囊，致仕歸里。

當時李藥師雖仍任職宮廷，然而他是楊素所薦。楊素本已失寵，又已薨逝，李藥師在宮廷之內便也不得親信。大業五年，皇帝西巡河右，他竟不得隨駕出行。所謂「塞翁失馬，焉知非福」，正因如此，父親致仕歸里，他才得以侍奉行旅，一同回到三原老家。

李藥王得知父親歸里，自然早已返回三原等候。惟有李客師宦遊他鄉，不得團聚。父親、兄長見李藥師年近不惑，膝下猶虛，均不免著急。幸好大嫂見出塵年輕，常幫著她說話，讓她不至於尷尬。所謂「長嫂如母」，婆母既已不在，便是長嫂當家。出塵侍奉大嫂，也極盡孝悌之禮。李藥王的長子、次子皆已成家，出塵與兩個侄媳年齡相若，經常玩在一起。所以一家人同敘天倫，倒也其樂融融。

當時一代名醫孫思邈隱居於磬玉山，就在三原左近。李藥王以大將軍之位退隱於昆明池，與孫思邈神交久矣，於是趁空攜李藥師同往磬玉山拜訪孫思邈。那磬玉山乃是由五座小峰連聚而成，五峰對峙，頂平如臺，所以魏、晉以前，均稱為五臺山。宋、金之後，則因為孫思邈之故，改稱為藥王山。

李藥師隨兄長來到磬玉山，只見此山高而不險，卑而不夷，蒼松蓊鬱，翠柏蔥蔚，好個謙沖圓融的所在！較之於天挂之幽奧，太華之峭拔，又是另一番境界。孫思邈的居處，茅茨為頂，塗泥為牆，夯土為階，座落於群峰之間，直似與山林大地融為一體。

孫思邈精擅醫術藥理，淹貫經史百家，兼通道經佛典，如今尚不及而立之年，卻已是盛名著於天下。他少時多病，所以形貌瘦削，又著一身黑袍，尤其顯得清癯。他與李藥王早已相互傾慕，見他兄弟來訪，自是慇懃接待。

李藥王雖然並非醫家，然而他也博覽群書，於經典史籍、刑名兵法、醫卜星相，可說無所不通。加以經年行陣軍旅，對金創外傷更是多所見聞。他與孫思邈談論刀圭鍼砭之術，竟然多所創見，讓孫思邈也能有所發明，是以彼此均有相見恨晚之感。李藥師聽大哥與名醫談論醫家之學，更是獲益良多。

此時言談告一段落，孫思邈轉向李藥師，觀望氣色，問道：「請恕小弟直言，二世兄身上，可有舊傷未癒？」

李藥師卻想不起來。

孫思邈說道：「《靈樞》所謂『夫十二經脈者，人之所以生，病之所以成；人之所以治，病之所以起』。人身若有病痛，必然血脈不暢；血脈若有不暢之處，必然顯現於十二經脈之運行。十二經脈者，手三陰、足三陰；手三陽、足三陽，陰經屬藏而絡府，陽經屬府而絡藏，表裡相應，是為『正經』。」他語音一頓，望向李藥師：「如今二世兄左側眼角與耳門之間隱現青氣，此處乃左足少陽膽經之起始。小弟不才，敢問二世兄，這舊傷莫非是左足外傷？」

李藥師陡然想起出岫殞逝之日，自己在姑射山受傷的往事，當即笑道：「閣下真神醫也！這左足受傷之事，若非神醫提起，在下早已忘懷。在下這左足，十年之前確曾受傷，不過早已痊可。」

孫思邈當下為李藥師診脈，並細問受傷始末。李藥師於是詳述當年豪雨山洪，垣坍土崩，自己縱躍騰挪之際，傷及左足的往事。又將父親如何延請名醫，自己如何調理休養等等，在在說與孫思邈知道。

孰料孫思邈靜聽之餘，竟爾笑道：「請恕小弟無狀，二世兄這番言語，只怕是不盡不實！」

李藥師不解。孫思邈笑道：「足少陽膽經由眼角下行，絡肝、屬膽，直至於足。然後連接足厥陰肝經上行，屬肝、絡膽，再至於頭。依二世兄脈象所示，這左足舊傷，卻並非膽經受損，而是肝木淤滯，顯於膽經。肝木之淤滯，則起於心緒之鬱結。所以依小弟看來，二世兄受傷之後，心緒鬱結無比，竟似不願讓這足傷痊可。影響所及，以至於肝經淤滯，血脈不暢，乃使這左足之傷，至今無法痊癒。」

李藥師與兄長對望一眼，說道：「閣下果然醫道通神！當年在下原與一位知己相伴而行，雷雨山崩之日，在下只是傷及左足，然而那位知己，竟是葬身異地，埋骨他鄉！在下……實是愧對知己。」

孫思邈引得李藥師憶及傷心往事，雖是無意，也不禁歉然：「小弟失言，尚請世兄海涵。」

他繼續說道：「然則二世兄這左足，全靠練志養氣之功，讓氣血繞過左足厥陰肝經，運行於任脈、督脈之間，因而暫且可以不受制於肝木之淤滯。所以這足傷，外觀看似痊可，內則實未暢通。若是不加療治，假以時日，只怕難免復發。」

李藥王聞言，趕緊問道：「敢問舍弟之傷，該當如何療治？」

孫思邈笑道：「這療治之法倒也簡易。二世兄武學根底深湛，只須每日功課前後，輔以指壓按摩之術，將那淤滯散去，則經絡通順，血脈暢行。如此持之以恆，便不虞舊傷復發。不過……」他望了李藥師一眼：「這其中卻尚有一樁難處。」

李藥王忙問：「甚麼難處？」

孫思邈道：「二世兄須得忘卻那傷心往事，否則肝木鬱結，經絡淤滯，血脈不暢，無論再如何療治，也是枉然。然而……」他再望李藥師一眼：「依小弟看來，二世兄只怕無法將那往事忘懷。」

李藥師被人說中心事，當下默然。他能忘卻足傷，然而如何能忘懷出岫？

李藥王在旁，聽那孫思邈議論病源，見解精闢，料事如神，大為欽佩，不禁歎道：「我雖名喚藥王，閣下才不愧是真正的藥王！」

孫思邈趕緊謙謝，但仍諄諄叮囑李藥師莫再執著於傷心往事，當以療傷為意。李藥師唯唯應諾，然而在座三人卻都明白，說者容易，若真要他忘卻往事，專意療傷，實是難上加難。

旬日之後，李藥師假期屆滿，單騎返回東都，出塵則留在三原侍奉椿庭。他李氏祖墳、家廟均在三原，出塵參與祭禮之餘，也逐漸清楚他李氏家世。

李氏世居隴西成紀，與漢代名將李廣同族。西晉時期，曾有先祖任刺史、太守等職。五胡亂起，晉室東遷江左之後，隴西歸於匈奴劉氏的前趙。其後羯人石氏的後趙伐滅前趙，隴西遂淪為後趙與漢人張氏前涼的爭戰之地。爾後又輾轉歸於氐人符氏的前秦、羌人姚氏的後秦，以及鮮卑乞伏氏的西秦。李藥師的高祖父文度①曾仕於西秦，任安定太守。然而這段期間，胡漢諸族兵燹頻仍，李氏的生活動盪不安。

其後鮮卑拓跋氏的北魏興起，西秦為匈奴沮渠氏的北涼所逼，降附於北魏。李文度遂率族人入北魏，從此定居於京兆山北的三原。此時正值北魏孝文帝拓跋宏將首都自平城遷至洛陽，力圖漢化之際，漢人世族甚得朝廷重視，李氏便也得到重用。李藥師的曾祖父李懽②曾仕於北魏，任河、秦二州刺史。河、秦二州治地相當於西秦故地的絕大部分，李氏的故鄉隴西成紀也在其治下。李懽出掌河、秦，頗有衣錦還鄉的榮耀。

其後魏分東西，北周又代西魏。李藥師的祖父李崇義曾為北周雍州大中正，廣、和、復、硤、殷五州刺史③。雍州乃是京兆王畿，李崇義開府雍州，其位高權重可知。李藥師兄弟三人，即生於這李氏的全盛時期。此時在位的北周武帝宇文邕，是北周最英明的君主，此時也正當北周的全盛時期。是以他兄弟的童年生活，極為優渥幸福。也因此得以自幼博覽書史，熟讀兵法，修養品格，終於成為震古爍今的絕頂人物。

三原因在渭水的河谷平野之間，突起三座「原」而得名。「原」是頂平如臺的高地，原與原之間自然有坡地。出塵見這李氏故鄉，無論是平地或是坡地，都種滿旱麥。陽春時節，麥田苗長，平地上遍野漫眼的全是翠綠，無邊無垠地朝東西方向直綿延至天際。坡地上則闢成梯田，田埂是黜金的黃土顏色。旱田的梯層並不完全水平，黜金的田埂流成柔和的曲線，適意地上下起伏，再順著山腰優美的弧線，悠揚輕暢地向四方直蜿蜒至蒼莽。

面對如此景致風華，出塵不禁憧憬，夫婿少年時節，或許便如自己現下一般，喜歡望著這圓轉如意的黜金田埂，框著那春風拂偃的翠綠麥苗，逍遙徬徨，悠遊自適於天地之間。想那夫婿，既生於簪纓世胄之薰沐，復長於山原壟畝之陶冶，無怪乎培養出那般豪闊俊朗，且又溫柔敦厚的胸襟。

這一年之間，出塵善盡人媳之責，與大嫂、弟婦、侄媳一同承歡於慈父膝下。大業六年素秋，李詮壽終正寢，與世長辭。李藥師與李客師雙雙丁憂罷職，返家奔喪。李詮原有車騎將軍、開府儀同三司、永康縣公等爵封，身後又得冊贈荊州大都督④，喪禮備極哀榮。父親入土之後，三兄弟難得相聚，不免便言及天下大勢。

楊廣年前西巡河右，曾經來到燕支山，當時高昌王麴伯雅、伊吾吐屯設，以及西域二十七國使者，皆迎謁道左。皇帝龍心大悅，詔命凡有西域官民入朝覲謁，所經郡縣均須負責接待。楊廣只為誇示大隋之富強，豈顧得西域、東都之間，諸郡縣送往迎來，揮霍靡費，竟至於民不聊生。

不久，楊廣再幸江都。其後永濟渠鑿成，皇帝由江都北上，經運河直驅涿郡。當時黃河中、下游大水為患，漂沒三十餘郡，庶民相賣為奴婢。楊廣並不理會，仍然下詔征伐高麗。

高麗曾在曹魏、西晉之際，兩度為華夏大軍所敗。然而中土南北分裂以來，戰亂達數百年之久，無暇對外。高麗乃趁機坐大，至此已經歷百年承平歲月。當年高麗國主高元不肯應楊廣之召，入朝覲謁，本是仗恃國富兵強，無所懼於大隋。既知強鄰大隋好戰，高麗早已秣馬厲兵，增修守備，嚴布防禦，以待隋軍。如今隋軍長途跋涉而來，遭遇頑強抵抗，久攻不克。楊廣見軍士傷亡逾半，疲弊勞頓，士氣全無，只得退師。還朝之後，皇帝自然將那敗績的朝臣或斬或廢，惟有他大隋天子一人，是永無瑕疵謬誤的！

此時李客師已歷任軍職，多所見聞，對兩位兄長說道：「遼東之地苦寒，秋、冬兩季冰封雪埋，夏季又有潦雨，均不利於行軍作戰。若欲攻占那高句驪，只有趁凍期已過、霪雨未及的巳、午兩月。而且須得速戰速決，數攻不能取勝，便得及時撤兵。否則雨季一起，泥濘難行，連退師都備極艱困。若遭追擊，則後果更不堪設想。」「高句驪」乃是古稱，魏晉之後，才漸簡稱為高麗。

李藥王聞言，讚道：「不想你離家不過數年，竟已通達行軍用兵之道，能夠運籌於帷幄之中，決勝於千里之外。爹爹泉下有知，必也欣慰。」

大業九年暮春，楊廣再度御駕親征，麾軍直指高麗。此時隋帝國境內，因為皇帝的奢侈放蕩，士庶徭役繁重，民生凍餒，早已是怨聲載道。前此為出征高麗，調兵集餉，攪得全國騷動。結果傷亡累累，敗績而還。人民對於朝廷之施政，已然信心全無。此次再度出征，復又徵兵催餉，更逼得人民無路可走。《老子》曰：「民不畏死，奈何以死懼之？」人民既然無路可走，便只有造反一途。

於是平原杜彥冰、濟北韓進洛、濟陰孟海公、北海郭方頂紛紛聚眾滋事，攻占城邑，大肆劫掠。精兵全已調至高麗前線，郡縣官兵也無力討平賊寇。寇掠者固然是因為無路可走而滋事，被劫掠的安善良民豈非更為無辜，更為可憫，也更無活路？

楊素薨後，楊玄感襲楚國公爵位，此時任禮部尚書。皇帝親征高麗，命他往黎陽倉督運糧餉。他見中樞無主，人心叛離，當即以黎陽倉貯為糧秣，以解救黎元為號召，倡起義師叛隋。楊玄惠、韓世鄂、韓世郢、李密等均在其麾下，楊玄慈、楊玄慶則固守長安家中。不多時，楊玄感便募得十餘萬義軍，進逼東都洛陽。

楊玄感圍迫東都的消息傳至三原，李客師大為震驚，對兩位兄長說道：「東征大軍遠在遼地，懸隔千里之外。南有遼海不能強渡，北有高麗嚴陣以待，惟有涿、薊之間一線之地可以退兵。若要起事，當出其不意，直入渝關，扼其咽喉，使其進逢頑敵，退無歸路。如此不出十天半月，大軍糧餉用盡。義師舉麾一召，其眾豈有不降之理？」他已有些情急：「如此先攻洛陽，遷延時日，豈非先機盡失？」「渝關」即是今日的山海關。

李藥師也道：「直入渝關，扼其咽喉，不戰而屈人之兵，此乃上上之策。若捨上策不用，也當潛兵西入長安。如今長安只靠衛文昇一人，他膽識、智計俱不足為意。義師若是西來，他必嚴守東城。只須令調一支勁旅繞至西城，攻其無備，其城自下。既得長安，則關隴盡入掌中。如此進可以攻，退可以守，雖非上策，亦可算得是中策。」當時楊廣以皇孫代王楊侑守禦西京長安，以刑部尚書衛文昇輔之。楊侑年幼，事事倚仗衛文昇。

李藥師此時竟也有些情急：「大軍雖然遠在遼東，洛陽仍有堅兵防備。依我看來，先攻洛陽，非止遷延時日，盡失先機，只怕竟要功虧一簣！」

李藥王一直靜思不語，此時沉聲說道：「情勢已然迫在眉睫，你三人就走一趟吧！」他所謂「你三人」，已將出塵計算在內。

他兄弟仍在守制，尚有月餘才當除服。聽長兄此言，李藥師、李客師同聲徨然叫道：「大哥……」李藥王將他二人止住：「所謂『一諾無悔』，君子豈可失信於泉下之人？你三人且放心去吧！先人之前，便由我一人承當愆過。」他自然知道楊素託孤予李藥師之事。

他兄弟能想到「直入滃關，扼其咽喉」，楊廣身處其境，怎會不知其危？他一得到奏章，即刻詔命班師，軍資器械搬運不及，只有全部遺棄。

大軍開回洛陽，皇帝遣宇文述統兵平亂。楊玄感腹背受敵，只有麾軍西走，準備奪取長安。然而衛文昇已經得到消息，先掘平楊素墓塚，再領兵東出潼關。楊玄感遠自洛陽西來，前有衛文昇，後有宇文述。加以義軍本是烏合之眾，未到潼關，已被殲滅。

楊玄感見大勢已去，將佩刀遞予楊玄惠，恨恨說道：「我豈能受辱於昏君？你且助我一刀之力吧！」楊玄惠忍淚揮刀，楊玄感登時橫屍泥塗。

宇文述與衛文昇會師，楊玄惠、韓世鄂、韓世郢、李密等均入於縲紲。宇文述將楊玄感的屍首、楊玄惠等叛黨一同押返東都。衛文昇則領兵回師西京，圍剿楊府。那長安大街之上衢巷雖稱寬廣，然而也不足以施展兵馬。衛文昇空自握有大軍，面對楊玄慈、楊玄慶兄弟聯手戮力反抗，一時竟也僵持不下。

就在此時，一匹棗紅近紫的駿馬來自天際，奔向衛文昇。馬上一名壯士白衣飄飄，朝衛文昇喊道：「衛大人，且容在下相助一臂！」

衛文昇一看，那壯士姿貌瓌偉，丰神俊逸，正是李藥師。他知李藥師素與楊府交厚，當下派員警戒。

卻聽李藥師昂然叫道：「亂臣賊子，人人得而誅之！」他當即策馬前驅，仗劍直指楊玄慶。楊玄慶先是驚道：「藥師，你……」繼而怒道：「你這忘恩負義之徒，實是無恥之尤！」

李藥師也罵道：「犯上作亂之徒，才是寡廉鮮恥之尤！」他褰起衣裾，揮劍一斬，截下一段袍角：「你我之交，有如此袍！」他甩棄袍角，隨即振劍刺向楊玄慶。

楊玄慶趕緊仗劍相抗，左右隨從也同時群起衛護。無奈李藥師威武如神，舉凡劍鋒所指，必有一人倒地。轉眼之間，楊玄慶身邊隨從盡除。李藥師一勒轠轡，紫騮便長身直立。那馬兒見到舊主，竟然毫不留情。李藥師利劍一揮，楊玄慶即應聲落馬。當時街道狹隘，兵馬雜沓，楊玄慶竟遭亂蹄踐踏而亡，連頭臉都不成形狀。

衛文昇見狀，即刻攻向楊玄慈。楊玄慈見幼弟身死，大駭之下，雖然勉強抵擋，畢竟心虛腿軟，迅即失手被擒。李藥師親手割下楊玄慶的首級，將那已然無法辨識的頭顱奉予衛文昇，說道：「衛大人，在下與楊府結交日久，竟然不知彼等潛藏梟獍之心，實是慚怍愧悔之極，無顏以對聖君。如今有幸追隨大人清除叛黨餘逆，乃是希望將功折罪。只盼大人代為美言，能不獲罪，於願足矣！」

楊玄慈見李藥師如此，當下破口大罵。衛文昇一面揮鞭擊向楊玄慈，一面哈哈大笑，對李藥師說道：「足下如今立此大功，莫說是免罪，便是封官賜賞，也未可知。」

李藥師躬身謝道：「全仗大人金口。」

衛文昇圍剿楊府之初，雖有民眾窺視，但都只敢遠遠觀望。楊玄慶受誅、楊玄慈被擒之後，民眾便逐漸前進聚攏，夾雜於官兵軍馬之間。眾人圍觀李藥師與衛文昇對話，或有讚歎、或有譏誚。誰也沒有留意，街角上停了一輛烏篷騾車，車轅上一名黑衣壯士，氈帽低垂，遮住顏面。那烏篷車內又跳下一名纖瘦人影，也是一身黑衣，抱著一卷蘆蓆。那人以蘆蓆捲起楊府牆角一名隨從的「屍首」，輕輕巧巧又隱回烏篷車內。

此時圍觀人眾漸漸散去，那烏篷騾車也緩緩駛出。然而那氈帽壯士策韁、那健騾踏步、那車轅轉動，竟爾全然不聞一絲聲息。那騾車閑閑行出西城，車內才隱隱傳出埋怨語聲：「四爺，當初不往渝關，也該速來長安，何至蹭蹬於洛陽城下？」語音柔膩，竟似女流。

只聽一名男子嘆道：「當初李密也作如是說，無奈大哥不聽。」

那女子奇道：「那李密也作如是說？實乃英雄所見！」她隨即輕嘆一聲：「可惜無法救得三爺……」

那烏篷騾車出了西門，沿著昆明渠道而行，漸行漸遠，也漸行漸快。終於奔馳如飛，直往昆明池南而去。

第廿二回　馬邑風雲

宇文述押解逆黨東行，李密、韓世鄂先後在途中逃逸，楊玄惠、韓世郢等人，則與楊玄感的屍首同被押往東都。不過數日，衛文昇也將楊玄慈同著楊玄慶的屍首解入洛陽。聖詔既下，一時戮屍者、車礫者、棄市者，慘烈不忍卒道。

李藥師卻因為「肅清餘逆」有功，由衛文昇重新薦入仕途，回到駕部任職。他成為「撥亂反正」的忠義之臣，得到朝廷親信，處分公職便也格外得心應手。加以皇帝常年巡幸於外地，他這京官就更為閒散。他的兩個孩兒也在此時出世，他將長子命名為李德謇、次子命名為李德獎，以示不忘慈父「君子欲訥於言而敏於行」之訓。

楊玄感亂平之後，楊廣絲毫沒有警惕悔悟之意，反而變本加厲，以殺戮、夷族作為對付叛亂的唯一手段。因此亂象益形擴大，隋帝國境內南起荊、揚，北至燕、冀，每一部分都有人起兵，其中又以膠東青、徐一帶，叛亂最為猖獗。

平亂是地方官員的責任，他楊廣乃堂堂天子之尊，高高在上，豈有越俎代庖之理？於是先巡上黨，再幸博陵，仍然意猶未盡，竟欲再伐高麗。朝臣冒死諫阻，皇帝不納忠言，卻說：「黃帝五十二戰，成湯二十七征，方乃德施諸侯，令行天下。」天子本已頑固自負，好大喜功，身邊又有一班佞臣逢迎上意。朝臣固諍，頗有因而死節者。於是楊廣三度徵兵催餉，御駕親征高麗。

與大隋相較，高麗乃是蕞爾小邦。此前大隋兩度入侵，高麗舉國抵禦，奮力抗拒，已是兵困馬乏，民生凋敝。此次隋軍再以壓倒的優勢前來，終於大敗高麗，直指其首都平壤。高麗國主高元無奈，只得遣使乞降。楊廣本欲直入平壤，然而時值夏末秋初，雨水泥濘，隋軍畢竟不敢驟進。於是受降之後，便退師返回東都。

大軍凱旋，堂堂步武，皇帝洋洋自得，想那百姓必是歡欣鼓舞，夾道爭睹雄風。詎料班師途中，行經河北平原，只見園畝廢耕，平野荒蕪，數里間不見村落人影。楊廣不快，責居民「散逸遊惰」，使得「田疇無伍，郛郭不修」，即命地方官員督促勤耕。當時天下紛亂，賊寇四起，皇帝聖詔中竟有「今天下平一，海內晏如」等語！

大隋討平高麗之後，突厥、新羅、靺鞨、契丹，以及西域諸國均遣使朝貢。皇帝自覺威加四海，躊躇滿志，於是設魚龍曼延之樂，大會蠻夷。惟有那高麗國主高元，卻始終不肯入朝。楊廣出征高麗，本意就是要逼高元入朝覲謁。豈料三度出兵，直搗高麗國都，竟爾仍然不能如願。反而攪得大隋天下大亂，甚至因而亡國。

大隋諸鄰國中，仍以突厥為最強。當時啟民可汗已逝，其子始畢可汗繼位。隋文帝時代出塞和親的義成公主，也已順從胡俗，改嫁始畢。始畢對於大隋雖然仍表恭順，但那大隋天子何等雄才大略，豈可不防患於未然？當時長孫晟已逝，楊廣想他生前所用的離間之策十分有效，於是重施故技，以宗室女下嫁始畢之弟叱吉設。豈料叱吉設不敢接受，此舉反而引得始畢怨懟。

大業十一年盛夏，皇帝先幸太原，駐蹕於晉陽宮；再巡雲中，往馬邑南方的汾陽宮避暑。始畢率領數十萬大軍，趁楊廣車駕巡狩北塞之際，將大隋天子圍困於雁門。當時情況危殆，隋帝國急召天下諸郡募兵救援，已是緩不濟急。幸賴義成公主遣使，詐稱北地有警，始畢匆匆回師，才解了雁門之危。

這兩年來，李藥師眼見天下紛亂，群雄四起，人人稱王稱公，他又怎能無動於衷？然而此時他已年逾不惑，深深明瞭《老子》「重為輕根，靜為躁君……輕則失根，躁則失君」之理。想那楊玄感，身為楚國公之尊，擁有楊氏數代的積聚，當年起兵，仍必須先取得黎陽倉的貯糧為軍餉。他李藥師家無庫藏，兩袖清風，又不肯聚眾打劫，要拿甚麼來召募群眾？所以，他只是默照禪心，靜觀其變。他，在等待契機。如今，那等待已久的契機，終於到來。

雁門解危之後，太原、雲中、雁門、馬邑一帶的地方官員，均因保駕失職而遭到罷黜。皇帝重新委派官職，李藥師也被任命為馬邑郡丞。郡丞之職，名義上位於一郡太守之下，襄助太守處理公務，並無實權。實際上乃是中央直接委派至地方，監視太守施政的耳目。只因李藥師如今是「肅清餘逆」、「撥亂反正」的「忠義之臣」，朝廷將他視為親信。

馬邑素有「雁門藩衛，雲中唇齒」之稱，自古即是戰略要地，當時更是與突厥對壘的重鎮。

數年之前，李藥師與出塵北行咸陽古道，立馬山巔，東眺太原，就在這帶地方。如今他伴嬌妻、攜愛子，進入這三晉故地，四塞之國，不免暗自振奮，欲有一番作為。然而當時隋帝國境內，已是「秦失其鹿，天下共逐」的局面，暗自欲有一番作為的，又豈僅他李藥師一人？

一郡太守之下，最重要的官員便是校尉與郡丞。這兩名官職均由中央直接委派，其餘椽屬則由太守自行選用。校尉掌管一郡軍事，而郡丞除監視太守施政之外，也負責監視校尉典軍。馬邑太守王仁恭是一介文人，膽小怕事。然則那鷹揚校尉劉武周，可不是簡單人物。

劉武周初到馬邑，便以刺探敵情為名，與突厥互市馬匹，實際則與彼方暗通款曲。他表面上對王仁恭親順，私底下卻自比為呂布，將王仁恭當成董卓，私通王仁恭的妾侍。

劉武周的所行所為，李藥師豈會不知？然而他不能輕舉妄動。此時他若是躍起捕蟬，自己就要成為黃雀口中的螳螂。只因除劉武周之外，他還必須面對更厲害的對手，太原留守唐國公李淵。所以他只是暗中結交劉武周帳下的官兵，以牽制劉武周的行動。

至於李淵，他自從離開長安之後，歷任譙州、隴西、岐州等三州刺史。其後隋煬帝嗣位，對李淵這嫡親兩姨表兄並不信任，所以屢次將他遷調官職。至楊玄感起事，楊廣匆匆詔李淵出鎮弘化郡，同時兼領關右軍事。李淵便趁機結納豪傑，四方之士也多有投效其門者。一時門客麇集，儼然楊素當年氣派。

楊玄感亂平之後，御駕巡幸關右，詔李淵往行轅覲謁。李淵明知皇帝對自己甚為猜忌，怎會輕赴鴻門之宴？於是佯稱疾病，並未奉詔入覲。李淵不來朝謁，楊廣更是疑忌。李淵有一名外甥女王氏充任隋煬帝後宮，楊廣回宮之後，冷冷對王氏說道：「妳那阿舅只知稱病，還不如死了倒好！」王氏將此事轉告李淵，李淵大懼，趕緊厚備財貨寶物，賄賂內廷侍臣，請求代為疏通。同時學那竹林七賢中的劉伶，縱酒沉湎，混同俗世，以求免禍。

其後皇帝巡狩北塞，詔命李淵討捕河東賊寇。雁門解危之後，李淵因鎮平河東有功，先升任右驍衛將軍，再調任太原留守。太原乃是帝堯陶唐氏的故地，唐叔虞祠就在左近。李淵世襲唐國公爵位，乃是因為他家世居趙郡，其地鄰近堯臺之故。如今他這唐國公，出於小小趙郡堯臺，入居堂堂陶唐故地①，豈能不暗暗自負，在心中高聲大呼：「天助我也！」②

李淵來到太原，立即結交在當地監管晉陽宮的裴寂，以及晉陽縣令劉文靜。裴寂、劉文靜早已對政局不滿，與李淵一拍即合。然而，世事畢竟無法盡如人意。他這太原留守之下，還有郡丞王威、武牙郎將高君雅，俱是中央委派，並非自己體系。除此之外，不過數百里之遙，在那馬邑還有一個劉武周，與突厥暗通款曲，蠢蠢欲動。尤有甚者，那處處與自己作對的李藥師，居然也在馬邑！

當初衛文昇圍剿楊府，李藥師一計瞞天過海，便讓楊玄慶金蟬脫殼。李淵乃是一代人物，他非但不似衛文昇那般容易入彀，也遠比衛文昇更為瞭解李藥師。雖然他並不知道李藥師助楊玄慶逃逸之事，但甚麼「肅清餘逆」，甚麼「撥亂反正」，他是絕不相信的。

如今面對李藥師，李淵也靜觀待變。他知道李藥師職責所在，當以監軍身分制衡劉武周。只要李藥師動手對付劉武周，他便可以太原留守的身分進鎮馬邑。如果李藥師不動，而劉武周先動，他則可以失職為由，拘拿李藥師。所以，裴寂與劉文靜雖然屢勸李淵起事，李淵均不為所動。劉文靜不知道李淵與李藥師之間的往日過節，勸李淵結交李藥師，當然遭李淵一口回絕。

大業十三年二月，劉武周引突厥兵入侵馬邑，殺太守王仁恭，自稱天興皇帝。他想皇帝理當居於宮室，便入據左近的汾陽宮，又將汾陽宮人送往突厥，作為貢禮。突厥大喜，以狼頭纛立劉武周為定楊可汗。詎料劉武周才離開馬邑，進入汾陽宮，李藥師便率領本郡官兵固守城池，讓劉武周無法回來。李淵聞訊，即刻與裴寂商議對策。

裴寂一心希望盡快起事，當下說道：「馬邑之地扼山負嵎，憑險而守，乃是北疆重鎮。爵爺若能取得馬邑，則日後南進，太原便無後顧之憂。如今馬邑郡丞李藥師失職，爵爺何不將他拘拿？如此即可進鎮馬邑。」裴寂雖然也不清楚李淵與李藥師之間的過往，但他老謀深算，早已看出李淵對李藥師心存芥蒂。

李淵道：「將李藥師拘拿固無不可，但進鎮馬邑之後，便得與劉武周正式對壘。劉武周雖不足為意，但他背後卻有突厥撐腰。突厥若是傾巢而來，我等卻無法抵禦。」李淵當初滿心以為「螳螂捕蟬，黃雀在後」，自己萬無一失。豈料在李藥師的制衡之下，劉武周縛手縛腳，無法以本郡官兵起事，竟引突厥出兵。如今劉武周這鳴蟬背後，突然多了突厥那隻鷹隼，他這黃雀，便不得不投鼠忌器。

裴寂卻道：「何須抵禦突厥？如今不只劉武周，那朔方梁師都、榆林郭子和也都結交突厥，何獨我等不可？若與突厥交好，則非但不必與劉武周對壘，也無須擔心梁師都與郭子和。所謂

『強而避之』，突厥既強，則與之結交，也不失為當前的權宜之策。」當時梁師都、郭子和都已結交突厥，舉兵叛隋。突厥與群雄有約，相互不得攻伐。因此李淵若是結交突厥，便無須擔心劉、梁、郭等人。其實裴寂所謂「結交」，乃是諛美之辭。與突厥相鄰的隋末群雄，包括李淵在內，無人有能力結交突厥，而只能臣附於突厥。

結交突厥，便是正式起事，反叛大隋。李淵考慮良久，終於說了一聲「也罷」。這聲「也罷」，這一「權宜之策」，畢竟在大唐國史上留下莫大國恥，日後還得靠李靖將之洗雪。③

當時李淵的次子李世民也在太原。既已決定起事，李淵便召來李世民、劉文靜，以及門客長孫順德、劉弘基等人，共商大策。決定由劉文靜出使突厥，由李世民、長孫順德、劉弘基募兵。李淵同時急遣密使前往河東，召長子李建成、四子李元吉來會。

出使、募兵等事，都不能讓王威、高君雅知道。裴寂說道：「劉武周既反，馬邑郡丞李藥師便是失職。何不調虎離山，命王威、高君雅前去拘拿李藥師？」

劉文靜與李密是兒女親家，因著李密之故，他略知李藥師其人，對之極為欽慕，將之譽為「天下第一將才」。李世民與劉文靜交好，風聞李藥師大名久矣。如今李藥師率領官兵固守馬邑，與劉武周相抗衡，更讓李世民心儀，頓生恨不相識之憾。如今聽裴寂說去「拘拿」李藥師，當下反對：「爹爹，李藥師乃是天下第一將才。如此人才，當以禮相待，怎可『拘拿』？」

裴寂笑道：「二公子，李藥師既是天下第一將才，區區王威、高君雅二人，如何拘拿得來？咱們這『調虎離山』之內，還有個『借刀殺人』的計中之計，讓那李藥師對付他二人。就算李藥師不殺，他二人回來之後，也難免辦事不力之罪。」

李世民聞言，只好不說話了。

李藥師既是公認的天下第一將才，他在太原怎會沒有眼線？當年他與出塵立馬山巔，遙望太原，便曾將這一帶地形論為「居天下之肩脊」、「四塞之國」、「乃是河東的根本」。其後在徐洪客的雲堂淨室之中，參研與虬鬚龍子對弈的殘棋，那碇「一子定中原」的中押，指的也正是太原。因此李藥師早已遣人，在太原西南龍山上的童子寺裡，布置了一窠綠竹。④

《詩經‧衛風‧淇奧》：「瞻彼淇奧，綠竹猗猗。」周代衛國的轄地，領有今日河南北部與河北南部一帶，南宋朱熹《毛詩集傳》將這帶地形論為「地濱大河……其地平下」。李藥師曾在衛州汲縣數年，深知低平潮濕之地，最適合綠竹生長。然而太原卻是既高且乾，綠竹難以存活。當時放眼太原，除童子寺之外，再沒有一窠綠竹。

李藥師由東都前往馬邑赴任，途中經過太原。見到童子寺這窠綠竹，大為讚賞，當下便命寺中主事僧人，「每日報竹平安」。無論怎樣珍稀難得的植栽，哪有必須「每日」通報平安之理？李淵雖然明知這是寺僧與李藥師之間傳遞消息，但苦於沒有證據。如果輕易出手，豈不顯得心虛？於是便也並未制止，只能監視。

且說王威、高君雅奉命，前來馬邑拘拿李藥師，李藥師當然早已知情。王、高本以為李藥師必會拒捕，準備兵戎相向。豈料李藥師卻以禮相迎，將他二人延入郡衙。三言兩語之間，裴寂那計中之計便被揭穿。王、高二人得知中計，大為憤怒；又得知李淵準備起事，更是震驚，匆匆便欲趕回太原。

李藥師卻閑閑問道：「殊不知二位回到太原，意欲將那唐國公如何？」

王、高二人雙雙一怔。李藥師笑道：「如今太原必已有備，二位不將在下拘拿，如何回報，還請預作打算。」

他二人趕緊請教。李藥師怒然笑道：「並非在下托大，這馬邑若是少了我李藥師，不知尚能撐到幾時？」

王、高頓時領悟，連忙道謝。李藥師笑道：「二位何須太謙？如今在下既無法離開馬邑，這告變之責，只怕尚得偏勞。」

王威、高君雅應諾，當即別了李藥師，匆匆趕回太原，向李淵回報：「馬邑全靠李藥師靈活運用戰術，以數千官兵防禦數萬賊兵，固守城池，苦戰不屈，實無失職之處。馬邑若無李藥師，迅即便要被劉武周進占，因此我等並未將他拘來。」他二人如此回報，李淵也無法治其「辦事不力」之罪。

李藥師本希望王威、高君雅上告李淵謀變，然而此時楊廣已三度巡幸江都，要告變便得遠赴吳地。王、高二人實則並不信任李藥師，相互商議道：「太原與江都相隔二千餘里之遙，沿途又有李淵密探。只怕你我未到江都，便遭擒獲，豈非白白送了性命？」

於是王、高另謀他策。他二人往返馬邑，不過數日光景，李淵竟已募得數千兵士。既已不可力敵，只有圖謀智取。當時旱象已久，他二人便請李淵往唐叔虞祠祈雨。私下則調派官兵，準備擒拿李淵。李淵豈是泛泛之輩，怎會不知有詐？他一面將計就計，前往祈雨，另一面密令李世民等嚴備精兵以待。來到唐叔虞祠，王、高下令擒人。詎料李淵備兵更多，他二人反而被擒，以謀反罪名即刻問斬。

王威、高君雅既除，李淵隨即聲討劉武周。他以劉文靜為先鋒，親自麾軍北上。李蘗師得知王、高被斬，李淵北征，可他那先鋒劉文靜北來，途經汾陽宮，卻並不紮營，也不進攻，反而匆匆直奔北塞而去。李蘗師見狀，對出塵說道：「劉文靜出塞，必為聯絡突厥，看來李淵已決定動手了。」

出塵道：「李淵既然結交突厥，便不能與劉武周為敵。他領大軍北進，其意既不在汾陽宮，便是直指馬邑而來。如今劉武周、李淵均以突厥為依倚，咱們除非步其後塵，否則只怕難以自保。」

李蘗師道：「不錯。然而劉武周與突厥交通日久，早已將馬邑視為禁臠。他領突厥兵進攻馬邑，咱們與之相抗，突厥早已不滿。如今縱使有意結交突厥，只怕亦難如願。」

出塵聞言，沉思片刻，又道：「劉武周既視馬邑為禁臠，李淵若欲交通突厥，便不能染指馬邑。如今他率領大軍北來，既不為進占馬邑，為的便只是你我二人。」

李蘗師微微笑道：「正是。」

出塵嗔道：「如此局面，你還笑得出來？」她隨即轉念一想，便也面現笑容：「莫非君子已有計較？」

李藥師笑道：「雖有計較，卻也並非萬全。想李淵率兵北來，固然是為妳我二人，卻還另有一層深心。那突厥豈知咱們與李淵之間的過往？見到李淵大軍駐紮馬邑城郊，不免擔心，若不應允結交，李淵或許竟會與我等聯手，則劉武周不保矣。所以在突厥首肯之前，李淵必不會對妳我下手。」

出塵道：「如此說來，在劉文靜回報之前，咱們還有三數日的時間，可以應變。」

李藥師笑道：「非但『可以應變』，實乃『恰以應變』。如今李淵起事，中樞尚未知曉。王威、高君雅既已遇害，我身為馬邑郡丞，便有責任赴京師告變。」

出塵一怔，驚道：「你……你赴京師告變，接近中樞，莫非……莫非意欲學那曹孟德，『挾天子以令諸侯』？」

李藥師含笑搖頭：「想那中樞，位高權重之輩比比皆是，相互牽制爭衡。若論『挾天子』，豈輪得到我李藥師？我乃是以告變為名，就近前往長安。」

出塵怎會不知中樞權臣爭衡，挾天子之舉輪不到李藥師？她原是擔心夫婿冒險躁進。此時聞言，雙頰微微一紅，低頭說道：「是我忒煞多心了。」

李藥師又豈會不明白愛妻的款款心意？當下握起出塵素手，深情說道：「妳我此心，蒼天可鑑！」

此時出塵已安下心來，說道：「如今西京仍然多有楊府舊人，四爺又在昆明池，莫非……」

她自幼便稱楊玄慶為「四爺」。

李藥師道：「不錯。還有，當年太華西嶽，徐道長雲堂淨室裡的那局殘棋，我曾在西北六九路上加點一枚黑子。」

出塵喜道：「是哉！那枚黑子，便是長安！當年楚漢相爭，沛公先入關則王，項羽後入關則亡。此去長安，其意大矣！想那西京，如今只靠衛文昇一人，不足為意。」眼前有茶無酒，她便以茶代酒，敬向夫婿：「此刻先以一碗薄茶，預祝君子馬到功成。」

李藥師喝了茶，神情卻轉為鄭重：「我往長安告變，不便攜帶家眷。然我離去之後，李淵卻仍在此處。」

出塵笑道：「此事卻不須你操心。家裡的事，便交給我吧！我先將孩兒帶往昆明池，再到長安會你。」當時李德奬才出襁褓，李德謇也不過四歲。在這兵荒馬亂之世，攜帶兩個幼子躲躲藏藏，是何其艱巨的任務？出塵卻只是淡淡一句「便交給我吧」！

李藥師心下感激，緊握愛妻雙手：「如此一言為定。」

出塵卻道：「由此南下太原，西入潼關，一路可不好走。」

李藥師知道愛妻懸心，便將自己的計畫說與她知道：「由此南下太原，尚在李淵勢力之內，自然得藏伏而行。其後由太原下潼關、入長安，一路之上仍是隋家天下。我這馬邑郡丞監軍有責，卻讓校尉殺了太守，實有失職之罪。如今只當我是欽犯，押入囚車解往西京，則一路通關放行猶恐遲滯，誰敢遷延？」

出塵擊掌而道：「好計！只要入了長安，見到那衛文昇，則一切無虞矣。」

當下他夫妻再詳細商議一番，分頭行事。待到晚間，李藥師點了于海、季興波兩名親信，伴妻攜子，出城而去。一到城郊，出塵便帶著兩名幼子悄悄潛返馬邑，李藥師則與于海、季興波朝南直奔而去。劉文靜尚未回轉，他三人已行過太原。

李淵在馬邑城郊苦候數日，劉文靜終於回轉，帶來突厥允諾的音信。李淵當即入城欲拿李藥師，豈料李藥師已舉家出走。李淵只道他夫婦有幼子羈絆，無法行得快捷，所以火速派兵四處搜尋。無奈已與突厥有約，馬邑當屬劉武周。劉武周生怕李淵霸占馬邑，迫不及待便率兵前來。李淵只得退出馬邑，返回太原。

李淵既退，劉武周入城，出塵便無所懼。從從容容帶著兩個孩兒由山路繞過太原，前往昆明池，將愛子託付於李藥王。

李淵當初由太原北來馬邑，心知李世民欽敬李藥師，為免他礙手礙腳，並未讓他隨行，只命他留守太原。此番李世民若是前來，李藥師與出塵只怕未必能夠順利脫身。

第廿三回　鵲之彊彊

李藥師與于海、季興波行過太原，來到霍邑，將李淵謀反之事告知霍邑太守。又說欲往江都告變，借了一輛囚車，自己端坐車中，由于、季二人押解南下。霍邑太守既知太原有變，當即嚴陣以待。

李淵探知李藥師已過霍邑，自行鎖入囚車，前赴江都而去。霍邑既已有備，李淵一時無法南下，正自著急，外間卻恰巧傳來李密布告天下的起義檄文。

李密自從楊玄感兵敗被擒，又在押解途中，由宇文述手中逃脫之後，輾轉來到韋城，投奔瓦崗軍的翟讓。先在滎陽大海寺設伏，擊殺隋將張須陀，一時聲威大振；又攻克興洛倉，開倉賑饑，更是近悅遠來。翟讓見李密器度、見識均遠非自己能及，便推李密為全軍之主。李密於是自稱魏公，率領瓦崗義軍圍攻東都洛陽。

當初楊玄感欲圍東都，李密曾經勸阻。楊玄感不聽，終至滅亡。此時李密欲圍洛陽，帳下大

將徐世勣也分析情勢，認為東都難攻，西京易下，請李密先取長安。李密卻認為，瓦崗子弟多數來自膠東，須得先將洛陽取下，以安眾心，否則孰肯遠征長安？李密不聽徐世勣之勸，最後也終至滅亡。所謂「善為人謀而昧於謀己」，此其然哉？實乃旁觀者清，而當局者迷也。

李密圍攻東都，隋室遣江都通守王世充救援。李密一面與王世充交戰，一面傳檄天下，歷數昏君十大罪狀，謂其「罄南山之竹，書罪未窮；決東海之波，流惡難盡」。隨後並說「願擇有德以為天下君，仗義討賊，共安天下」，其後便是永平元年的年號，以及日期。

李密既已定了年號，那檄文中的「有德者」，當然便非他自己莫屬。李淵見到檄文，當即投其所好，覆了一封書函。當時溫大雅、陳叔達都已投入李淵麾下，便由溫大雅執筆覆信，極言推崇之意。又遣一名親信，將書函送往韋城，同時密帶口信，請李密攔截李藥師。

李密雖也並不知道李藥師助楊玄慶逃逸之事，但他與李藥師相識多年，甚麼「肅清餘逆」，甚麼「撥亂反正」，他當然絕不相信。至於李藥師與李淵之間的過節，他在楊府日久，倒是早有風聞。如今得到李淵回函，又有口信。他只將那口信當成李淵與李藥師之間的私人恩怨，便沒有著實放在心上。當下他只覆書一通，託那信使帶回。

李淵聽信使回報，得知李密並無口信，只得拆閱覆書。但見函中客套之後，寫道：「與兄支派雖異，根系本同。自維虛薄，為四海英雄共推盟主。所望左提右挈，戮力同心，殪商辛於牧野，執子嬰於咸陽，豈不盛哉？」

看到此處，李淵蹙眉搖頭：「狂妄極了！」

再往下看，便是希望李淵「親率步騎，枉臨河內，面結盟約，共事征誅」，云云。李淵覽畢，將書函付予李世民：「你怎麼看？」

李世民將書函閱讀一過，說道：「李密號稱擁眾十萬，其實只是烏合之眾；揚言大敗王世充，其實乃是互有勝負。他心高氣傲，以天下盟主自居，其實在東都耗廢兵力，已難與天下爭衡。他希望爹爹親自率兵，前去河東結盟，與他『共事征誅』，乃是為一己設想，於我軍未必有益。」

他見父親頻頻點頭，便繼續說道：「爹爹何妨再次投其所好，卑辭厚禮，重行將他推獎一番？如此他為我軍塞住河、洛，阻擋隋軍，我軍便無東顧之憂，可以專意西進。待得關內平定，那時李密與王世充鷸蚌相爭，也已精疲力竭，豈不讓我軍坐收漁利？」

李淵聞言，大喜而道：「李密已入我兒彀中矣！」當即命溫大雅覆書，略云：「天生烝民，必有司牧。當今為牧，非子而誰？老夫年餘知命，願不及此。欣戴大弟攀鱗附翼，惟冀早應圖籙，以寧兆庶。宗盟之長，屬籍見容；復封於唐，斯榮足矣。」其中「早應圖籙」云云，指的便是「水盛之時，楊落李興」等讖言。

李密得書，更是方自高置，詡詡然將書函遍示座客。又託信使帶口信予李淵，說洛口方面並沒有見到李藥師的囚車。李淵得到回報，得知李密志大才疏，自己已無東顧之憂，自是歡喜。然而聽說東都方面也沒有見到李藥師，卻又不免煩心。這處處與自己作對的李藥師，他，究竟去了何處？

李藥師端坐囚車之中，由于海、季興波伴同南下，名為押解，實乃護送。三人一車出了霍邑，過了臨汾、絳郡，來到風陵渡。這裡有層阜巍然獨秀，與潼關隔河相望，自古便是重要的渡口。相傳黃帝之臣風后，與蚩尤作戰陣亡，埋藏於此，塚曰風陵。此渡口因有風后之陵，故得風陵渡之名。這裡乃是黃河奔騰南流，拗折東洩的轉角，渭水帶著灃、灞、涇、滻等關中八川的波濤，也在此處注入黃河。

李藥師的囚車出了北方的重重山原，來到這風陵渡，眼前豁然開朗。居高南望，潼關、太華、函峪、崤山歷歷在目。俯視滾滾大河，洶湧澎湃，氣象萬千。就在豪闊若此的江山之間，李藥師南渡大河。他眼望滔滔逝水，心念灼灼韶華。前程雖說無量，卻是難測，實不知是怎樣一番情懷。

渡過大河，來到潼關。此處是關中與關東的分野，東通洛陽，西達長安。然則他三人出了潼關，不朝東行，卻悄悄繞道，轉折向西，直往長安而去。這一路自太原行來，前半段行程，由李藥師揚言欲赴江都告變，後半段行程，則由于、季二人出面，只說押解欽犯入京。所以一路之上通關度牒，暢行無阻。他三人沿著渭水西進，眼見過了華陰、渭南，就要進入長安。

這日行過渭南，只見前方有山口形似門道，又如鴻溝，李藥師說道：「此地東接戲水，南靠高原，便是當年霸王宴沛公的鴻門哪！」他當下述說楚、漢往事，甚麼「項莊舞劍，意在沛公」，甚麼「霸王別姬，自刎烏江」，讓于、季二人聽得津津有味。至於李藥師自己，想的卻是行前出塵所說「沛公先入關則王，項羽後入關則亡」等語。灞橋就在前方不遠，據說這橋乃是秦穆公為與東方諸侯爭雄而建。過了灞橋，就入長安。懷想當年「沛公至灞上」，那是何等的意興風發！

再往前走，有山形似驪馬，色呈純青，便是驪山。秦始皇帝的陵墓，便是穿治此山而成。山上有烽火臺，據說當年周幽王為博褒姒一笑，烽火戲諸侯，便在此處。除始皇陵寢、烽火狼煙之外，相傳這山上還住著一位通解《黃帝陰符》的女仙驪山老母。秦始皇帝曾經觸怒驪山老母，受到懲戒。

時當夏末秋初，正值三伏盛暑。李藥師端坐車中娓娓而道，怡然自得。于海、季興波雖然聽得興致勃勃，然而在驕陽之下趕著囚車前行，卻也不免揮汗涔涔。此時久已未雨，李藥師眼見四野乾旱枯竭，登時想起自己當年代天行雨的往事，有感而嘆：「卻不知如今那龍師何在？若能略施數滴甘霖，豈不快哉！」

豈料一語未畢，四下突然烏雲密布。層層烏雲渦漩如龍，登時從天而降，遮蔽伏日豔陽，捲起木葉飄零。但聞風聲來自遠方，初淅瀝以蕭颯，忽奔騰而砰湃，如波濤夜驚，風雨驟至。那捲雲奔風呼嘯掠過囚車，鏦鏦錚錚，金鐵皆鳴。李藥師沒來由地竟一陣觳觫。

只見渦漩如龍的烏雲捲入渭水，霎時間，那原本乾旱枯竭的渭水細流，竟滔滔似潮水奔湧，起自水濱，淹向囚車而來。李藥師一面高喊：「阿海！興波！」一面急推囚車之門，試圖脫出。囚車之門原是虛掩，本當一推而開。豈料此時李藥師使盡全力，那車門竟是原封不動。李藥師不禁再喊：「阿海！興波！」

斯時天昏地暗，李藥師只能隱隱望見于海、季興波就在左近，然而卻被那勁雲疾風捲得立足不穩，踉蹌傾跌仆倒。李藥師的佩劍原本藏在囚車底部，如今一探，那佩劍竟爾也已不見！他一時大驚，慌忙又喊：「阿海！興波……阿海！興波！」

李藥師只顧高喊，卻不知道，他每呼一聲「阿海」，那風雲便掀起一陣海潮；他每喚一聲「興波」，那海潮便興起一重波濤。陣陣海潮、重重波濤，以排山倒海之勢襲來，將囚車捲得搖搖晃晃，卻也不曾將他的衣衫打濕。但見煙霏雲斂，其聲如赴敵之兵，銜枚疾走，不聞號令，但聞人馬之行聲。

此時囚車已被掀得輾轉傾側，于海、季興波也早已委地不起。李藥師在顛沛流離之間，勉強開眼看時，卻見那海潮波濤之中，竟爾真有人馬！不過那「人」，或頭頂雙螯，或背負殼蚧；那「馬」，亦是馬首龍身。那「人馬」隨著海潮波濤游游蕩蕩，漂漂忽忽地流經李藥師身旁，各自惻惻地回首冷笑。李藥師大驚，陡然憶起代天行雨次日，那西廊健僕所說「日後若在旱地突遇潮水奔漭，恐是龍師來尋，尚請避之為上」等語，登時頓悟，不禁撫髀長嘆：「天亡我也！」

就在他憶起西廊健僕的剎那，那西廊健僕便在海潮波濤中現身，奮力扶起囚車，連車帶人，拉著李藥師疾奔。然而西廊健僕拉行得實在太快，雲海風波便重重疊疊地猛然擊向李藥師。衝衝撞撞之間，李藥師竟爾逐漸失了知覺，暈厥過去……

待得李藥師恢復神智，已是夜半。耳畔蟲鳴唧唧，水流淙淙，自己卻仍在囚車之中。他再試推囚車之門，甚至將整輛囚車都推得搖搖欲墜，無奈那門竟仍是原封不動。他輕嘆一聲，也只有聽天由命。

好不容易捱到清晨微曦，朝陽由東方升起。李藥師四下張望，雖然困在囚車之中，無法遠眺，但尚能辨識途徑，知道自己仍在渭水之濱。過往路人見到囚車，不久便招來官差，將李藥師連車押走。李藥師見到日照來自後方，知道自己正往西行，暗想：「只待入了長安，見到衛文昇，自能脫困。」心下便也踏實許多。

不久囚車來到那素以「灞柳風雪」著稱，名列「關中八景」之一的灞橋，李藥師日前猶在懷想，當年「沛公至灞上」，那是何等的意興風發！如今自己來至灞上，竟是拘於囚車之中，遭官差押解而行，哪有絲毫意興風發的態勢？

過了灞橋，入了長安，李藥師便被送往大牢。他向獄卒打聽衛文昇，卻遭到一陣叱責。待得差人送飯，他再耐心籠絡打探，才得知衛文昇已久臥病榻，不復視事。他又表明自己與衛文昇有舊，那差人卻笑道：「衛大人風癱在榻，連自己的親人也認不清楚，如何還能辨別舊識？這大牢中若是人人自稱與衛大人有舊，咱們不如敞開牢門，大夥兒全散了也罷！」竟不再理會李藥師。

李藥師絕了面見衛文昇之望，只得枯坐牢中，等待出塵前來。只要出塵到來，他二人裡應外合，自能脫困。

正當李藥師在鴻門、驪山之間遭龍師尋仇之際，李淵也在霍邑城外遭霪雨所羈。原來那龍師權限只在臨汾、霍山一帶，無法至關內降雨，所以只能以雲海風波困住李藥師。然而龍師帶動風雲，竟使得霍邑霪雨旬月。

霍邑太守經李藥師傳報，早已得知李淵謀反。如今見到太原兵馬舉著大唐旗號而來，當即與武牙郎將宋老生堅守城池。李淵兵馬淹滯城外，糧餉將盡，然而雨水泥濘，輸運補給均無法送達。他見前途艱險，便與裴寂商量，意欲退師太原，先固根本，再圖後舉。

李世民聞訊大驚，說道：「我軍倡起義師，乃是為拯救蒼生，須當先入關中，號令天下。如今秋收在即，四野均能取得糧餉，何須擔心補給？若是小不如意即班師退卻，只怕義附之眾一朝解體，我軍便僅能還守太原一城。」他聲淚俱下：「如此非但不能成就大事，將來難免遭人掃蕩，在史家筆下，豈不成了一班賊寇？」

李淵不聽，仍執意退師。李世民在李淵的行轅帳外痛呼：「我軍人眾，均是因為感於除暴安民之義，方才前來依附。如今一鼓作氣，進則必勝，退則必敗。若是全軍解體，那宋老生再由後方追擊，只怕連太原都回不去啦！」說罷嚎啕不止。

行轅之內李淵聞言，仍在兩可之間，輾轉反側終夜，不覺天將微明。朦朦朧朧之際，卻突然見到帳中竟有一名白衣老叟。李淵遽然驚起，只見那老叟執禮甚恭，說道：「陛下勿驚，僕乃是此霍山之神，特來拜見大唐皇帝。天雨不日便歇，還請陛下毋須多慮。」①李淵怔忪之間，那老叟已消失於玄冥。

李淵回過神來，細想那老叟之言，自覺當受天命，不免大喜，立即打消退師之意。不數日雨霽天晴，唐師進軍霍邑，力戰之下，終於擊殺宋老生。唐師高呼：「義師只斬宋老生一人，餘人降者免死。」霍邑官兵人心惶惶，紛紛投降，大開城門，將唐師迎入城中。

義軍入城，秋毫無犯。李淵將降附的官員一律授予五品軍職，士兵則任其歸田。一時人人歡喜，同體感佩唐公德澤。唐師休兵七日，再往南進，臨汾、絳郡聞風歸降。

再向南行，便到大河，此地有隋室驍將屈突通堅兵扼守，唐師無法渡河。李淵本欲進攻河東，又遭李世民反對：「兵貴神速，我軍在霍邑休兵七日，已嫌太多。如今屈突通兵精糧足，我軍若與之周旋，必定耗廢時日。刻下關中無主，我軍當先入西京，再圖河東。」

於是唐師不往河東，卻西行龍門，來至禹門口。河西百姓聞說義師渡河，爭先恐後地自獻舟楫，唐師便安然進入關中。屈突通聽說義軍入關，立刻派人追擊。李世民率領數百遊騎斷後，掩護唐師西進。屈突通守關有責，不敢將大軍調離潼關，只得任由李世民揚長而去。此後馮翊、華陰諸地，俱是不攻而下。一路之上，百姓簞食壺漿，以迎唐師。來到長安城郊，義軍已有二十萬之眾。

當時長安城內，代王楊侑年幼，衛文昇業已病篤，只有右翊衛將軍陰世師、京兆郡丞滑儀勉強領兵拒敵，不旋踵即敗於唐師。大業十三年十一月，李淵率領大軍進駐西京。計算時日，自兵發太原至攻拔長安，前後不過短短一百二十五日。

長安大牢之內，李藥師尚未等到出塵，卻已見到陰世師、滑儀等人被縲絏而入。他得知李淵進駐西京，不免大驚失色。幸好溫大雅巡視大牢，見到李藥師。次日，出塵也就聞訊而來。

出塵來到長安，也還不過數日。此時見夫婿身陷囹圄，又想到李淵入主長安，實是心焦如焚。他夫婦二人相對，默然良久。還是出塵先想到妙常，她乃是李淵之女，又是出塵的幼時玩伴，或許，她竟能相助一臂？出塵趕緊疾奔而去。

當時妙常已下嫁柴紹。李淵舉兵之初，妙常退居司竹避禍，招募兵眾，號為「娘子軍」。她親自領兵，響應唐師起義。妙常不但與出塵自幼相識，對於父親與李藥師之間的過節，也頗有所聞。此時見到兒時玩伴，固然歡喜，但是如何營救李藥師？倒讓她感到相當棘手。

妙常沉思良久，才對出塵說道：「如今我已嫁為柴氏之婦，爹爹對於我的言語，也未必肯聽。不過我與二弟世民最是交好，現下爹爹倚世民為股肱，若能得他相助，或許尚有轉機。」她語聲一頓：「只是世民此刻人在渭北，須得待他回轉，才好商議。」

出塵急道：「可是聽溫大雅之意，令尊不日便要錄囚。屆時令弟若是尚未回轉，如何是好？」

妙常道：「如今也只有火速遣人將消息帶往渭北，但望世民能夠盡快趕來。」她二人當下著人火速帶信前往渭北，也不知李世民是否願意相助，不免憂心忡忡。

出塵、妙常卻不知道，李世民早已因劉文靜之薦，將李藥師視為「天下第一將才」，恨不得能盡快將他延攬入幕。更早之前，李世民廣結天下賢士，已認識房玄齡、杜如晦、王珪等人②。房玄齡得知李藥師被困於長安大牢，便趁李世民徇渭北時，投入他的軍幕。房玄齡對李藥師的瞭解與推崇，當然更甚於劉文靜。

此時李世民得到妙常音信，登時便想到管仲。春秋初期公子糾與齊桓公爭位，管仲曾經發箭，射中齊桓公的帶鉤。公子糾失敗之後管仲被俘，鮑叔牙親解其縛，向齊桓公大力舉薦。齊桓公不計前嫌，重用管仲，終於在他輔佐之下成就霸業。想到自己如今，卻有機會親解李藥師之縛，李世民竟是興奮莫名。

這日出塵又備酒饌，前往大牢探視李藥師。出塵先斟酒三巡，與夫婿對飲；再揭開碗蓋，碗內竟是一對鶉鶉，相偎相依。《儀禮．公食大夫禮》：「上大夫，庶羞二十，加於下大夫，以雉、兔、鶉、鴽。」遠在周代，鶉鶉已是上大夫之禮；其後秦、漢、魏、晉，鶉鶉始終是帝王貴冑的席上珍饈。

然而，出塵此時攜帶一對鶉鶉來至大牢，卻絕不只因為此味鮮美名貴，其中必定大有文章。李藥師見到鶉鶉，心中一懍，當即唸道：「『鶉之奔奔，鵲之彊彊』，出塵，妳……」李藥師記得，他倆在姑射山祭拜出岫之後，自己吟誦此句，當時出塵曾經接到：「棲則相從，飛則相隨。」他見愛妻攜鶉鶉來探監，只道她無法營救自己，已決定相從於地下。

豈料出塵竟是緩緩搖頭：「如今兩個孩兒俱尚稚幼，如若果真不濟，出塵只怕……只怕不免有負於君子。」這數日來，出塵奔波辛勞，早已心力交瘁。此時忍著莫大悲苦，勉強說出這幾句痛心言語，竟連朱唇都咬出血來。

李藥師見愛妻如此，又是心疼，又是不解，當下也只有安慰道：「孩兒稚幼，日後更要辛苦妳了。不過，這鶉鶉……」

出塵凝視夫婿，逐字緩緩唸道：「『鵲之彊彊，鶉之奔奔』！」她咬牙說話，嘴角又自沁出鮮血。

李藥師緩緩跟著愛妻唸道：「『鵲之彊彊，鶉之奔奔』……『鵲之彊彊，鶉之奔奔』！」重複唸誦至此，他突然想到《詩經．鄘風》的原文：「鶉之奔奔，鵲之彊彊。人之無良，我以為兄。

鶉之彊彊，鵲之奔奔。人之無良，我以為君。」此時頓然驚覺：「妳是要我……要我折節，以他為兄，以他為……為……」那個「君」字，李藥師竟是始終說不出口。

只見出塵忍淚點頭，幽幽說道：「昨日我在妙常那兒，見到她那二弟李世民了。」她抬頭望向夫婿，眼神又是殷切，又是惶惑：「藥師，妙常她那二弟，他形貌、言語、器度，在在竟與那虬鬚龍子一般無二！」她卻沒有告訴夫婿，李世民初見她時，神色竟與那紫袍虬髯客斜倚井旁，笑看自己梳頭的情狀，更是一般無二！

「甚麼？」李藥師大為失驚：「妙常之弟乃是虬鬚龍子？」

只見出塵緩緩點頭：「正是。」她語意堅定，不容置疑。

李藥師一時五內俱焚，肺腑全化為片片灰燼：「那龍子……那龍子竟成了李淵之子？」

出塵仍是堅定點頭。

李藥師一時萬念俱灰，頹然坐倒在地。出塵相對無語，默默再斟一盅醇酒，奉予夫婿：「請君更盡此盅！」

李藥師將酒一飲而盡，詎料甘醴入口，竟似苦酵。他手舉酒盅：「人生苦短，對酒當歌！」他啞然自嘲：「出塵，咱們如今，竟該歌一曲西楚霸王的『力拔山兮』嗎？」

出塵忍淚為夫婿斟滿酒盅，強顏笑道：「何不歌一曲楚狂接輿的『鳳兮鳳兮』？」

李藥師聞言，喃喃唱道：

鳳兮鳳兮，何如德之衰也！
來世不可待，往世不可追也……
方今之時，僅免刑焉……
已乎已乎……殆乎殆乎……

他重複唱道：

方今之時，僅免刑焉……
已乎已乎……殆乎殆乎……

又接著唱道：

迷陽迷陽，無傷吾行……
卻曲卻曲，無傷吾足……

突然，一陣劇痛起自左足……李藥師登時跌坐在地。出塵強忍的淚珠，終究奪眶而出。

第廿四回　折節入唐

唐師才入長安，李淵便來到大興宮，劍履上殿，見到代王楊侑並不參拜。當時楊侑年僅十三歲，面對李淵來勢洶洶，甚是惶惶。

大殿之上空寂如也，只有一人斜倚殿柱，見到李淵上殿，並不畏怯，反而厲聲喝道：「李淵，既為人臣，當守臣節。帶兵上殿，意欲何為？」此人見李淵攜帶兵器上殿，有違臣禮，因此責他「帶兵」。

李淵一懍，定睛看時，認得此人乃是侍讀姚思廉。李淵一時也不禁肅然起敬，當下退至殿外，解下佩劍，除下靴履。再進殿時，仍執臣禮，恭請代王退居後殿。姚思廉無奈，只得扶著楊侑下殿。李淵入居正殿，陞座視事，下令蒐集天下戶口圖籍，同時出榜與民約法十二條，除隋苛政，軍民人等一時歡聲雷動。

不數日，李淵當殿錄囚，大逆不道者斬，其餘開釋。當時衛文昇已然病歿，李淵依冊點名，

將陰世師、滑儀等逐一斬決。點到最後，只見名冊上赫然便是「李藥師」三字。李淵頭也不抬，當下便要擲籤問斬。

孰料階下竟傳來雄渾俊朗的呼聲：「公起義兵，本是為天下除暴亂。如今不欲圖大事，卻只知因私怨而斬壯士麼！」

李淵不得已抬眼望去，這人果然便是李藥師。只見他雖然即將赴刑，站在殿前卻仍如淵渟嶽峙。他甫出囚牢，衣衫汙穢，卻無法遮掩一派神氣清朗，器宇軒昂。李淵看在眼裡，一方面暗自心折，一方面卻也益發忌憚。

此時只聽得李淵身邊一名年輕人上前稟道：「父親要平天下，當廣攬宇內人才。李藥師實乃當今第一將才！萬請大人不念舊過，赦罪授官。」

李藥師由階下朝殿上望去，但見這名為自己進言的年輕人，此時虬鬚雖然尚未成形，但舉手投足之間威風凜凜，神氣揚揚，決然便是當日太華西嶽之上、雲堂淨室之內、設色山水之中，與徐洪客石亭對弈的虬鬚龍子。而他……他當真稱李淵為「父親」！李藥師滿腔英雄肝膽，登時酸軟如綿。

此時李淵心下，思緒也是千迴百轉。他想到結髮夫人竇氏已逝，她所遺四子，三子李玄霸早亡。起兵之初，自己以四子李元吉留守太原；入關之後，又命長子李建成屯兵潼關，防禦東方。如今身邊，只有次子李世民。此番起事，義軍由太原至長安，在霍邑勸進的是他，請速入西京的是他，退河東追兵的也是他。

李淵再三忖度，此時實不宜峻拒李世民之請，所以遲疑良久，方才說道：「此人狀貌魁偉，浩氣干雲，只怕難以駕馭。」

李世民卻道：「孩兒自有駕馭之法，請大人勿慮！」

李淵仍在兩可之間。李世民又進言，說唐軍將官雖然熟悉關內與關東，但於南方軍事地形的瞭解，無人能如李藥師。將來經略江淮，必須有他相助，云云。李淵深知此言有理，於是勉強應允。

李世民當即來到李藥師身前，親解其縛，陪他一同上殿參拜，又請父親授予官職。

李淵冷冷說道：「就任他為一名三衛吧。」

三衛職司低微，李世民猶欲力爭，李藥師卻已叩首謝恩。李世民不得已而作罷，但心中著實為李藥師不平。因此下殿之後，他當即將李藥師延入自己軍幕，待之以上賓之禮。

李世民不清楚父親與李藥師之間的過往，當然不會知道李淵任李藥師為三衛的意涵。當年李密年未弱冠，在隋宮任三衛之職，被楊廣譏為「殿角小兒」。下殿之後，宇文述又說「三衛叢脞，實非養賢之所」。當時李淵、李藥師都在場。此刻李淵任李藥師為三衛，正是將他譏為殿角小兒，賞他一介叢脞之職。同時當著眾人面前表明，在我李淵眼下，你李藥師絕非賢才。

然而這些林林總總，卻完全不在李藥師意下。他得遇他的「虬鬚龍子」，其餘，他是甚麼也不在意了。此時他見李世民禮數周全，當即謝道：「僕乃是囚虜之人，公子竟如此多禮。」言下竟然帶有些許哽咽。

李世民朗聲笑道：「君不聞韓信按律當斬，爾後得拜大將嗎？只可惜我不如蕭何之能！」在他心下，是一心一意，恨不得當即便以三堆大禮，將李藥師登壇拜將。

李藥師聞言，頓時開顏，豪情又現：「天以張良授漢高，豈止蕭何、韓信？」在他心下，卻絕不止以一個韓信自況。

李世民聞言，與李藥師相顧莫逆，握手大笑，歡若平生。這年李世民年方二十，然而李藥師，卻已經四十有七了。

李藥師既入唐室，成為李世民的入幕之賓，從此內平天下，外闢疆土，為大唐砥定半壁江山，為自己成就萬世英名。

不過這是後話。如今……

李藥師的舊識溫大雅、出塵的舅舅陳叔達，均在太原起事之初，已入李淵帳下；不久蕭瑀也來歸降。溫大雅之弟溫大治、溫大有也已入唐，然而李淵重用溫大有，卻不重視溫大治。旁人不知其故，李藥師對於自己這位「李迪波大哥」可是清楚得很。李淵聽到「大治」之名，就無法不想到祖上的胡姓「大野氏」。李世民見父親不重視溫大治，便將他攬入自己軍幕。

此時李淵已立十三歲的代王楊侑為天子，改元義寧，遙尊遠在江都的楊廣為太上皇。楊侑這位有名無實的皇帝，依李淵之意，詔封李淵為唐王，同時以李建成為唐王世子，以李世民為秦國公，以李元吉為齊國公。

如今李世民軍幕中，後來的「秦府十八學士」已逐漸成形。除居首的杜如晦、房玄齡之外，曾在李淵「劍履上殿」時厲聲斥責的姚思廉，也已被攬入秦府。李藥師的職分雖低，但李世民對他特別推重，大家心裡怎會不清楚？

這日李藥師在秦府遇到房玄齡、溫大冶，相談甚歡。李藥師半開玩笑地對溫大冶說道：「玄齡與我都以字行，不似足下端嚴。」

房玄齡也笑道：「的是！在下也覺『彥博』二字，頗為順口。」

溫大冶笑道：「只是犯了令尊名諱。」房玄齡的父親是房彥謙。

房玄齡笑道：「吾兄何須『端嚴』若是？」三人一同拊掌而笑。

從此溫大冶便以字行，是為溫彥博①，逐漸受到重用。然則李淵對於「藥師」二字的反感，絕不下於「大冶」，李藥師又怎會不清楚？他後來也改用學名「靖」，李藥王則改用學名「端」，都有與往事作一了結之意。只有李客師，他雖也有學名「竑」，但始終以字行。

秦府之外，出塵業已覓得一處居所，讓李藥師一出縲絏，便有家可回。這裡雖然素樸已極，卻不似當年李藥王引退之後，李藥師來到長安，無家可歸的窘況。何況蝸居斗室，倒頗符合他目前的職分。

這日李藥師回到家裡，卻見出塵又在撫琴，所奏正是師父所賜、出岫補全的那闋琴曲。近幾日來，李藥師已是第三回見到出塵撫奏此曲，不免笑問：「怎麼，莫非吾家娘子打算改行當琴家？」

出塵嬌笑道：「怎麼，莫非師父不許？」出塵兒時，李藥師教她騎馬舞劍，她有時也以「師父」相稱。不過每次她「師父」出口，尤其還帶著嬌笑時，李藥師就得謹慎戒懼，以免著了這「娃兒」的道。

然而這回，這「娃兒」一聲「師父」之後，接下來卻一本正經：「藥師，這段時日波譎雲詭，生死一線。有時我不免心思煩亂，便試著以琴正心，而琴曲也確實能安我心。在這許多琴曲之中，又以此曲感覺最是親愛，便好似……便好似阿姊就在身邊。」

李藥師得遇「虬鬚龍子」之後，不知為何，提起出岫，已不似往日那般讓他神傷。此時聽出塵言語，他只覺好奇：「哦？」

只聽出塵繼續說道：「而且我對此曲，已有另一番體悟。藥師，你當記得，那年咱們在趙郡爹爹的府衙裡，第一次一同參研此曲時，你我所奏，渾然便似兩首不同樂曲。」

李藥師怎會忘懷？說道：「是啊！而且，無論我們怎麼奏，似乎仍是妳的一曲、我的一曲。」

出塵點頭道：「不錯。可這幾日，我卻好似能將你我二曲融合，成為一曲。」她回到琴前坐正，微微欠身，說道：「微末心得，尚祈君子斧正。」隨即撫奏起來。

李藥師細心聆賞。開始時他還專注於哪些是出塵琴意？哪些是自己琴意？但覺愛妻將兩者融合，非但圓潤流暢，而且還能兼容彼此的情懷。可是奏到後來，李藥師聽到的卻不再僅是琴音，竟然正如出塵所說，好似出岫就在身邊！而且身邊這位出岫，並不是當年那處處須要自己保護的弱質紅顏，而是一位這多年來與自己一同成長，如今不但溫柔美麗，亦且雍容華碩的女子。

李藥師聽得眼眶濕潤，不過這回不是悲傷，而是喜悅。出塵一曲既畢，他卻仍神遊琴意，片刻才回過神來，擊掌而道：「高啊！此曲透、潤、靜、圓，沁人心魄！」

出塵自是歡喜無限。不過她卻從琴前起身，問道：「藥師，你何妨也撫一曲？或許更有不同闡發！」

李藥師應了，移坐琴前，撫奏起來。他的琴技不如出塵，指法時而晦澀，然有幾處琴音，卻又轉折出另一番琴意。出塵聽得神馳，待他奏罷，說道：「我適才那曲，或許透、潤、靜、圓；可你這曲，卻更添上奇、古！而且……」她望向李藥師：「而且你這琴意之中，似已不止原本你我二曲，竟又多了一些甚麼，讓琴操更為豐富。」

李藥師自己亦有所覺，他本想說，或許第三種琴意來自出岫？然他知道不是，便沒有說出口。看看出塵，她分明也是同樣想法。

他夫妻心意相通，接下來的一段時日，只要李藥師在家，兩人就潛心參研琴曲。只覺那第三種琴意愈來愈明顯，與他二人的琴意漸成鼎足之勢，然則三者相輔相成，而非相抗相爭。

這日，李客師舉家歸唐，來到長安。當年為大隋經略突厥的長孫晟，是李客師夫人長孫無雙的叔父。而長孫晟的女兒長孫無垢，此時已成為李世民夫人。無垢九歲時父親去世，她與母親高氏、兄長長孫無忌不見容於庶兄，遂投靠舅父高士廉生活。無雙在無垢出生前已嫁入李氏，無垢又少小離家，因此她堂姊妹②之間並不熟稔。

然而李世民卻隆重安排「家宴」，迎接李客師的到來，李藥師、出塵也受邀與宴。來到秦府方才發現，這席「家宴」，除主人李世民夫婦之外，只有三對客人：柴紹、妙常夫婦，李客師夫婦，以及李蘗師夫婦。

李蘗師對秦府的筵宴並不陌生，可這卻是他第一次與出塵一同出席「家宴」。行禮如儀之後，便是舞樂、酒餚。秦府筵宴的舞樂均是武舞、胡樂，正當告一段落，李蘗師覺得並無新意之時，李世民卻將手一揮，命武舞、胡樂退下。

李蘗師雖是李客師的兄長，但此宴主客是李客師夫婦，他夫婦只是陪客。然而此時，李世民卻轉向李蘗師夫婦，說道：「出塵夫人來自南國，只怕不能習慣北地舞樂？」

李蘗師躬身道：「不敢。拙荊長於長安，自幼喜愛武學，早已不復南國靡風。」

李世民卻豪邁搖手，說道：「如今南北一如，倒是我等北人，多不熟識南國風華。我秦府中卻有文樂，可否煩請出塵夫人品鑑？」此時他一面喚「蕣華」，一面眼神便望向出塵。

見到李世民望向出塵的眼神，李蘗師登時大驚！這眼神，他曾經見過的。當日太華西嶽之上、雲堂淨室之內、設色山水之中，紫袍虬髯客騎著黑驢而來。見到出塵，當即下驢，過來斜倚在水井之旁，目不轉睛地笑看美人，那完全就是同樣的眼神！

李蘗師還來不及多想，一名手抱瑤琴的女伎已走上前來，盈盈施禮。李世民道：「蕣華是楊玄慶之女，出塵夫人當不陌生？」

李蘗師聞言，更是大驚！楊玄慼兵敗之後，楊府女子沒入掖庭，卻沒料到，楊玄慶之女竟爾來到秦府！

幸好此時出塵已然起身，向李世民施禮道：「承蒙二公子垂注。誠如二公子所言，出塵於蕣華姑娘並不陌生。」

此時蕣華已轉向出塵，盈盈施禮：「蕣華見過夫人！」出塵趕緊答禮。當年在楊府中，蕣華是姑娘，出塵是女伎；如今在秦府中，出塵是座客，蕣華倒成了女伎。

李世民道：「蕣華琴藝淺薄，尚請出塵夫人指點。」說著便示意蕣華演樂。

琴桌已搬過來，蕣華將琴安在桌上，跪坐琴前，略為調弦，隨即躬身說道：「蕣華為夫人以及列位貴客奉上一曲〈幽蘭〉。」

當年越國夫人喜愛出岫琴藝，楊府不少女子都向出岫學琴。蕣華的琴藝雖然遠遠不及出岫，但在楊府中已屬上乘。誰能料到，她竟然因此而得李世民青睞。

蕣華一曲既畢，出塵與眾人紛紛讚賞。出塵知道李世民的眼神已使得夫婿不安，當即起身，向李世民以及在座施禮，說道：「出塵亦曾習琴，雖然琴藝淺薄，卻願獻上一曲，以助列位雅興。」

蕣華起身，將琴讓予出塵。出塵跪坐琴前，同樣略為調弦，隨即欠身說道：「出塵為列位獻上一曲，不敢有擾清聽。」

出塵當即右手抹挑勾剔，左手綽注吟猱，撫奏開來，所奏自然便是玄中子所賜、出岫補全的那闋琴曲。此曲頗短，共分三段，其末又有一句尾聲。然而出塵此奏，撫琴三段之後，重複再撫三段，又再重撫三段，才以尾聲終結。她這第一撫，著重當年李藥師的琴意；第二撫，著重當年自己的琴意；第三撫，則是近日他夫妻二人共同參研，將第三種琴意也融入琴曲的琴操。

此時在座的目光都望向出塵，只有李藥師邊望出塵，邊暗自留意李世民的眼神。只見那眼神，原本一派紫袍虬髯客斜倚在水井之旁，目不轉睛笑看的模樣，卻在琴音援引之下默默轉變。奏到第三撫時，李世民不但眼神收斂，連坐姿都端正了。

不過李藥師卻無法知道，琴操帶給李世民的感覺。他原本看到的只是美人撫奏，可是愈聽愈感覺到，那琴音更像慈母的撫慰。李世民十六歲時母親去世，次年，與他交好的三弟李玄霸又意外喪生。所餘兩個兄弟，長兄李建成、四弟李元吉彼此交好，與他卻有隔閡。幸好還有姊姊妙常，能帶給他些許親情的慰藉。在他心底，是多麼希望能夠重溫母愛的慈懷！

琴音繼續撫奏，李世民更清楚地感覺到慈母的撫慰，可也愈來愈明白，那不是自己的母親竇氏，卻似乎更像《易經．坤卦》：「坤厚載物，德合无疆。含弘光大，品物咸亨……安貞之吉，應地无疆。」

此時一曲已畢，李世民一時竟無法回神。出塵纖指輕觸琴弦，讓琴音終止振動。她緩緩抬頭望向李世民，眾人目光便也隨她望過去。出塵悄悄與夫婿對望一眼，此時他二人都明白，近日參研此曲，那琴操中的第三種琴意從何而來。

但見李世民逐漸回過神來，出塵便款款起身，盈盈施禮。李世民竟也站起身來，眾人便隨他起立。李世民朝出塵深深一揖：「此曲善莫大矣！只是不知曲名，尚望賜知。」

出塵回禮，說道：「不敢。多承二公子謬讚！只是此曲曲譜扉頁已殘，出塵竟也不知曲名。」

李藥師對李世民躬身說道：「不如便請二公子賜名。」

李世民沉吟須臾，說道：「此曲大哉！可名之曰〈君子吟〉③。」

李藥師、出塵雙雙向李世民行禮致謝。

此宴此奏之後，李世民對於出塵，從此僅存親敬，再無遐想。

且說他倆，一回到家，李藥師便對出塵笑道：「妳這娃兒，早已知道會有這麼一天，可是？」

出塵淺笑輕盈：「這娃兒攜一對鵪鶉去探望師父的前一日，已在妙常那兒見過她那二弟啦。然而當時情景……」

李藥師將愛妻款款摟入懷中：「是啊，斯情斯景，如何相告？」

出塵螓首倚在夫婿寬厚雄渾的胸前，良久，方才說道：「如今諸事已定，藥師，過兩日我想往昆明池走一趟，把兩個孩兒接過來，順便讓四爺知道蕣華的消息。」

李藥師點頭同意。想想又道：「然而玄慶的消息，卻無須讓蕣華知曉。」

這次輪到出塵點頭同意。

後記

西元一九九二年矢志寫《李靖》，至二〇一七年〈上卷〉完稿，轉眼二十五年。當時書名擬為《李藥師外傳》，分為三卷：

上卷・意興風發的早年
中卷・出將入相的中年
下卷・優游林泉的晚年

我大學讀物理，研究所讀建築，其後又讀企管。從基本上不碰古文，到讀古書，到遊西安，到寫文字……五年之間已將〈上卷〉完成百分之八十五。「虯髯客影射李世民」、「哪吒影射李世民」的故事線，是一開始就決定的。但〈虯髯客傳〉中，虯髯從「取枕攲臥，看張梳頭」，到與

紅拂以「一妹」、「三兄」相稱，其中的轉折，該如何呈現在李世民身上？當時不得其解，因此擱置。一擱就是二十年，仍然無解，因此幾乎已將此書放棄。

二〇一六年冬季，因為種種機緣，吾友楊春雷博士希望我能嘗試完成此書。這，隨即成為我二〇一七年的「新年新方向」。然而新年伊始，不要說完成，我連自己是否能夠開始整理，都完全沒有信心。後來又因巧合，接連兩週活動取消，行程表上出現空白，才終於能夠重新進入李藥師的世界。

一九九七年停筆的文字，儲存在軟盤（軟碟磁片）中，現在已經無法讀取。幸好當年存有一份列印的文稿，雖然不是最後的版本，到底已有足夠資訊，讓我可以開始整理。將超過二公分厚、雙面列印的文稿逐字重新鍵入，是極繁重的工程。後來使用語音輸入，才讓作業簡易許多。過程中我數度感嘆，幸好被迫重新逐字鍵入，否則多半不會如此審慎地全盤檢視。

在這停筆的二十年間，我學了古琴。開始整理文稿之初，只覺得應該將古琴加入小說中。完全沒有料到，寫到後來，竟是古琴，成就了李世民對出塵從遐想轉折為親敬的契機！

完成〈卷一〉之後，開始寫〈卷二〉。很快發現，李靖「出將入相」的這段人生，至少須要〈卷一〉兩倍的篇幅，才能描述。同時，〈卷一〉在網路上發表之後，有讀者表示，以為主角是一位藥師。畢竟現在，知道「李藥師」是李靖的人著實不多，因此決定更改書名。經與數位親友討論，再三斟酌之後，定名為《大唐李靖》，目前規劃分為四卷：

龍遊在淵，寫李靖歸唐之前
龍戰于野，寫武德元年至武德九年
龍旂陽陽，寫貞觀元年至貞觀九年
龍吟方澤，寫闔門謝客之後

雖然不知何時能將後續的規劃逐卷完成，但是寫作的過程，對我來說是學習，也是修行。矢志寫《李靖》之初，我以為自己對他的崇拜，已到無以復加的地步。然而愈讀與他有關的資料，愈發現真實的李靖，竟比我有能力想像的還要崇高太多太多！

一位曾經真實存在的古人，竟然能在人生的每一個面向，都活得如此精采、如此圓滿、如此絕美！對我這樣一個後世之人來說，知道原來「人」也能活到那等境界，真是無與倫比的狂喜！

齊克靖　謹識
二〇一八年三月

注釋

第一回　秦淮河畔

①「黃斑青驄馬」歌謠，確實是指韓擒虎，見《北史．韓擒傳》、《隋書．韓擒傳》。韓擒虎在史書上分別有韓擒、韓禽、韓禽武等不同名字，那是為避唐高祖李淵祖父李虎之諱，又因古時「擒」、「禽」通用之故。

②南朝梁國吳均〈和蕭洗馬子顯古意〉詩六首其三：「願為飛鵲鏡，翩翩照離別。」故知在徐德言、樂昌公主之前，鑄鵲於鏡背已頗常見。《太平御覽》卷七一七引《神異經》「鵲鏡」典故：「昔有夫妻將別，破鏡，各執半以為信。其妻與人通，其鏡化鵲飛至夫前，其夫乃知之。後人因鑄鏡為鵲安背上，自此始也。」然而徐德言所讀的「鵲鏡」典故若與《太平御覽》引《神異經》典故相同，他必不會與樂昌公主「破鏡，各執其半以為信」。

第二回　盤龍山巔

①盤龍山又名盤山、徐无山、四正山，在河北薊縣，古稱薊州。顧言武《金石文字記》卷五《盤山題名》云：「薊州西北三十里盤山上有『李靖舞劍臺，李從簡曾遊』十大字，刻於石。」《冊府元龜》謂李從簡為唐文宗開成初年人，故知盤龍山在晚唐時已有「李靖舞劍臺」名勝。

②《欽定盤山志》卷一、《日下舊聞考》卷一一六，收李靖〈舞劍歌〉：「陟崇崗兮望四圍，□□閃□兮斷

虹飛，嗟嗟三軍唱凱歸。」《說盤》填為「翠霓閃照兮斷虹飛」，亦有見用「掣霓」者。

③神光與李藥師談經之事，見於金庸《笑傲江湖》；《楞伽經》經文夾縫之間有《易筋經》經文之事，見於金庸《天龍八部》。

④光緒甲申年掃葉山房刊本《易筋經義》有兩序一跋，一序托古於李靖，另一序托古於南宋牛皋。

第三回　趙郡府衙

①《舊唐書・李靖傳》、《新唐書・宰相世系表》均記載，李靖的父親李詮是趙郡太守。隋文帝時代，地方政區為州縣二級制，州長官為刺史。隋煬帝改為郡縣二級制，改州為郡，改刺史為太守。小說中李藥師與父親談話當時，李詮是趙州刺史。隋煬帝嗣位之後，才改為趙郡太守。

②「雀屏中選」典故，見兩《唐書・高祖竇皇后傳》。

③舊史記載李唐皇室出身隴西李氏，近代史家陳寅恪則考證，李唐皇室出身趙郡，見《唐代政治史述論稿》。

④「五姓七望」是隋唐時期享有崇高聲望和社經地位的世家大族，包括隴西李氏、趙郡李氏、博陵崔氏、清河崔氏、范陽盧氏、滎陽鄭氏、太原王氏。其中李氏、崔氏各有兩個郡望，故稱之為「五姓七望」。

⑤竇皇后未嫁時，聽說隋文帝篡北周建隋室，大為悲憤，曾流涕曰：「恨我不為男，以救舅氏之難。」竇毅趕緊制止：「汝勿妄言，滅吾族矣！」兩《唐書・高祖竇皇后傳》皆有記載。

第四回　天挂石窟

①「茶」字出現於唐代，玄中子煎茶時，是以「荼」、「茗」、「荈」……為名。東晉郭璞注《爾雅》，〈釋

木．檟．苦荼〉條注曰：「早採者為荼，晚採者為茗，一名荈。」當時的荼、茗、荈……與後世的茶為同一種植物，南北朝以至隋唐的煎茶方法，也與唐代陸羽《茶經》所載的方法類似。

②登封少林寺千佛殿前有達摩亭，又名立雪亭，亭前是禪宗二祖慧可立候求法之處。璨了在史書上名為僧璨，是禪宗三祖。據《歷代法寶記》《景德傳燈錄》記載，僧璨初為北齊居士，後從禪宗二祖慧可受法。

③盤龍山西峰李靖舞劍臺下，有李靖庵。李靖爵封衛國公，因此又名衛公庵。此庵在「上盤之松」的萬壑松濤之間，又名萬松寺。此庵據傳為李靖所建，現僅存遺址。盤龍山內另有少林寺，為後世所建。

第五回　猿聲鶴影

①「琴棋書畫」的琴，現代稱為「古琴」。古時琴曲均以文字記譜，唐代曹柔開創「減字譜」後，古琴曲則多用減字記譜。現今所存唯一一首以文字記譜的古琴曲，即是〈碣石調．幽蘭〉。此譜目前藏於日本東京國立博物館。

第六回　渭水之濱

①《舊唐書．李靖傳》史臣論曰：「衛公（李靖）將家子，綽有渭陽之風。」「渭陽之風」典出《詩經．秦風．渭陽》，形容李靖與舅氏的深厚情誼。春秋時代，秦國與晉國結「秦晉之好」，秦穆公夫人正是晉公子重耳的姊姊。此詩敘述秦穆公的太子嬴罃（秦康公），送舅父公子重耳（晉文公）返回晉國，來到渭水北岸，甥舅將別之時，「悠悠我思」的離情依依，以及「路車乘黃」、「瓊瑰玉珮」的豐厚餽贈。水北為陽，春秋秦國的政治中心在渭水北岸；水南為陰，潼關、華州、灞河、長安均在渭水之南。

②《北史》、《隋書》史臣論平陳之役，均說：「隋氏自此一戎，威加四海。稽諸天道，或時有廢興；考之

人謀，實二臣之力。」此「二臣」，就是韓擒虎與賀若弼。

第七回　越國公府

①清代如蓮居士、嚴野山人編校《說唐》，有楊素六十壽辰，李藥師為楊府查收壽禮的情節。兩《唐書．李靖傳》均有李靖與楊素見面的記載。依據李靖與韓擒虎的甥舅之情，以及韓擒虎與楊素的同僚之誼，《說唐》此處情節安排頗具說服力。

②《北史．楊素傳》、《隋書．楊素傳》均記載，平陳之後，隋文帝楊堅褒賞楊素之功，賜陳主妹及女伎十四人。陳亡之後，非但王孫妃主被沒入掖庭，其皇室懿親、公侯妻孥亦均無法倖免。與「陳主妹」一同進入越國公府的女伎十四人，便是這批遜陳的貴族婦女。

第八回　河漢鵲橋

①牽牛、織女神話的淵源，可遠溯至《詩經．小雅．大東》。牽牛織女於七夕渡河相會的記述，見於南朝梁國吳均《續齊諧記》。烏鵲因架橋而禿去毛羽的故事，則記載於《爾雅翼》。

②曹魏陳琳擬古樂府瑟調曲〈飲馬長城窟行〉：「客從遠方來，遺我雙鯉魚。呼兒烹鯉魚，中有尺素書。」後世因此以「雙鯉」、「雙魚」代表書信，唐人甚至將尺素書信紮成雙鯉魚的形狀。

③唐代李商隱《雜纂》，將「對花啜茶」與「清泉濯足」、「焚琴煮鶴」等同列為「殺風景」之事。

④「玉樹臨風」一詞，出於杜甫〈飲中八仙歌〉：「宗之瀟灑美少年，舉觴白眼望青天，皎如玉樹臨風前。」宗之姓崔，與李白、張旭等同樣嗜好杯中之物，是「飲中八仙」的美少年。出岫只怕無法先詩聖百數十年，即已創造出如「玉樹臨風」這般傳神的形容詞。然而小說用語，旨在描述古人風範，不必執著於辭

彙訓詁。

第九回　破鏡重圓

①現今所存古長安城的遺址有兩處，一為漢代經營的「漢長安城」，在今日西安城西北。二為隋代宇文愷所建，再經唐代經營的「唐長安城」。唐長安城內正北有皇城，是中央政府所在地；皇城之北有宮城，是皇室宮苑。今日的西安城牆圍繞之地，基本上即是唐長安城的皇城與宮城範圍。而唐長安城牆所圍的面積，約有今日西安城牆所圍面積的六倍。

②唐代孟棨《本事詩・情感》載有破鏡重圓的故事，及徐德言、樂昌公主所吟的兩首五言詩。

第十回　軒轅古鏡

①「匡人其如予何？」出於《論語・子罕》，李淵以此譏笑李藥師，說他如匡人一般，無法拿自己如何。

②《周禮・司烜氏》：「以鑒取明水於月。」「鑒」是大盆，以大盆盛水，有鏡之用。《周禮・輈人》：「金錫半，謂之鑒燧之齊。」當時的「鑑」是金錫合金。秦代之後，才發展出銅鏡。

③唐代顧況《戴氏廣異記序》提到〈古鏡記〉，宋代《太平廣記》收有〈古鏡記〉，皆題為隋代王度所撰。

第十一回　鶉之奔奔

①《詩經・鄘風》：「鶉之奔奔，鵲之彊彊。人之無良，我以為兄。」前兩句謂鶉與鵲雖無固定居所，卻有單一配偶，棲則相從，飛則相隨，正如李藥師與出岫。後兩句謂在上位之人，所行所為不如鶉與鵲，而我卻以他為兄，恰似李藥師之於李迪波。

②韓擒虎「生為上柱國，死作閻羅王」之事，見《北史．韓擒傳》。

③《隋書．高祖（文帝）本紀》為楊堅蓋棺論定，說他雖「躬節儉、平傜賦；倉廩實、法令行；君子咸樂其生，小人各安其業」，卻也「素無術學，不能盡下，無寬仁之度，有刻薄之資」。所以隋室的亂亡，實起自文帝，而成於煬帝。後世史家認為，開皇十四年關內大旱，人民飢困，當時倉廩充溢，楊堅竟不許賑，卻率戶口就食於洛陽，已見亂亡之兆。

第十二回　龍子祠堂

①山西臨汾西南姑射山麓有龍子泉，是平水源頭，灌溉襄陵、臨汾兩縣汾水以西一片廣大地帶，供養萬戶生息。當地傳說有婦人韓氏，在野外遇巨卵而得子。李藥師的母親姓韓，出岫並不姓韓，此處「韓氏」恐是誤傳。又說追殺龍子的王者乃是「漢帝劉淵」。劉淵系出匈奴，建立十六國中的前漢。現今所存的龍子祠創建於唐代，又稱康澤王廟。此處「漢帝劉淵」恐是唐人避諱之託辭，劉漢、李唐，漢帝劉淵者，唐帝李淵也。

②明代陸西星著《封神演義》，敘述李靖之妻懷孕三年零六個月，產下一只肉球。李靖揮劍斬開這巨卵般的肉球，哪吒由是誕生。這段情節與出岫夢境以及龍子傳說均相吻合。陸西星必曾見到那手握單圈、腳踏雙輪、身背短槍、腰纏長綾的龍子神像，因而創造出手握乾坤圈、腳踏風火輪、身背火尖槍、腰纏混天綾的哪吒三太子形象。然而李藥師與出岫見到龍子神像之時，並不知道乾坤圈、風火輪等名目。

第十三回　代天行雨

①唐代李復言《續玄怪錄．李衛公靖》一文，敘述李靖年輕時節，射獵霍山，因緣際會，代天行雨的傳

奇。宋代《太平廣記》、明代《古今說海》均收錄其事，只將「霍山」改為「靈山」。霍山在山西霍縣，其南麓有霍泉，是霍水源頭。北魏酈道元《水經注》：「霍水出於霍太山，積水成潭，數十丈不測其深。」由於霍泉深不可測，自古便傳說泉源直通於海，時有龍君往來其間。泉源之旁有水神廟，供奉水神明應王，也就是傳說中掌管人間風雷雲雨之變的龍君。姑射山距霍山大約百餘里之遙，計算赤驊追逐鹿群的腳程，當可在個把時辰內將李藥師由姑射山帶到霍山。或許李藥師借宿的龍宮，就在霍水泉源左近？現存的霍山水神廟是元代重修的建築，廟內明應王殿四壁，仍布滿祈雨、行雨的壁畫。

② 《續玄怪錄．李衛公靖》卷尾跋言：「其後竟以兵權靜寇難，功蓋天下，而終不及於相。」此說頗與史實有所出入。李靖於唐太宗貞觀二年以中書令拜相，貞觀四年再拜尚書右僕射，貞觀八年以疾辭位，仍拜特進，平章政事，直至貞觀九年辭祿避位，闔門謝客為止，前後八年居於冢宰之位。

③ 李復言此文以追逐鹿群為始，「逐鹿」是也。其最為深沉的慨嘆，則在卷尾「所以言奴者，亦臣下之象」一句。作者惋惜以李靖的文武才德，竟不能為天下主，所以慨然為此撰述。

第十四回　鳳折鸞離

① 《封神演義》敘述李靖毀壞哪吒廟宇、神像的一段情節，寫的就是李藥師因行雨有誤，致使龍子祠、龍子神像被毀之事。

② 〈思美人〉是屈原《九章》中的一篇，為詩人第二次遭放逐江南時所作，原篇甚長。其中「美人」指楚懷王，當時楚懷王已死，所以說「媒絕路阻兮，言不可結而詒」。此篇中屈原隱隱然已表達以詩遺言、以死明志的決心，不久即自沉於汨羅江。李藥師歌〈思美人〉時雖然沒有自盡之意，但隱隱然已與「龍子」以及自己的「沛公之志」永訣。篇中「豐隆」即雲師、雷師。

第十五回　昆明池畔

①漢武帝築灃水堰，蓄水而成昆明池。池東有昆明渠道入長安，以利漕運；池北有昆明池水，引水泄入，以利長安給水。所以昆明池除軍事用途之外，更有經濟民生的價值。五胡十六國時代池水曾經涸竭，經北魏太武帝修浚後，便是李藥師與楊玄慶當年所見的昆明池。唐德宗時代池水又枯，曾再修浚。唐文宗年間灃水堰坍壞，池遂乾涸。宋以後湮為田地。清高宗乾隆年間，取昆明池故事，在北京另行拓鑿昆明湖。

②史書上楊素第四子名楊玄獎，在楊素諸子中是極為傑出的一位。他與李靖同年，和李靖的交情或許不如小說中的楊玄慶與李藥師。史書上的楊玄獎，在楊玄感起事時被殺；也不如小說中的楊玄慶，為李藥師所救。

③歌、跎、娑、何、波、多、酡、皤、婆、磋、磨、馱、羅等字，均諧下平聲五歌韻。

④《論語．泰伯》：「子曰：『泰伯其可謂至德也已矣，三以天下讓，民無得而稱焉。』」泰伯與仲雍避居江南之後，入鄉隨俗，斷髮文身，傳播中原文化，被當地人擁戴為君長，都於梅里，號曰句吳，即吳國之始。泰伯之後，仲雍繼位為國君。江蘇無錫梅村鎮即為梅里故址，現今尚有泰伯廟。

⑤敦煌石窟現今尚存有西魏時代的壁畫，其中包括似人而非人，善於舞樂的緊那羅。西魏距隋代不過數十年，韋馱、緊那羅等佛經人物的圖形故事，是李氏兄弟日常生活經常接觸的題材。

第十六回　漂泊孤客

①這位受隋室封為「意利珍豆啟民可汗」的突利可汗，有一孫兒亦名突利，在唐初與唐室有密切往來。史書為分別這兩位突利可汗，多依封號稱隋代的突利可汗為啟民可汗。唐人為避李世民之諱，則稱之為啟

人可汗。

②李靖任職汲縣縣令之事，兩《唐書》均無記載，惟見於《衛景武公碑》的軼文。

③「三衞叢脞，非養賢之所」見《舊唐書．李密傳》。

第十七回　再入楊府

①李密「掛角」之事，兩《唐書．李密傳》均有記載。此典故流傳後世，常與漢代朱買臣「負薪」並稱，成為勤奮向學的典範。

②《牧誓》譴責商紂，除寵信婦人、遺棄王叔之外，尚有「昏棄厥肆祀」，輕慢先王之祭禮。史載隋煬帝之昏，除辱及先王後宮、傷及兄弟手足之外，亦尚有弒父奪位。然而，李藥師當時並不知道弒父奪位之事。縱使知道，他也不便在楊素面前提及。因為楊素助楊廣奪嫡，可說間接造就其後弒父奪位之因。

第十八回　立馬中原

①《禮記．禮運》：「夫禮之初，始諸飲食。其燔黍捭豚，汙尊而抔飲，蕢桴而土鼓，猶若可以致其敬於鬼神。」古代祭禮，燔燒黍梗以向鬼神致敬。

②太原名勝，首推晉祠。現存晉祠建築，以北宋所建的聖母殿最為宏偉壯麗。大唐立國之初，李世民亦曾來此酬神立碑。然李藥師與出塵遊覽晉祠之時，這些碑銘殿宇均尚未創建。

③古代「冀方」指「兩河之間」。「兩河」，一指晉陝之間由北向南流的一段黃河，一指下游由西向東流的一段黃河。「兩河之間」包括今日的山西、河北、及河南北部。所謂陶唐「有此冀方」，並不代表領有冀方的全部。今日之「冀」，則專指河北一省。

④李氏父子談議論邦有道、邦無道，所引諸句散見於《論語》〈里仁〉、〈公冶長〉、〈泰伯〉、〈顏淵〉、〈憲問〉諸篇。

⑤趙州橋，古稱大石橋，又名安濟橋，位於河北趙縣城南洨河之上。此橋設計之精，構思之巧，在世界橋梁史上占有重要地位。

第十九回　西嶽獻書

①唐代劉餗《隋唐嘉話》記載：「衛公（李靖）始困於貧賤，因過華山廟，訴於神，且請告以位宦所至。辭色抗厲，觀者異之。佇立良久乃去，出廟門百許步，聞後大聲曰：『李僕射好去！』顧不見人。後竟至端揆。」

②《全唐文》、《四庫全書．陝西通志》俱收〈上西嶽書〉，《四庫全書．隋文紀》亦收〈獻西嶽書〉，均題為李靖所撰。《隋文紀》認為：「此書詞指膚譾，恐好事者援《嘉話》為之耳。」《全唐文》也認為：「是書詞氣過激，故《廣川書跋》、《弇州山人稿》、《石墨鐫華》皆謂出自後人依託。」

③雖然有識者皆認為此〈上西嶽書〉並非衛公手筆，然而《隋唐嘉話》所載，傳奇若是，小說家何忍割捨？設若有事無文，亦頗遺憾。所以《說唐》、《隋唐演義》、《隋唐閒話》諸書，在在收錄其文其事。

④原文提及李靖名諱者凡三處。然而李藥師過西嶽廟時，正值亂世，言語行止怎能如此鋒芒畢露，不作隱晦？所謂「大寶不可以妄據」云云，明顯表露逐鹿問鼎之志，如何還能立身仕隋，任職廟堂？今遽略作修飾，俾符情理。

第廿回　初見虬髯

①〈虬髯客傳〉短短兩千字，寫盡了豪傑器宇，美人風華，豔麗不可方物，無怪乎為後世津津樂道。後人對此文的考據頗多，而其中也確有與史實牴牾之處。在時間上，文中說「楊素守西京」時，李世民「年……僅二十」。事實上楊素薨於大業二年，當時李世民年僅八歲。在地理上，文中說「東南數千里外」，又說「有海船千艘……入扶餘國」。事實上，扶餘（亦作夫餘）位於遼東半島中部，既不在大唐東南，也不濱海。

②虬髯是否真有其人？「虬髯」、「虬鬚」之稱，頗近似唐太宗李世民的形貌。《南部新書》：「太宗文皇帝，虬鬚上可掛一弓」。《酉陽雜俎》：「太宗虬鬚，嘗戲張弓掛矢。」杜甫《贈汝陽郡王璡》詩：「汝陽讓帝子，虬髯似太宗。」又《送重表侄王砅評事使南海》詩：「次問最年少，虬髯十八九……秦王時在座，真氣驚戶牖。」今乃從汪辟疆氏之見：「是虬髯乃太宗矣……以顛倒眩惑之辭，效述異傳奇之體……說部流傳，史實轉晦。太原三俠，千古艷稱。必求史事以實之，亦近鑿矣。」

③紅拂是否真有其人？《舊唐書．李靖傳》：「靖妻卒，有詔，墳塋制度依漢衛、霍故事，築闕象突厥內鐵山、吐谷渾內積石山形，以旌殊績。」《新唐書》也有類似記載。史冊雖然沒有明載李衛公的夫人是誰，但卻大筆詳書她身後的哀榮。如此鄭重審慎，這位衛國夫人必是一代超絕人物。今乃從陳定山氏之見：「你說她不是紅拂女張一妹，是誰？」

④〈虬髯客傳〉紅拂出場：「一伎有殊色，執紅拂，立於前，獨目公。」站在楊素跟前，旁若無人地盯著史筆大書「瓌偉」、「魁秀」的李靖直直地看，哪有絲毫貴族府邸執役人員那種低眉順目、謹小慎微的習氣？因此我認為，紅拂是與樂昌公主一同被賜給楊素的南朝皇裔。

⑤〈虬髯客傳〉作者，一般認為是唐代道士杜光庭。然而《舊唐書．經籍志》、《新唐書．藝文志》都沒有

關於此文的記載。關於此文的記載，最早見於南宋洪邁《容齋隨筆》，稱有杜光庭〈虬髯客傳〉。《宋史．藝文志》則有杜光庭〈虬鬚客傳〉。手邊有一部汪辟疆編纂的《唐人傳奇小說》，收有〈虬髯客傳〉，並探討其作者與出處，其中提到《道藏．恭八》收杜光庭《神仙感遇傳》，有〈虬鬚客〉一條，敘述與現今所傳的〈虬髯客傳〉版本不同。「且簡略樸僿，文彩殊遜。」而且是「虬鬚」，不是「虬髯」。汪氏認為，《道藏》收錄的〈虬鬚客〉，或許是現今所傳〈虬髯客傳〉的祖本，流傳至宋代，再經過文士潤飾？

⑥「年近二十，必能濟世安民」出於《舊唐書．太宗本紀》。「一法不靈用再法，此老袖中千萬法」出於明末清初羅聘〈雲天聳立圖〉。羅聘，揚州八怪之一。〈唐太宗像〉應出於明初宮廷畫師手筆。

⑦古代棋盤座標，採「四隅旋分記譜法」。參考《弈理指歸》、《忘憂清樂集．圖法》，先將棋盤分為平、上、去、入「四隅」（四個象限），每隅各有一角。標記「路數」（座標）時，每隅都以角為左下，座標為「一一」，在平隅則為「平一一」，等等。從「一一」往右，得「一二」、「一三」直至「一九」；從「一一」往上，則得「二一」、「三一」直至「九一」。如此，「天元」（中心點）即為「十十」。「六九路」是從左下角起往右數到第六道，再往上數到第九道。

⑧在地圖上，若以太原為中心，則長安在其西南。然而在觀念上，將長安說成「西南六九路」，感覺頗為奇怪，因此小說中仍說「西北六九路」。

第廿一回　西京救孤

①《新唐書．宰相世系表》記載，李靖的高祖父李文度曾為西涼安定太守。安定約當今日甘肅東端涇川、平涼、鎮原一帶。西涼為漢人李暠所建，領有今日甘肅西端酒泉、敦煌、西至新疆吐魯番之地。當時西涼

的領土非但不包括秦地的安定或隴西，其間還隔著匈奴沮渠氏的北涼與鮮卑禿髮氏的南涼兩個國家。李文度不能在西涼為官，此處西涼安定太守當為西秦安定太守。

②《新唐書．宰相世系表》記載，李靖的曾祖父名李權。《全唐文．衛景武公碑》則曰，李靖的曾祖父名李懽。兩《唐書》均記載，李靖的父親明李詮。權詮同音，今遽依〈衛景武公碑〉，以李懽為李藥師曾祖父之名諱。

③南北朝對峙時期，各國領地均頗有限。但為誇示治權之大，於是多置州郡，其實每州甚小，因此一位刺史可以治理二州甚至五州。

④李詮的爵封、冊贈，見於《李大志墓誌》、《李令問墓誌》。李大志是李客師之子、李令問之父。

第廿二回　馬邑風雲

①李淵祖父李虎，在北周時為八大柱國之一，爵封唐國公。此「唐國」封號乃因李氏故鄉趙郡有堯臺而得，見陳寅恪《唐代政治史述論稿》。

②史稱李淵起事，並非出於本心，而是「裴寂劫之、煬帝逼之、世民請之」。史書向來「為尊者諱，為長者諱」。然由溫大雅《大唐創業起居注》，則可知李淵起事，早有計劃。

③李淵起兵之初，著劉文靜出使突厥，書函中自稱「外臣」。此事史書不是避重就輕，就是諱莫如深。然在《舊唐書．李靖傳》中畢竟透出端倪。李靖破東突厥後，太宗大悅，說出「往者國家草創，太上皇（李淵）以百姓之故，稱臣於突厥」等語。

④唐代段成式《酉陽雜俎續集》：「衛公言北都（太原）惟童子寺有竹一窠，纔長數尺。相傳其寺綱維，每日報竹平安。」此「衛公」可能是李靖，也可能是李德裕。小說中則遽以之為李靖。

第廿三回　鵲之彊彊

①霍山大神拜謁李淵之事，見《舊唐書．高祖本紀》。

②杜甫《送重表侄王砅評事使南海》詩，敘述大業末年，李世民與房玄齡、杜如晦、王珪等交遊。

第廿四回　折節入唐

①溫大雅字彥弘，溫大有字彥將。溫彥博應是以字行，其名不傳。而李氏兄弟的「藥王」、「藥師」則應是本名，入唐之後改名為字，另以「端」、「靖」為名。《舊唐書．李靖傳》：「李靖，本名藥師。」溫彥博學名「大治」、李客師學名「竑」，則是小說杜撰。

②《故右散騎常侍宋國公隴西李公墓誌銘並序》是李客師之孫李令問的墓誌，其中提到：「祖客師……祖母長孫氏，即文德皇后堂姊也。」故知李客師夫人是長孫皇后的堂姊。

③清代李友山《太音傳習》琴譜，收有〈君子吟〉琴曲，並考譜曰：「《抱朴子》云：『周穆王南征，一軍盡化，君子為猿為鶴，小人為蟲為沙。』吟義本此。」

時報悅讀 21

大唐李靖　卷一：龍遊在淵

作　　者—齊克靖
特約編輯—劉素芬
責任編輯—李雅蓁
封面設計—呂德芬
美術排版—林鳳鳳
行銷企劃—曾睦涵

製作總監—蘇清霖
董事長—趙政岷
出 版 者—時報文化出版企業股份有限公司
108019 台北市和平西路三段二四〇號七樓
發行專線—（02）2306-6842
讀者服務專線—0800-231-705、（02）2304-7103
讀者服務傳真—（02）2304-6858
郵撥—1934-4724 時報文化出版公司
信箱—10899 臺北華江橋郵局第九九信箱
時報悅讀網—http://www.readingtimes.com.tw
法律顧問—理律法律事務所 陳長文律師、李念祖律師
印　　刷—勁達印刷有限公司
初版一刷—二〇一八年五月
初版二刷—二〇二一年九月六日
定　　價—新台幣三三〇元

時報文化出版公司成立於一九七五年，
並於一九九九年股票上櫃公開發行，於二〇〇八年脫離中時集團非屬旺中，
以「尊重智慧與創意的文化事業」為信念。

大唐李靖. 卷一：龍遊在淵 / 齊克靖作. -- 初版. -- 臺北市：時報文化,
2018.05
面；　公分 -- (歷史小說；80)

ISBN 978-957-13-7391-1(平裝)

857.7　　107005302

ISBN 978-957-13-7391-1
Printed in Taiwan